続

随筆

キツネの寝言

狭間秀夫
Hazama Hideo

風詠社

まえがき

旅をしなくなり、紀行文を書けなくなった私が気の向く儘に雑多な事柄を文章にするようになったのはほぼ二〇一七年（八十三歳）の頃からです。それが五十編溜まった時『随筆　キツネの寝言』の出版に踏み切りました。無名の私が書いた随筆集の出版にどれだけの意味があるのかと躊躇《ためら》いながらも、老後の人生をより豊かにしようとの想いからのことでした。

文章を書くという行為はそのことについて調査し、思索し、纏めるという作業が求められます。そのためには一定の努力が必要です。それは厄介なことですが、その作業を通して見えなかったものが見え、気付かなかったことに気付く、という褒美を受け取ることがしばしば起こります。これが文章を書くメリットです。それによって著者の人生はより豊かになっていきます。そんなことで書き続けてきた駄文が再び五十編溜まったこの機会に、続編として纏めました。高齢の私にとって最後の機会との想いも私の背中を押しました。

高齢者でも文章は書くことが出来ます。呆け封じにもなります。書くことによって新たな世界に興味を抱き、新たな喜びを得ることが出来ます。エンドレスの喜びに拡がっていきます。文章のすすめです。と同時にそうすることによって、来し方を振り返り、己の人生を総括し、最後の旅立ちへの心構えが出来ます。これは後期高齢者に与えられたメリットだと思います。お勧めしたい由縁です。

目次

装幀　狹間秀夫

随筆　続　キツネの寝言

西行法師

願はくは花の下《もと》にて春死なむ　その如月《きさらぎ》の望月《もちづき》のころ

私が短歌らしきものを詠みはじめたのは六十歳頃のことである。それも、仕事に追いまくられていた当時、年賀状に書き添えるため年末に急遽一首捻り出す、といった程度のものでしかなかった。従って百人一首を始め、和歌に馴染んでおられる多くの方がご存知の和歌を私は知らない。学校の教科書程度の知識、それすらおぼつかない程度のものである。

冒頭に掲げた一首の詠み手は西行法師。私がどこでこの和歌を知ったのかははっきりしないが、この歌がとても気に入っている。格好いいなとの想い、である。しかし何故気に入っているのか、私自身その理由が掴めなかった。

当初私は、お恥ずかしい話だが〈如月〉〈望月〉の正確な意味を知らなかった。意味を知らないながら気に入った理由は何処《どこ》にあるのだろう、と考えた結果得た答えは二つ。一つはテーマが死であることだ。人間誰しも必ず死は訪れる。しかし、未知なる死は誰しも未経験であるが故に、怖れを抱いている。つまり日常では目をそらせているテーマである。けれどもこの和歌は真正面からそれに向き合い詠んでいる。どちらかといえば、四季の風景描写や相聞歌など優雅なテーマが多いこの世界では、特異なテーマだ。それが私を惹き付けているのだと気付いた。もう一つは花。花といえば桜である。

死という目を背けたくなるテーマに対して、それと対極をなす桜という明るく華やぎをイメージする言葉が一首の中に同居している、それが私を惹き付けているのだ、と気付いた。

ここまでは無知な私が表面的にこの和歌を読んでの印象であるが、不明な言葉を調べてみた。先ず〈如月〉は旧暦の二月を意味し、〈望月〉は満月を意味することが分かった。そして旧暦の二月は新暦のほぼ三月中旬から四月中旬であることも判明した。つまり花はやはり桜で、しかも満月のころに死にたいと言っている。満月の月光を浴びた桜花の中での死。なんと贅沢な華やいだ舞台だろう。

これが私のこの和歌に対する感想だが、今一つ私は不審に思ったことがある。それは〈～その如月の〉の〈その〉は何を意味しているのか、ということだった。当然この言葉は如月に掛かっている。

ここからはこの稿を書くにあたって調べた結果知り得たことによる。

〈その〉の話に入る前に、西行法師（一一一八年～一一九〇年）とは如何なる人かを調べてみた。二千三百首もの和歌を詠んだ平安末期から鎌倉初期の歌人とある。その略歴を見ると一一一八年、近衛兵の家系に生まれ、十七歳からその職に就き、鳥羽院の北面の武士（上皇の身辺警護）を務めていた。同時期の北面の武士に平清盛がいる。二十二歳で出家、三十歳頃最初の長旅、三十一歳頃高野山に入った。五十歳の時、四国へ弘法大師の遺跡巡礼の旅。その後六十二歳頃伊勢に移ってその数年後、現在の大阪府南河内郡にある弘川寺に庵居し、七十三歳の時（一一九〇年）そこで亡くなっている。

ここで一つ気になるのは、北面の武士を務める程の家系に生まれ、その在職中に二十二歳の若さで出家したことだ。その理由には諸説あるようだが、今はそこに立ち入らない。ただ私は、そこに西行さんの個性を感じ取る。純粋、一途な心、繊細、思い切りの良さ、開き直り、まな板の上の鯉。こんな言葉が浮かんでくる。そしてこれが、仏教における悟りの境地に通じているようにも思われる。

そんなわけで、私は西行さんの和歌を殆ど知らないが、自然界に身をゆだね、こだわりを持たず淡々と生きてこられたのではないかと推察する。出家すること自体が俗世界を離れることでそれは当然のことではあろうが、おそらく和歌にもそれが表れているのではないだろうか。前置きが長くなった、本題に戻ろう。

〈その如月の望月のころ〉は、その旧暦二月の満月の頃、ということになるのだが、仏教の開祖釈迦が亡くなったのは旧暦二月十五日の満月の日とされている。つまり〈～その〉は〈～お釈迦さまが亡くなった旧暦二月の満月のころ〉となる。以上要約すると、〈二十二歳で世を捨て僧籍に身を置くようになった私もお釈迦様同様の死に与《あずか》りたいものだ〉、ということになる。ちなみにお釈迦さんの没年には三説あるが、ほぼ紀元前五～六世紀の人である。

ところで、驚くべきことに、西行さんはこの和歌に詠まれたように、文治六年二月十六日（一一九〇年三月三十一日＝新暦）に大阪の河内で亡くなっている。お釈迦さんと一日しか違わない。ただ満月であったかどうかは私には分からない。

以上が私のこの和歌に関する考察だが、死という暗いイメージのテーマをこのように明るく詠んでいるところにこの歌の最大の魅力があるように思われる。私自身歳を重ねるに従って、美しいもの、楽しいことに目を向けたくなる。それとは逆に、醜いもの、暗い話は避けたくなる。これは誰しも同じだろうと察するが、それがこの歌をして私を惹き付けているのだろうと、推察するところである。

　この和歌以外で西行さんと私とのご縁はただ一つしかない。それは七十八歳での徒歩による四国遍路途上でのこと。ゆかりのあるお寺は讃岐にある七十二番札所曼茶羅《まんだら》寺と八十一番札所白峯寺。西行さんは曼茶羅寺の近くに庵を結んで七年間暮らしていたそうでこのお寺には西行さんがしばしば訪れ昼寝をしていたと言われる〈昼寝石〉や旅人が桜の木に忘れた笠を歌に詠んだ〈笠掛け桜〉の歌碑がある。そこには〈笠はありその身はいかになりぬらんあはれはかなきあめが下かな〉と刻まれている。

　なぜ西行さんが七年間もこの地に居たのかは不明だが、この寺が弘法大師の先祖佐伯氏の氏寺であり、弘法大師生誕の善通寺にも近く、子供の頃この界隈で遊んでいたと言われていることによるのではないかと推察する。それにしても〈昼寝〉、〈桜〉という言葉から私は西行さんの人柄あるいは生き様が目に浮かんでくる。

　一方の白峯寺は瀬戸内海に突き出した溶岩台地の五つの峰の一つ白峰山（三三六メートル）の中腹、標高二八〇メートルにある。曼茶羅寺からは直線距離で東へほぼ二十キロになる。保元の乱（一一五六年）に敗れこの地に流された崇徳上皇の遺骸は、ご自身の遺言通り、ここ白峰山の稚児が嶽で茶毘《だび》に付された。

　上田秋成によって江戸時代（一七七六年）に書かれた怪異小説『雨月物語』に出てくる「白峰」はこの地のことで、ここを訪れた西行法師と上皇の霊との王位継承権にまつわる論争を書いたものだ。私はこの作品を読んでいないため何とも言えないが、生身の西行さんと霊界の上皇の論争とは所詮架空の世界であり、西行さんが実際にこの寺をいつ何の目的で訪れたのかなどは、一切不明である。ちなみに保元の乱は一一五六年だから、西行さんはこの時三十八歳で（崇徳上皇は三十七歳で、その八年後この地で崩御）、その歳以後ということになる。そして『雨月物語』が書かれたのは保元の乱の二百二十年後のことであり、架空の世界である。そんなことを思いつつも、七年間も近くで暮らしていた西行さんのことだからこの寺を訪れ、上皇と同世代の元北面の武士として往時を懐かしむ気持ちがあったのかもしれない。話が暗くなってきた、話題を変えよう。

この稿を書いていた四月十三日、私は高遠城址へ花見に出掛けた。混雑を予想して早朝六時台に我が小屋から、茅野市と伊那市の市境である杖突峠を越え、一時間余りで到着する。満開真っ只中の城跡は高みにあり、花弁は未だひとひらも落ちず、見事なものだった。ここからは、残雪に輝く南アルプスの山々と中央アルプスも、桜花の隙間から望むことが出来る。それも、ここが桜の名所ベストテンの上位にランクされる由縁であろう。

調べてみると、今年のこの日は旧暦では三月十三日になる。現在、高遠の桜は東京や大阪に比べ例年二週間余り遅れて満開を迎える。西行さんが亡くなったのは旧暦の一一九〇年二月十六日で、新暦に換算すると三月三十一日になるそうだ。この様なことを総合的に考えてみると、この日高遠城址で見た満開の桜花が満月の光で浮かび上がっている場景が、極楽浄土への導入路のように思われてくる。春霞のような淡い暖かさである。ちなみに二〇二二年四月の満月は十七日だそうで、丁度良いタイミング？ということになる。

死は誰にとっても避けて通れないことである。歳を重ねるに従ってそれは身近なものとなる。己の死がどんなものであるか、それについて不安を抱くのは当然のことであろう。

ひろさちや、という宗教家がいらっしゃる。この方は面白い方で〈死を畏れることはない。生きている間は死なないのだから。死んでしまえば何も分からなくなるのだから。死の瞬間〜〉。肝心の死の瞬間のセリフは失念してしまったが、物事を悪いように後ろ向きに捉えずに、良いように受け止め前向きに生きよう。心配などせず、なるようになると開き直ろう。私はそう受け止めている。

西行法師は二十三歳で出家し、僧籍に身を置き、旅をし、生涯にわたって和歌を詠み、平清盛や源頼朝とも交わっているそうだ。ここで庶民である私の下世話な話だが、西行さんが七十二歳で世を去るまでの約五十年間何によって生計をたてていたのだろう、という素朴な疑問が湧いてくる。しかしそのことについてはまたの機会に譲り、再度ここにあの和歌を掲げ、この稿を閉じよう。

願はくは花の下《もと》にて春死なむ　その如月《きさらぎ》の望月《もちづき》のころ

美しいもの、楽しいことに想いを馳せ、その一日、そのひと時を大切に過ごしたいものだ。

二〇二二年四月

ゴジュウカラ

二〇二一年十一月十一日、我が山荘でのことである。庭仕事を終え、部屋に入ろうと扉を開け、足を一歩踏み入れたと同時に小鳥が部屋に飛び込んできた。そして直ぐ、カウンターの前にある木製の高い椅子の上に留まった。一瞬のことで私は驚いたが、小鳥そのものは愛すべき存在であり歓迎すべきものの、ドアを閉めこの鳥が室内に残ることは困ったことになると思った。

この鳥がここに留まれば、糞をして、その後始末が大変だと思ったからである。そこで私はこの鳥を外に出すため、ゆっくりと小鳥に近付く、が鳥は動かない。そこで両手を左右に拡げ、鳥を挟むような形でさらに近づく。それでも動かない。そして両手の平に丸味を保たせ包み込むように両掌《りょうてのひら》を合わせて捕らえる。鳥はジタバタせず、じっとしている。そのままの形で入口に戻り、外に出た。この間、小鳥は身をゆだねたままである。

ドアの外は三段の階段になっているのだが、左右に高く薪が積み上げてある。その上に、私は両手を拡げ小鳥を置いた。小鳥はここでもじっとしている。そこで私は屋内に戻り、お茶碗に半分程の水を入れ持ってきて小鳥の前に置いてみた。しかし小鳥は首を傾げるだけで動かない。奇妙なことがあるものだと思って、私はまた屋内に戻りスマホを持ってきて、彼の姿をカメラに収めた。二度シャッターを押す。その間小鳥は首を傾げる程度で、水も飲まず、移動もしない。不思議なことと思いつつ、それ以上この小鳥に期待することもなく、二呼吸ほどした時小鳥はバタバタと激しい羽音を立ててその場を飛び去った。その羽音は力強いものだった。

この一部始終は三分間程度での出来事だったかと察せられるが、唖然とした思いだった。鳥が飛び去って室内に戻った私はこの不思議な体験に暫くの間、奇妙な気持ちに囚われていた。一体あの鳥は何のためにここに来て、あのような振る舞いをしたのか。あれは、私に何かを伝えようとするためにやって来たのか。そんな想いが私をかすめると、何か不吉なことが身内で起こりそれを伝えるためだったのかと、不安な気持ちに襲われる。一瞬スマホで安否確認をしようかとの想いが頭をかすめたが、思い留《とど》まった。それほど私にとっては、良い意味ではあるが、衝撃的な出来事であった。

彼の鳥がなぜあのような行動をしたのか、真相は全く分からない。従って以下は私の推察になる。それは、あの鳥はこれまで人によって餌付けのような行為を何度か経験し、人を畏れなくなっており、私の姿を見て餌付けを期待して私に近付き、あのような行動を取ったというものである。そう思う以外には、私には考えることが出来ない。従ってあの時、米粒を彼に与えれば彼はそれを喜んで啄《ついば》んだかも知れない。彼に真意を聞いてみたいものだ。

しかし真相は兎も角、この様な自然界での奇妙な経験を通して昔の人達はいろんな言い伝え、つまり伝説を語り継ぎ、それを信じてきたのだと推察することが出来よう。夢枕に○○が現れそのお告げによって云々、という話を昔はよく耳にしたものだ。それは自然界の謎が、現在に比べ、解明されていなかった部分が多かったことによるのだろう。

この話を写真と共に娘に送ったらゴジュウカラだろうと返ってきた。図鑑で確認すると正にその通り。ユーラシア大陸で広く繁殖し、日本でも北海道から九州までの広い山地で留鳥として普通に繁殖するそうで、体長十四センチ。くちばしの付け根部分から目尻のかなり後方にかけて一直線の太い黒線が入り、これが大きな特徴だ。背は薄グレー。胸から腹は白く脇腹は薄茶の、美しい、正に小鳥である。

この鳥は今どこでどうしているだろう。私に愉快な経験をさせてくれたこの鳥に感謝し、これからも小鳥たちと接していきたいものと思っている。自然界が神だと思っている私にとって、彼等の訪れはそれこそ神のお告げということになる。幸せなことだ。

この稿を書いている今、目の前のベランダの手摺りに小鳥が留まった。これまで見たことのない派手な柄に目を凝らしたが、直ぐ飛び去った。一人で居ることが多いここでは、小鳥たちの訪問はどんな形のものであっても、私には楽しく癒やされるひとときとなる。

何事にも裏表があるように、孤独にも良い面と暗い面がある。孤独な時間が多くなる老人にとっては、暗い面には近寄らず良い面に接するように心掛けることが、老いを生きる上での知恵だと言えるだろう。自然界に存在する野鳥や山野草は正にその代表者のようなものだ。彼等には悪意というものはない。対峙する私をそのまま受け止めている。虚心坦懐に老人も彼等と向き合える。後は老人であるこちら側の心の有り様によって、そこから得られる果実の良し悪しに違いが生じることになる。自然界が神だと思っている私には、彼等との触れ合いは正に癒やしとなる。

あの日のゴジュウカラの訪問は未だに謎めいてはいるが、私にとっての癒やしであると同時に、小鳥たちの〝心〟に想いを巡らす良い切っ掛けになったと感謝している。その〝心〟にどれだけの深みがあるのかないのか。ただ単に本能的な行為に過ぎないのかも知れないが、あのゴジュウカラはそうではなく意図があったと思っている。

一羽の小鳥の訪問から始まったこの稿。老人の老後を楽しむためのヒントが隠されているように感じ、あのゴジュウカラに感謝しつつ、この稿を閉じよう。

二〇二二年四月

ハプニング

この稿は既に書籍として発表したものの蒸し返しであることを先ずお断りしておかなければならない。何故そうしたか、理由は二つある。一つは、これまでのものが幾つかに分かれて書かれているため それを纏めること。今一つは私の個人旅行の、と言うよりは旅の醍醐味の原点であることとなる。

一九八七年は私の人生にとって記念すべき年である。少し大袈裟ではあるが、私の人生を豊かな(中身の濃い)ものにしてくれた最初の年。漠然と憧れていた先進国ヨーロッパの町を自分の足で歩いてみたい、そんな私の夢を実行に移した年である。

出発当日、六月十八日の朝は東京・紀尾井町にあるホテル・ニューオータニで迎えた。前日は全国各地から集まった書店と共に謝恩会のセレモニーやディナーショウを楽しみ、この朝解散。その時の上着を宅急便で家に送って、古びた革製のボストンバッグひとつを持ち、ホテルの予約も一切せず、航空券だけを持ってホテルを後にする。最初の目的地ウィーンへ、ソビエトのアエロフロートはモスクワの空港でトランジットの一泊をして、翌日ウィーン着。

モスクワの空港で不愉快な想いはしたものの、ウィーンの空港からリムジンバスでミッテ駅、地下鉄で『地球の歩き方』で目星を付けていたペンションへ、と順調に滑り出した。この旅はウィーンからイタリアのミラノへ足掛け十九日間の旅だが、ウィーンは三泊の予定をしていた。市内観光を順調にこなしながら迎えた三日目、七時三十分からのカールス教会でのコンサートのことを考え、早めに夕食を済まそうとこの町一番の目抜き通りケルントナー通りに歩を運び、ファーストフード・レストラン〈マクドナルド〉に入った。ここなら言葉が話せなくても、手っ取り早く食事が済ませられると思ったからである。ちなみに私の語学力は片言の英語程度だった

セルフサービスのこの店、注文したものを受け取って、適当に席を決め、食べはじめた。時刻は六時を回っていただろう。時間とともに店内は混み合ってくる。やがて私が食事をしていた小さなテーブルに、相席のため一人の女性が軽く会釈して、正面に腰掛けた。三十代後半と見受けられる白人で、すらっとした美人である。地味な服装に、小さなブローチを襟元に付け、知的な雰囲気が漂っている。彼女はケーキのようなものを食べていた。私が食べ終わった頃、彼女が声を掛けてきた。

「どちらから？」「日本から」

「お仕事で？」「ノー、観光です」

「日本のどこに住んでいるんですか」「大阪の近くです」そこで私も質問した。

「あなたはどちらから」「ポーランドです」

「あなたは観光ですか」「いいえ」

「この町にお住まいですか」「はい、私はこの町の音楽学校で先生をしています」そこで私の興味が一気に膨らんだ。

「どんな楽器をやられるのですか」「ピアノです」

やはりショパンが生まれた国だからピアノが得意なのだろうか。

「それはいいですね。学校はどこにあるのですか」「この近くです」

「学生は何人くらいいるのですか」「二、三千人だと思います」

これは私の聞き間違いではない、と今でも思っているが、あるいはハンドレッドとサウザンドを言い間違えたのか。多いのに驚く。

「日本人はいますか」「たくさんいます」こんなやり取りをした後、私が、

「私は音楽が好きです。学生時代には合唱団で歌っていました。今朝も王宮付属礼拝堂のミサでウィーン少年合唱団の歌を聴きました」そう言うと、

「オーッ、今朝主人があそこで歌ったんですよ」

「エッ」私は驚いた。確かにテノールの歌声が聞こえていた。

「聴きました、テノールを」そう言うと、今度は、

「今夜はオペラ座での△△△で歌っています」と言って微笑《ほほえ》んだ。△△△は正確な記憶が残っていないのだが、片仮名の誰でもが知っている有名なオペラのタイトルだった。ということは、彼女のご主人はプロの歌手ということになる。私が驚いた顔をしていると

「私は去年の秋、一ヶ月間日本に行きました」そして「宝塚ライン」と呟いた、大阪にも来たようだ。

「演奏のために？」と私。「はい」

「失礼ですが、お名前は？」そう尋ねると、

「私は有名ではありませんよ」と少しはにかんだ。そしてそこにあった紙ナプキンに、鉛筆で名前を書いてくれた。〇〇〇と読める。親しみを覚えた私は、記憶の薄れた単語を振り絞って片言英語で、演奏会での緊張について尋ねたりした。そんな音楽に対する私の関心に心を動かされたのか、彼女はこう言った。

「あなた、私の学校に来ますか」またしても驚きである。もちろん願ってもないことだが、この後コンサートがある。

「はい、でも七時三十分からのコンサートがあるのです、カールス教会で」そう言って切符を取り出し、彼女に手渡す。

「あー、これはうちの学校の生徒たちです」そう言ってから、

「学校はすぐ近く、ここから一、二分です。カールス教会も遠くではありません。私が送ってあげますから大丈夫、では行きましょう」そう言って立ち上がり、名前を書いた紙ナプキンを私に手渡す。

ここの支払いはすでに済んでいる。ポケットに紙ナプキンをしまいながら、私も後に続いて外に出る。

歩行者天国の通りには先ほどより一段と人が多くなっている。その店を出てオペラ座の方に向かうと大きな人の輪ができていて、中から南米の民族楽器による演奏が聞こえてくる。一瞬彼女は立ち止まり、私を見て「素敵ね」という仕草と呟きを漏らす。私も聴いていたかったが残念ながら時間がない。急ぎ足で少し行って、左に道をとる彼女に続く。その通りの右側が学校だった。

学校と言っても、我々が考えるような校舎が並んでいるのではない。ヨーロッパの大都会中心部に共通している、街路一ブロック全体が連なった建物で内側に中庭がある、そんな感じの建物に学校があるようだ。通りからその建物に入った通路の壁には、何枚もの小さな貼り紙がしてある。コンサートのポスターで、学生たちが半ば仕事として出演しているもののようで、入場料は三十シリング（三百四十五円）と安いものが多い。

奥に入っていった彼女はある扉の前で立ち止まり、自分の鍵でそれを開ける、ともう一枚のドアがある。防音のための二重扉だ。それを開けて中に入ると、部屋の中央にグランドピアノが置かれている。ピアノから少し離れたところには、演奏者のための椅子とは別の椅子が一脚置かれている。部屋の大きさは日本流に言えば十五畳強であろうか。二重の扉を閉めた彼女は、その椅子を私に勧める。私はそこに着席する。すると彼女はピアノの蓋を開け、着席すると無言で演奏を始めた。私はそれに聴き入る。演奏していたのがどれくらいの時間であったか正確な記憶はない、おそらく三〜四分であったろうと思う。

ここは日頃、彼女が生徒を指導しているレッスンルームだ。防音が施されているに違いなく、静寂である。そんな中で一対一で演奏を聴くという体験は無論初めてのことである。それは憂いを含んだ曲だった。さすが先生だけあって表現が豊かに感じられる。ピアノが鳴り止んだ時、私は私のために演奏してくれたことに感激して拍手を送った。彼女は微笑みながら私に近づいてきて、

「これは比較的新しいポーランドの作曲家シマノウスキーの曲です」

と言いながら、それを紙に書いてくれた。今もそれは手元にある。一八八二年〜一九三七年と書いてある。年代を空で覚えているくらいだから、彼女の好きな、祖国の作曲家の曲なのだろう。

私は何か感想を言わなければ、と思ったが片言英語ではなかなか難しい。そこで「サッド」と言ってみた。〈悲しい〉を意味するこの言葉は彼女には通じなかった。彼女は私を見詰めている、そこで私は両方の人差し指をそれぞれ目に当てて涙がこぼれる仕草をした。彼女は笑みを浮かべ、

「ホームシック?」と言って再びピアノの前に座り、今度は明るい曲を演奏してくれた。思わず私も笑顔になる。しばらくして彼女は演奏を打ち切る、もう時間がない。

「行かなければなりませんね」彼女はそう言って、自分の手帳を差し出し、

「あなたの名前と住所を」と言った。私はそれに書き込む。彼女は名前と住所が書かれた名刺風のシールを私にくれた。

「さあカールス教会へ行きましょう」

急いで部屋に鍵を掛け、学校を出る。したがって私はこの学校について、ほとんど他の部分を見て

いないし、知らないままである。

急ぎ足でのカールス教会へは十分もかからなかったと思われる。彼女は美しいカールス教会の入り口まで道案内してくれた。

「明日はどうするのですか」

「明日は早朝ウィーンを離れ、ザルツブルクに行きます」

「では、良い旅行を、さようなら」

「ありがとう、さようなら」私は何度もお礼を言った。彼女は踵を返して去っていった。この一時間ほどの間に起こったことは、私にはとても信じられないような出来事だったが、余韻に浸っている余裕はない、もう開演時間だ。私は教会の中に急いだ。


今想い出してみても、あんなことってあるのだろうか、という想いになる。全くの行きずりに出会った外国人にピアノを演奏して聞かせる。しかも音楽学校の先生が、である。日本人の私にはちょっと考えられないことだ。事実この年以来、二十回以上一人か二人でヨーロッパを旅することになるが、この時の体験に匹敵するようなことは一度もなかった。だからヨーロッパではこのようなことはよくあることだ、とは言えないと思う。

ではなぜああなったのか。彼女は一年前に一ヶ月日本に来ている。そこで日本人に親しみを持ち、私に声を掛けてきたと思われる。おそらく、日本で何人かの日本人から親切なもてなしを受けたに違いない。一方、私は偶然その朝、彼女のご主人の歌声を聴いていたことや、いろいろな質問をしたことによって音楽に関心が強いことを知り、私の興味に応えてやろうという気になったのだと思われる。しかし、もっと基本的なことがある。それは私も彼女もその時互いに一人だったことである。これはその後の私の体験を通してわかってきたことだが、もし私が二人以上であの場にいたら、彼女は間違いなく声を掛けてはこなかっただろうし、また逆に彼女が二人以上の場合も同様である。

私はこの年以来、何年も一人旅をするようになるが、それは仕事や家庭の事情でそうなったのであって、必ずしも一人旅にこだわっていたのではない。しかし結果として、私は一人旅の功罪を知ることになっていく。

この時から十五年後の二〇〇二年、私は妻と二人ハンガリーのブダペストからウィーンへ二週間の旅に出た。切っ掛けは、たまたま前年の二〇〇一年に、初めてのヨーロッパ一人旅をした時の旅の細かい記録が残っているのに気付き、文章に纏めたことによる。十五年前に訪れたオーストリアを再訪しよう。記憶の曖昧になっている部分の確認と、その後どうなっているかと懐かしむ気持ちが私をそうさせたようだ。

出発に先立って私はYさんから助言を頂いた。Yさんは書店時代のお客様に当たる方だが、ウィーンに度々出掛け一ヶ月滞在すれば四十回コンサートに出掛けるほどのオペラファンで、ウィーンの街は大阪の街より詳しいと豪語されるほどのウィーン通である。そんなことでウィーン滞在時のホテルもYさんお勧めの宿に滞在した。

この旅最後の訪問地はウィーンだった。ここで五泊し、オペラ座でカルメンを観、メルク修道院からドナウ下りと、予定の旅程を順調にこなして最後の一日、市内観光の際に、十五年前この町で出逢ったピアノの先生の住まいを探したが、目的は達せられなかった。それは私の予備調査が足りなかったことによる。

あの時訪れた音楽学校を探してみると、学校はすぐ見つかった。この時点では、私には彼女に会ってみたいという強い気持ちはなかった。ただ漠然と彼女が健在かどうかを知りたいだけだった。というのも私には、彼女の姓名がはっきりと確認できていなかったためである。彼女との遭遇場面で紙ナプキンに彼女が鉛筆で書いたものと、もう一つは音楽学校の教室で手渡してくれたシール状の名刺のようなもので、そこには住所も書かれていた。当時は二つの名前が違っていることに気付かず、帰国後礼状を書く時になって気付いたが、郵便は住所の方に送ってそこに紙ナプキンの名前も書いた。シールにプリントされた氏名がご主人のものではないか、とも考えられたからである。返事は来なかった。それが届いたかどうかも分からずそれっきりで、その後名前のことはすっかり忘れてしまっていた。今回ウィーンに来るに当たって、それを思い出したわけである。

学校の受付には中年男性が座っていた。私は別々に紙に書いた名前を交互に見せてみた。

「この名前を知っていますか」

紙ナプキンの方には「ナイン」。シールの方は「ヤー」だった。彼はシールに書かれた名前は知っている。しかし、今も在籍しているのだろうか。どう質問すればいいか。そんな間にも次々と学生が受付に現れ彼は忙しい。片言英語の私に対しては、ぞんざいな対応であるように感じられた。まして遠い昔の行きずりの話である。どう質問すればわかってもらえるだろう、と悩んだ挙げ句、

「この人はピアノを教えていますか」

そんな意味の質問をした。彼は奥の方を指で示した。それは〈奥の部屋に今いる〉〈奥に彼女の部屋がある〉〈学校とは関係なく向こうの方に住んでいる〉どのようにも受け止められた。また学生が来た。私はそれ以上の質問を控え、その場を離れた。少なくとも彼女は今もこの学校で教えているようだとわかり、なぜか安堵した。所期の目的は達せられたわけだ。

帰国後、私は旅の報告とお礼を兼ねてYさん宅を訪れた。その時Yさんが十一月半ばから二，三週間ウィーンに行かれる予定であることをお聞きした。そこで十五年前のピアノの先生とのエピソードをごく簡単にお話しし、今回その先生の住所の所在地を探したが、見つけることができなかったことをお話しした上で、もし時間の余裕があれば調べてもらえませんか、とお願いした。

「いいですよ」ということで、私は先生からもらったシール風名刺に書かれている住所と氏名、紙ナプキンに書かれた名前をファックスでYさんに送った後、電話を掛けた。ちょっと気になることがあったからだ。それは住所の一部と姓の一部が同名になっていたからである。その旨を伝え、

「ひょっとすると、この辺の大地主さんかもしれませんね」と言うと、

「そういうことも考えられますね」ということだった。その後、Yさんから出発前に電話があった。

「あの住所の所在地は地図で確認できましたよ。それとあの名刺はご主人のものではなく、先生自身のものだと思います」と言われた。

「もしできれば訪ねてみましょう。バラの花でも持って行きますから、千円くらいは覚悟してくださいよ」と笑われた。

「よろしくお願いします」で電話は終わった。

十二月中頃、Yさんから電話があった。例の件についての報告である。

「住所を尋ねて行ったら、家だけでも百坪以上はある大きな邸宅で、怖じ気付いて訪問できませんでした。そこで電話帳で電話番号を調べ、電話を掛けることにしました」

Yさんはドイツ語が話せる。しかし十五年も前に、行きずりで出会った旅人の話を、突然の電話で説明するのは容易なことではない。まして電話に誰が出てくるかもわからず、その人と彼女の関係や彼女の現状もわからぬとなれば、相当の語学力があっても躊躇せざるを得ない。しかも、Yさんご自身のことではないのだから尚更のことだ。そこでYさんはウィーンっ子の友人に訳を話して電話を掛けてもらった上で、Yさんも電話を掛けてくださった。

「彼女は十五年前のことをはっきり覚えていました。あなたが手紙を出すと伝えたら『楽しみに待っています』と言っていましたよ」ということだった。

そこで私は七ページにも及ぶ長文の手紙を慣れない英文で書くことになった。とても自信がないので、従兄弟の協力を得てのことだ。内容は〈彼女に出会った日のこと、その後毎年ヨーロッパを訪れていること、旅日記を書いていること、書店を営んでいたこと、ニューイヤーコンサートのこと、今年オペラ《カルメン》を観たこと、近代史における日本のヨーロッパとの関わり等々〉である。

Yさんはウィーンに関する資料をたくさんお持ちだ。そんな中に市内の行政区別の観光パンフレットがあった。我々が問題にしている住所が含まれたそのパンフレットには、その区内での歴史的な名所や観光順路が簡単な地図とともに掲載されている。そして、そこに彼女の姓の一部と同名の地名も登場する。その名所とは教会である。さらに、その教会に関する説明文には〈この教会を建てた（寄進した）のは十九世紀からの実業家○○である〉と書かれている。○○は彼女の姓と一致する。やはり私が最初推察したように、彼女の姓は昔からの資産家のものであったことは間違いないことが判明する。だから地名にもなっているわけだ。彼女自身はポーランドの出身だと言っていたから、おそらく彼女のご主人がその子孫に当たると推察できる。

一月中旬投函した手紙に返事は来なかった。ひょっとして郵便が着かなかったんだろうか、住所を書き違えたんだろうか。躊躇に躊躇を重ねた挙げ句、何人かの方のお世話になりながら、このままでは申し訳ないという気持ちもあって、三月になり、私はハガキを書いた。〈十二月Yさんが電話を掛け、一月に手紙を出しましたが、住所を間違えたのではないかと危惧しています。もし着いていないならお知らせください。再度お送りします〉という文面だった。

三月下旬返信が来た。しかしドイツ語の筆記体で書かれた文面は、ドイツ語の辞書を引く前に文字の判読が大変で、何日かかかって判読はしてみたものの、部分的には理解できてもはっきりとは理解できず、またしてもYさんの助けをお借りする。Yさんも判読できない部分があり、Yさんがドイツ語を教わっているドイツ人の方にも協力していただいて、やっと内容を把握できた。内容は概略次のようなものだった。

〈春の初めに、良いことがいっぱい！〉という書き出しで始まり〈昔に帰り思いがけないほどいろいろのことを想い出した〉こと、〈私にとって信じられないほど大きな喜びだった〉こと、〈シマノウスキーの没後あるいは生誕何周年の行事があった〉こと、〈生誕百二十周年（二〇〇二年）にはウィーン交響楽団のコンサートマスターと一緒にバイオリンとピアノのためのソナタを演奏した〉こと、〈もうあなたは引退しているのか。次の旅行はいつか。自分は七月からアメリカに行き九月上旬にはウィーンに帰っている〉というものだった。

私は今も彼女が音楽の世界で活躍していることを知り嬉しく思った。少なくとも十五年以上それが続けられている、ということはそれなりに評価されているわけだから。シマノウスキーは彼女のライフワークとなっているようだ。私の所期の目的は達成された。彼女の近況が少しずつ明らかになるにつれ、一度再会してみたいという気持ちが湧いてくる。けれども、会ってみてどんな話をするのかと考えれば、片言英語の私と英語が得意でない彼女では、音楽についてあるいは文化や歴史について感想を話し、意見を聞きたいという気持ちはあっても、私の語学力では二の足を踏まざるを得ない。

旅先での、束の間の遭遇をした彼女と私。お互いに、それまで歩んできた道を今も歩き続けているということは幸せと言えるのだろう。十五年という歳月はそれぞれに年輪という重々しさを加えている。人生も旅も、人との出会いと別れを繰り返し、感激や落胆を綯《な》い交《ま》ぜにして、宇宙という時の流れに呑み込まれていくのだということを実感する。

十五年前、初めて会った時の〝簡素で凛とした〟彼女の第一印象は、おそらくそのまま、今も変わっていないだろう。ここしばらく私にヨーロッパへの夢を与え続けてくれた彼女はこのままにして、夢を見続けているのが最も私には相応《ふさわ》しいと想う、そんな心境になった。

このハガキを受け取ってから六年後の二〇〇九年九月、私は妻を伴って、私にとって三度目のウィーンを訪れた。

切っ掛けはたまたま観たテレビ番組『豪華列車の旅』で、エリザベトのお召し列車を再現した企画があることを知ったためである。ついでにオペラを観よう、バートイシュルで一泊しよう、ハルシュタットも再訪したい、ヴォルフガング湖畔の〈白馬亭〉にも泊まってみたい。以前の私では考えられないような内容の旅を考える。それは海外への個人旅行も、年齢のせいで、もう度々は行けないだろうという心境からきているようだ。ウィーンもこれが最後かもしれない。そんな思いから、初めての一人旅で遭遇した音楽学校の先生と、もしできるなら、再会してみようという気持ちになった。出発の十日前《私は九月、妻と二人オーストリアを旅し、ウィーンに六泊します。可能なら再会したいので、滞在ホテルに御連絡下さい。》という手紙を送った。約一週間で郵便は着くはずである。

九月十四日、ホテルに着くと《十六日ホテルロビーに来る》旨のメールが届いていた。当日妻と二人待つ狭いロビーは大変混雑していた。ふと気づくと女性が私の側で微笑んでいる。それが彼女だった。大勢の人の中で東洋人は我々二人で、彼女はすぐわかったわけだ。しかし私の前に立っている女性に、私の中にあった彼女の面影は、全くなかった。どんな場面で出会っていても、この女性が彼女だと気付かなかっただろう。あの時の彼女はほっそりしていた。顔立ちもそれに合わせるように引き締まっていた。今の彼女はふっくらしている。顔立ちも丸味を帯び、柔和に見える。これは明らかに二十二年という時間がもたらしたものだ。もちろん私とて同様である。当時なかった口髭を持ち、顔付きも順調に老化している。しかしそう感じたのは一瞬のことだった。彼女が来てくれたことへの感謝と望みが叶えられたことへの喜びに包まれた。

「主人が三十分ほどすれば来ます」ということで、狭いソファーに腰掛け、堰《せき》を切ったように私は質問を浴びせかけた。妻はそんな二人を見守ってくれる。やがてテナー歌手ご主人が登場する。少し頭は禿げ上がっているが、長身の偉丈夫だ。彼に促され四人は近くの明るいレストランに場所を移した。「昼食が未だ」と言う彼は食事を、我々はビール、コーヒーを飲み、ロビーを含めると約二時間を共にした。彼は英語ができる。以下話の内容を要約しよう。

彼女は昔、ポーランドからウィーンへピアノと作曲を専攻して留学してきた。当時冷戦下の両国を行き来するのは大変だった。音楽学校は二年前に退き、作曲は続けているが、はかどらない。彼の方は大きな舞台からは身を引いたが、今も現役で歌っている。

教会を寄進した彼の先祖が財をなしたのは、当時採寸して洋服を誂《あつら》えていた時代に、既製服の店舗をベルリンやパリをはじめヨーロッパ各地に展開したことによるらしい。その人が病気で身体が不自由になった時、ルルドへ行って動けるようになった。そのことに感謝して教会を寄進した。ルルドはフランスにある聖地で、その泉を浴びると病が治るといわれ、今も巡礼者が絶えない。教会は今前面の化粧直しをしている。別の建物は障害のある子供たちの施設として使われている。娘さんがいて隣に住んでいる。彼はウイーンオペラ座の日本公演に二度とアジア公演にも参加している。日本に来た時は「富士山に登った」と誇らしげに話してくれた。また、指揮者カラヤンにはオーラがあった、といった話もしてくれた。

　ご主人に「歌うためのトレーニングをするのですか」と質問すると、頷く。横から彼女が「危険です」と言った。その意味は質《ただ》さなかったが、高音の発声練習は喉を傷める危険があるのだと解釈した。

　彼等の住まいがウィーン市北縁のグリンツィングに近いことから、私はその住環境の素晴らしさを羨《うらや》んだ。「二十世紀に世界の大都市の中で人口が減った唯一の町がウィーンです。そのため良い環境が保たれているのです。これはハプスブルク帝国崩壊がもたらしたもの、とある本で知りました」そんな話をしたら、彼は「そのため私の従兄弟はブラジルに行ってしまった」と呟いた。何事にも表裏があるように良い作用と悪い作用が同居する。外から来た者と内側の者で受け止め方も違うわけだ。

　こんな風にして二時間は過ぎた。外に出て礼と別れを述べ、肩を並べて遠ざかる二人を見送った。

　私が受けた二人の印象は、漠然とではあるが、精神的な豊かさだった。服装はごく普通の身形《みなり》、態度も話し方もゆったりしていて落ち着いている。話から、彼女は六十二歳でご主人は三つほど年上と推察する。私は彼等が我々にどんな印象を抱いたか気懸かりだった。

後日密かに、彼等の家を見に行った。グリンツイングの駅から何度も人に尋ねながら訪れた教会は少し高い位置にある。教会の正面から前方に向かって左右二本の湾曲したスロープ状階段が突き出ているのが大きな特徴で、優美な印象を与えている。中に入ると、この教会について説明した小冊子が置かれていた。その中に、この教会を寄進した男性の右横顔を彫り込んだレリーフの写真が掲載されている。心なしかその顔は彼に似ている。

教会の前方は彼の姓の一部が名前になっている長方形の広場で、両側は某国の領事館や立派な家が並び、教会寄りにある大きな家が彼等の住居だった。広場を挟んで向かい側にある建物は一見寄宿舎風で、これが障害児たちの施設らしい。周辺は閑静な住宅地が広がっている。穏やかな午後だった。ここ数年のこだわりは淡雪のように溶けていった。二十二年前、懸命に働いていた当時訪れたこの町での出会いシーンが懐かしい。二十二年ぶりの再会を果たした今、永年続けてきたヨーロッパ歩きがこれで終わったんだと、一抹の淋しさを感じた。


最後に、彼女の名前にまつわる裏話を、一部重複するが、披露してこの話の幕を閉じよう。

彼女と遭遇したマクドナルドで、私が彼女の名前を尋ねた時、彼女はそこにあった紙ナプキンにツェルニー・ステファンスカ、一九四九，ＷＡＬＥＳＡと三行に書いてくれた。お恥ずかしい話だが、当時の私の英語力は中学一年生程度で、ヒアリングに至っては、今もそうだが、お粗末そのものだった。彼女の話しているごく一部しか把握できず、その時はこれが彼女の名前だと早合点していた。その後音楽学校のレッスンルームで彼女の演奏を聴いた後、彼女から名刺をもらったが、時間がなかったため内容を確認せず、彼女の案内でコンサート会場へと急いだ。

ところが旅を終え、帰国後礼状を出す段になって、紙ナプキンの名前と名刺の名前が違うことに気づき、戸惑った。名刺には住所が書かれているため、礼状の宛名は名刺の名前と共に紙ナプキンの名前も書き添えて出した。名刺の名前はご主人のものかもしれないと思ったからである。

この時から十数年経って、我が家の近くにいらっしゃるピアノの先生に、たまたまこのお話しをした時、「ツェルニー・ステファンスカは有名な方ですよ。何歳ぐらいでした」と言われた。彼女は三十代後半に見えた。（この時ツェルニー・ステファンスカは六十五歳だった）

そこでわかったことは、ツェルニー・ステファンスカ（一九二二〜二〇〇一）は第四回ショパンコンクールの優勝者であることだった。また、現在もピアノ教則本として使われている〈ツェルニー〉を作曲したカール・ツェルニー（一七九一〜一八五七）＝ベートーヴェンの弟子＝の家系の子孫だと言われている。その後調べたところによると、ツェルニー・ステファンスカは日本との縁が深く何度も日本を訪れており、その時彼女も一緒に日本にやって来たものと思われる。ツェルニーは晩年には東京芸大、名古屋芸大、エリザベト音大（広島）で教鞭を執っている。結局、名刺の名前が彼女の名前で、紙ナプキンのツェルニーは彼女のお師匠さんに当たる人であり、一九四九は第四回ショパンコンクールの開催年、WALESAは開催地ワルシャワを意味したものと理解するに至った。

一方名刺に記されている姓名の名の部分は女性に特有の名であることをウィーン通のYさんから教わり、この名刺がご主人のものでないことがはっきりした。それは名刺に書かれている肩書の表記が女性を表す単語であること、名が女性向きのものであること、でそう判断できるとのことだった。ついでながらツェルニーと彼女のファーストネームが同じであったこともこの問題を複雑にしていた。名前にまつわるこのお粗末なエピソードはヒアリングの大切なことを教えていることになる。しかしそれを恐れて旅立ちを躊躇する必要はない。それよりも、可能な限りの知識を身に着けて、思い切って旅に飛び出す方がより大切だ、というのが長年の旅から得た私の結論だ。

音楽の都といわれるウィーンでたまたま遭遇した一人の女性の背後には、オペラ歌手のご主人をはじめ、音楽絡みの著名な方々が見え隠れしていることを実感する。ウィーンに旅すれば、そこで出会う現地の人たちのかなりの割合が音楽絡みの仕事に係わっていると推察することができる。楽器奏者はもちろん、オペラ座で掃除をしてるおばさん、楽譜、プログラムやポスターを印刷している人、楽器修理人、舞台作りに携わっている人、そして音楽修行に来ている学生さんたち。そんなことを思いながら、多くの観光客に混じってこの町を歩くのも旅の面白さだろう。たとえハプニングは起こらなくとも。

二〇二二年四月

〈ハプニング〉読後感アンケート

二〇一一年『ヨーロッパひとコマの旅』を出版した際、読後感のアンケートを多くの方にお願いした。この本は見開き二ページに文章と写真が納まり、一話読み切りで、百三十八話掲載されている。アンケートの設問の一つに〈どの話が良かったですか〉というものがあった。それは何故ですか。ピアノの先生との話は、遭遇から再会まで二十二年の時を経ているため、この本では〈ハプニング〉〈歳月〉〈再会〉の三話に分かれている。

アンケートの集計結果は一位から三位が、〈ハプニング〉〈再会〉〈歳月〉の順で、この三話で独占された。この他にも、写真を撮ったことが切っ掛けで、後にホームステイをさせてもらうことになったオランダ女性ソフィアとの話も〈別れ〉、〈出会い〉、〈ホームステイ〉の三話に分かれているが、四位から六位を占めた。

このことは、旅において人との交流が如何に大きな意味を持っているかを暗示している。そしてそれは団体など複数人数の旅ではなく、人との交流の機会が多い一人旅において顕著であることをも示している。〝旅の本質は孤独だ〟、とする私の持論が裏付けられることにもなった。見知らぬ土地で不安を抱き、孤独な状況下での人との出会いは日常生活のそれとはまた違った作用をもたらす。旅の醍醐味である。

このアンケートで、皆様から寄せられたコメントを以下に紹介しよう。そこからは同一性と多様性を窺い知ることが出来るだろう。数が多かったためコメントの内容は、極めて簡潔に纏《まと》めさせてもらっている。なおアンケートは最終的に百七十六通に達している。

ピアノの先生との出会い場面（ハプニング）

★さながら映画になりそうな一部始終★素敵な出会い感動のシーン些か興奮した様子がよく出ている★まるで映画のよう。音楽の先生、教室にまで行って演奏を聴く、シマノフスキー、ご主人はオペラ歌手等、役者が揃いすぎ。続編も興味深かく、単なる旅行記とは思えない★二十二年もの歳月を繋ぐ話は小説のよう。これは偶然ではなく、出会いを大切にし誠実さが伝わるからで、お人柄でしょう★ウイーンで展開する二十二年の物語素晴らしい。飾らぬ筆運びから一緒に体験しているよう。オランダ女性ソフィアも同じ、何か映画になりそう★音楽家との出会い二十二年後の再会に驚き。「人生も旅も人との出会いと別れを繰り返し」に納得★著者一人のための演奏など普通考えられない素晴らしい出会いから再会に至る迄、映画でも見ているような展開に感銘★この邂逅はソフィアとの物語と共に、この本全体の背骨になるような少しミステリアスな挿話★まるで映画を観ているよう★偶然の出会いがもたらした素敵なエピソードにグッと引き込まれた★思わぬ出会い、世界の人間は一つ。心豊かになる★話し掛けられた音楽家との触れ合いは一人旅ならではの面白さ、二十二年後の再会も含め感動★こんな素晴らしい出会いがあるのだと感動★個人旅行の素晴らしさ、団体ではあり得ない★思わぬ出会いが次の旅へと続く、個人旅行ならでは、団体の駆け足では無理★行きずりに知り合い、互いに流暢な会話でない中で心の通じ合った意思疎通が出来ている光景★出会いの奇遇が興味深く二十二年後の再会までの時間の重みが良い★異国の人との長きに亘る触れ合いが旅を強く感じさせてくれる★出会いから再会へと互いに相手を思いやり、心が温かくなった★偶然の出逢いから二十二年後の再会、その人の人生の機微に触れ、通常あり得ないドラマ★海外旅行で外国人と親しくなるなど考えられないので★音楽を通しての不思議な出会いと素敵な経験★旅の醍醐味は人との出会いだから★素敵な思い出★運命的出会いを感じる凄い体験★人との出会い★観光旅行では経験出来ないこと、羨ましい限り★貴重な体験★一人旅がもたらす人との縁★面白く感じた★一人旅ならではの稀有なハプニング。シマノフスキー、ウイーンフィルコンサートマスター、羨ましい★片言なのに素晴らしい。旅の醍醐味★学校まで案内され演奏してもらったこと★言葉が出来ない私にはこんな体験あり得ない★彼女のとった行動に人間性の奥深さを感じたから★著者だから体験出来たこと。シナリオ作家なら映画に仕上げそう★奇跡的な出会いに感動★一人旅、互いの人柄による

十五年目の手紙の遣り取り（歳月）

★人生を紡ぐ縦糸は偶然と努力で強くなると思った。一遍の小説を読むワクワク感がある★旅行中での交流はその時での思い出で終わりがちだが、拡がる友情、絆など人柄が感じられ楽しい★人の思いの深さと温もりを教えてくれるエピソード。日々時間の流れの速さに時には呆然とするが、人の持っている時間や優しさはそんなに凄いスピードで流れるものではないのだと思った★旅先で見知らぬ人

と知り合い、そこから続く人間関係は旅の醍醐味であり美しい景色に勝るもの★十五年の月日を経て色々な人を介し彼女の消息がわかった不思議★再会はどうなるのかと楽しむ★著者の旅の原点

二十二年目の〈再会〉

★感動の再会「しかし私の前に立っている女性に私の中にあった彼女の面影は全くなかった」は事実の生々しさがよく伝わる★人とのちょっとした出会いを大切にし、再会を果たす努力と信念に脱帽★長い（歳月）を経ての再会場面に胸打たれた。まるでドラマのよう★出会いから二十二年振の再会、一人旅ならではの体験、団体旅行では味わえぬ★思わぬ出会いが次へと続く、個人旅行ならではの良さ、（歳月）を経ての再会に感動★（歳月）のプロセスを通じ相手も（ハプニング）を良く覚えていて再会を果たし得たこと★（歳月）を経て二十二年振りに素敵なご夫妻との再会、このような素敵な旅になったこと★旅先で知り合った人と二十二年後に再会。親密な間柄になったことに驚く★出会いから二十二年後の再会、事実は小説より奇なり★二十二年後の再会が感慨深い★再会されたご夫妻の爽やかな様子★再会出来た喜び。著者の行動力に感服。私にも、と勇気を頂いた★興味深く、スリリングな気持ちに駆られた★旅を通して豊かな感性、情緒を得たいと思った

お寄せ下さったコメントから読み取れることは〝さながら映画になりそうな一部始終〟という〈思いがけない出来事〉と〈二十二年という時間の長さ〉に要約されるようだ。そして八通のコメントが、それを生んだ要因が一人旅にあることを示唆されている。

どのコメントも著者としてありがたい宝物だが、敢えて挙げれば次の三つのコメントが印象深かった。★〈彼女のとった行動に人間性の奥深さを感じたから〉★〈思わぬ出会い、世界の人間は一つ。心豊かになる〉★〈旅を通して豊かな感性、情緒を得たいと思った〉。私はこの三つのコメントから得られるキーワードは、相手を喜ばせてあげようという〈善意〉だと思っている。その根底にあるのは一人旅の孤独だろう。

このアンケートのお願いは出版の一年後で、一人でも多くの方に読んで頂きたいという想いから、知人友人にこの本を進呈した時のものである。この本は百三十八話からなっているため、特にその気持ちが強かった。しかし本を贈ってアンケートをお願いすることは押し付けがましく、躊躇《ためら》いがあった。けれども私はアンケート依頼に踏み切った。その根底にあったのは好奇心。建前でなく本音で生きるという、いわば私の人生哲学がそうさせたのだと言えるだろう。そして、この好奇心が彼女の善意を目覚めさせ、あのハプニングを生み、それが更なる私の好奇心を生み、努力を重ねて、二十二年後の再会に至る。

何もしなければ、少なくともそのことについて何も起こらない。主体性、自分というものをしっかりと持ち、人を当てにせず、自分の足で歩き自分の感性で対象物に向き合い、積極的に生きる。〈ハプニング〉の話のみならず、人生また然り。

私自身今このコメントを読み返してみて、当時のことが鮮やかに思い出されると共に、アンケートに応じて下さった方々への感謝の想いを新たにする。これぞ私が求めている、豊かな人生だと。

旅は日常生活から離れ、違った環境で見知らぬものに接し刺激が多い。そんな中での新たな経験が更なる好奇心を生んでいく。一人旅でそれは顕著なものとなっていく。一人旅の魅力はそこにある。更にそれを文章に纏めると、気付かなかった事柄が見えてくることもある。お勧めしたいところだ。

二〇二二年四月

中村哲先生

先日私は、アフガニスタンで現地の人達のため水路建設工事に取り組んでおられる中で凶弾に倒れられた、中村哲先生についての書籍をある方から頂いた。この稿はその本を贈って下さった方へのお礼の手紙文である。そのままここに転載して、この稿を終わる。贈られた本は岩波文庫版（二〇一〇年）で、澤地久枝さんとの対談形式になっている。

○○　様

先般は『人は愛するに足り、真心は信ずるに足る』をお贈り下さいまして有り難うございました。

色々とすることが多く、先日やっと読了致しました。

中村哲先生については、先生が亡くなられた時のニュース番組か何かで知った程度で、それ以上のことは深くは知りませんでした。

現地のために努力している日本人を殺害するとはなんと馬鹿げた連中だろう、というのがその時の印象で、犯人がどんな連中で、どんな意図があったのか。あるいは偶発的な切っ掛けで、いわゆる流れ弾によるものなのか、そんな受け止め方をしていました。

一方、九・一一テロからアメリカの軍事介入を通してのニュース報道から、この地域が部族群雄割拠の未開の地域であると認識するに至りました。日本史で言えば、戦国時代はおろかそれより以前の政治的に未開の地という印象です。そこへ、日本も含めいわゆる先進諸国がその論理で物事を解決していこうとしている。そんな風に私は受け止めていましたし、今もそれは変わりません。中村先生は部族社会、先進諸国の論理等政治的あるいは宗教的な立場を離れ、人の命を救うという医師の立場から出発して水路建設に転向されました。そこに難しい理屈はありません。それが人の心を打つのだと思います。以上のような私の浅はかな認識の基に、この著書に向き合いました。以下は私の読後感になります。

先ず頭に浮かんだのはシュバイツァー博士（一八七五〜一九六五）です。牧師の子として生まれ、四十一歳の時フランス領赤道アフリカに渡り医療活動をした人で、確か学校の教科書にも登場していたと思います。私利私欲を捨て、他人のために役立とうという立場。人道主義という理解です。

次ぎに浮かんだのは相反する二つの格言、「義を見てなさぬは勇なきなり」、「君子危うきに近寄らず」でした。

そんな私がこの本を読んでの最大の関心事は、先生がどんな境遇で育たれたのか、その生い立ちでした。祖父の時代から港湾労働者を相手にし、子供の頃も旅芸人や流れ者の居候が大勢居た。そんな家庭環境が先生の遺伝子の中に組み込まれていて、仁侠の世界で育たれた、と受け止めるに至りました。つべこべ理屈を言わず、即行動に移る。これが先生の原点で、そこには人種、国籍、宗教、主義主張といった政治の世界が介入する余地は微塵もなく、ただ一人の人間として人としてのあるべき道を進む。仁＝思いやり、義＝人としての正しい道、を重んじる。仁侠の世界を実践されたと理解することになりました。医師として入った現地で、専門家でもなかった人が、水を相手にした土木工事を遣る。肝の据わった人だと思います。

誰がどのような意図でこの様な事件を起こしたのか、私は全く知りませんが、この本を読んで多くのことを考えさせられました。端的には地域格差。地理的、政治的、宗教的、経済的、人種的状況の違い。一つの価値基準で物事を判断することの危うさとなりましょうか。しかしどのような違いがあろうとも、あらゆる肩書きを外しての、一人の人間としてこうあるべきだという思いが先生の原動力であったと思われます。

一方、この本を前にして、我が人生においては如何にという想いが浮かびました。しかしその前に祖父のことに想いが及びました。少し脱線します。

私の母親の父は船場の商人でした。私はこの祖父と一つ屋根の下で暮らしたことがありませんでしたが、かなり風変わりな人でした。日常は和服姿で、外出時には僧侶のような黒い衣《ころも》を身に着け、何故か革靴を履き、冬場は襟巻きの代わりに毛糸のかせをそのまま首に巻き付ける、奇妙な姿でした。祖父は正式な得度の道に入ったかは知りませんが、京都の建仁寺に出入りし、僧籍に身をおきたかったようです。なぜそうなったのか、何歳頃のことか分かりませんが、私の推察では妻を二度娶《めと》り、いずれも先立たれたことが切っ掛けではなかったかと思っています。ちなみに祖父の名は現役時代は萬助、婿養子に家督相続した後の隠居後は帰一でした。萬《よろず》を助け、一つのもの（真理）に帰着する。仏語では真理とは〈真実で永遠不変の理法〉だそうです。おそらく仏教界の言葉から命名したのだと思います。祖父は明治六年生まれです。

このこととの関係の有無は不明ですが、祖父は慈善事業に手を出しました。一九一五年（大正四）、大阪の天王寺公園内に孤児の養護施設としての四恩学園設立に同志の方と参加しました。その流れで、釜ヶ崎の生活困窮者、日雇い労務者のための医療施設を建て、看護士でもないのに自ら注射器を持って、医療行為に参加しました。祖父の左手人差し指は第二関節から先がありません。これは釜ヶ崎で注射していた当時、薬の入っているガラスアンプをやすりで切った時の傷が原因でひょう疽《そ》になり、切断したことによります。

他にも韓国人苦学生を援助したり、新聞の三面記事で生活に困っている人を見て直接出向いたり、と積極的且つ具体的に行動していたようです。こんなこともあってか、大阪市から大きな銀杯を贈られたようで、これは私も見たことがあります。一方私生活は非常に質素で、秋には秋刀魚《さんま》ばかり食べていて、お手伝いさんから「たまには高級魚を食べられては」と言われても、「これが美味《うま》いんや」と説を曲げず、グルメではなく、質素な生活振りだったようです。

身内の自慢話めいて気が引けますが、私が祖父の話を持ち出したのは〈善意で行った行為から指を切断することになった〉という事実を伝えたかったためです。中村先生は、指どころか、命を亡くされました。神や仏は居るのか、という気持ちを抱かせられます。

脱線が過ぎました、本題に戻りましょう。


私には私の人生があります。すでに実質的な私の人生は終わっていますが、これで良かったんだろうか?との想いがよぎります。私の人生は『キツネの寝言』に断片的に書いておりますが、もう一度やれと言われても御免被りたいほど、文字通り懸命に生きてきました。一息ついた時、既に七十歳でした。仕事とは別の新たな借金は未だ残っていました。

祖父の生き方に敬意を抱いていた私は、かねてから、自分もという気持ちは抱いていました。そんなことをある人に話したら、「今は福祉の時代で身体障害児の親は、表現は悪いが、それを食い物にしている人が居る」、と忠告されました。

自分の人生を大切にしたい。それは誰しも同じです。人にはそれぞれの人生観、価値観があります。それは誰にとっても重要なものです。明治生まれの祖父には祖父の人生観があり、それに基づいて生きてきました。今スマホで四恩学園について調べますと〈昭和二年六月診療所棟新設（狹間萬助氏の篤志〉〉という記述がありました。今から九十五年前のことです。このほぼ一世紀の間に、戦争を挟んで社会は大きく変わりました。年金制度、生活困窮者への生活保護、健康、介護保険などを初め、弱者への支援システムは格段に進みました。

私の小学生時代、「世の中のために役立つ人になりなさい」とよく言われた記憶があります。それはあのシュバイツァー博士に繋がっています。しかしよく考えてみると、世の中に存在する職業の殆どは必要であるから存在しています。例えば、トラックの運転手はある場所からある場所へ荷物を運びます。それは依頼主のために、つまり社会のために、役立っています。運転手は生きていくための生活費を得るためにやっていることですが、結果として世の中のために役立っているわけです。シュバイツァーの場合は無償でやっていたから尊いのでしょうが、働くということは社会に貢献している、役立っている、ことになります。

この様に考えてみると、改まって難しく考える必要はないように思います。困っている人が居れば、自分の身に合った方法で、そっと手を差し出す。それは自ずと、人それぞれの人生観に基づいてのことです。中村先生が実行された行為はスケールの大きな善行です。先生の生い立ちについて、前段で仁侠という言葉を使いましたが、別の表現をすれば善意となります。公共交通機関で、高齢者や妊婦に席を譲る。重い荷物で難儀している人に手を貸す、そんなささやかな行為がシュバイツァー博士や中村哲先生に繋がっているのだと思いました。これが、この本を読んでの感想です。

日々体力低下を感じるこの頃ですが、この様に一冊の本を読み、それに対する感想をまとめることは私の老化進行を弱め、且つ、生きている喜びを感じさせる働きをしています。これぞ私が追い求めている豊かな人生の一つです。良い機会を与えて下さいまして、有り難うございました。

コロナ騒動は今年中には落ち着くであろうと期待しております。もし機会があれば、再会してお喋りを愉しみたいものと思っております。

その日の訪れを祈念しつつ、この便りを終わります。ご自愛下さい。妻からも「よろしく」と申しております。

二〇二二年八月

狭間秀夫

二〇二二年△月△日

離れ

最近ある方が下さった手紙に〈私は今〝離れ〟に一人で暮らしています。息子達と同じ敷地内です。〉という記述があった。

近年〝離れ〟という言葉を久しく聞いたことがなかったように思う。この言葉は今や死語になっているかのようだ。ひょっとすると、今の若い人にはこの言葉は通じないかも知れない。そして私の感覚では、この言葉の背後には優雅な雰囲気が漂っている。

戦後の高度成長期と共に都市への人口集中が加速し、大都市周辺の地価高騰に伴い、住宅の敷地面積は狭くなっていった。その結果、大都市周辺の住宅地で〝離れ〟を持つ家は少なくなったと思われる。さらに、世代交代による相続が住宅地の敷地面積をどんどん小さくし、今や〝離れ〟のある住宅は大都市周辺では皆無に近いのではないかとさえ思われる。しかも同じ敷地内にご子息やお孫さん達が居らっしゃる、正に理想の住環境と言えるだろう。羨ましい限りだ。

〝離れ〟とは正確には離れ座敷を指す言葉で、同じ屋敷内に母屋があってのことだ。昔は大家族であったことも〝離れ〟を生む由縁であったと考えられる。戦後民法が改正され家督相続という制度がなくなり、相続は均等となり、核家族化が進んだ。これも〝離れ〟を持つ家が少なくなることに拍車を掛けているようだ。

現在〝離れ〟を持つ住宅の多くは、東京や大阪の大都市周辺ではなく、地方都市の旧家といわれるお宅ではないかと思われる。何代も続いた家業を営まれているお宅が想像される。この手紙を下さった方が正にそれに該当する。県庁所在の地方都市中心部で、昔のお城があったすぐ近くの広い敷地（五百坪）にお住まいだ。

もともとは同じ県内の農村の庄屋だったそうだ。庄屋とは、江戸時代の村役人で村政を担当した村の首長のことである。昭和初め現在地に転居されたが、空襲で全焼。そこで田舎に残っていた大正期建築の旧宅を現在地に移築。その後ご子息の事業継続に伴い新居建築が行われ、移築された旧宅を半分壊したものが現在の〝離れ〟となったそうである。従って大正期建築のこの座敷は、その資材や様式、装飾など当時の趣が感じられる素敵なものと察することが出来る。

家業を引き継ぐという視点から見れば、それは資本主義社会の進展とも関わりがあるように思える。資本主義社会は大資本による寡占化を促し、その結果中小零細業者は駆逐され、いわゆる家業と言われる仕事がなくなっていった。昔は洋服屋さん、眼鏡屋さん、八百屋さんなど商品別に家業として働いていたものが、今では大手資本によるチェーン店を見れば明らかなように、事業主としてではなくサラリーマンとして働かざるを得なくなっている。その結果、家業として一箇所に定住する必要もなく、サラリーマンとして何処で暮らすことになるかも分からない身の上となり、その上仕事の多い都会は地価が高いこともあって〝離れ〟のある住まいとは無縁となってしまった。その典型がマンション暮らしである。今日本中の所帯の中でマンション暮らしをしている所帯がどれ程あるのかは分からないが、〝離れ〟を持った住宅に住まわれている所帯数は極めて稀であることは間違いないだろう。

〝離れ〟のある住宅はその大小は兎も角、例えそれが通路のような狭いものであったとしても、必ず庭があるはずである。私に言わせれば、これが大きな魅力だ。と言うのは、庭があればそこには必ず植木や草花があるはずだからだ。母屋から〝離れ〟へ、あるいは外出先から帰宅して〝離れ〟に入る時、自然界と接することが出来る。自ずと季節の移ろいを感じ取る。生きている喜びである。

残念ながら私は〝離れ〟のある住まいで暮らしたことはない。ただ経験をしたことは数回ある。それは旅先の宿泊施設でのことだ。鮮明に記憶に残っているのは別府温泉の奥座敷と言われる湯布院の亀の井別荘（一万坪の自然林の中）、湯布院玉ノ湯（三千坪の雑木林の中）、山荘無量塔《むらた》（中心部から離れた山林の中）でのことだ。もともとこの地は別府の西直線距離約十四㌔に位置する山間の平坦な場所で、市街地と言えるような街がなく、別府に比べれば地価もうんと安いはずである。従って前記の宿はいずれも広い敷地の中にゆったりとした間取りの〝離れ〟が点在し、それぞれが樹木で隔てられている。それは決して日本庭園と言われるようなものではない、ごく自然な林のようなもので、気持ちが穏やかになる。

もっともこれは私が自然界が好きなことにより、そう感じるのかも知れない。大都市の高層マンション最上階に魅力を感じておられるような方にとっては高級ホテルのような快適性、利便性にこそ魅力があるわけで、そのような人にとっては、〝離れ〟のある住まいで植木の手入れや草取りなど真っ平ご免ということになるだろう。この様に見てくると、〝離れ〟のある住まいに憧れるのは、私のような自然崇拝者に限られるのかも知れない。

そしてそんな想いが、結局信州の山麓での小屋建設に私を向かわせたのだと思われる。ここで私は体力が続く限り、庭仕事をすることによって、草や木や小鳥たちと語り合いたいものと思っている。そしてそうすること自体が私にとっての健康法であり、呆け封じにも繋がっているようだ。ここは私にとって文字通り離れた場所ではある。しかし本物の〝離れ〟ではない。なぜなら本当の〝離れ〟は同じ敷地内に母屋があってのことで、この小屋は偽物ということになる。

ちなみに七月二十六日現在、ここ信州山麓で花を付けているのは、蕾も含めるとオカトラノオ、ヤマホタルブクロ、ヤマアジサイ、ヤマオダマキ等十九種類ある。しかしその中には、いわゆる雑草とされるような名も知らない、見栄えのしないものも含めてのことだ。だがこれ以上深入りすると標題の〝離れ〟から離れていくことになるので、私もこの稿から離れることにしよう。

二〇二二年七月

特色選抜

特色選抜とは日本における公立高校の受験制度の一つである。いつから行われたのか、その内容の詳細などを私は知らないが、たまたま私の孫娘がこの制度による受験をしたことで初めてその存在を知った。彼女はそれによって、その高校の特色選抜による学級で、三年間の高校生活を終えている。この稿は、私が彼女から聞いた話に基づいて感じたことを綴ったものである。

特色選抜の制度そのものは都道府県によってその対応はまちまちで、この制度を行っていない府県もあり、内容見直しや取り消しなど一様ではない。彼女が居住する兵庫県も、現在はその内容が当時と違っているようだ。

この制度は二〇〇二年から従来の入試方式に追加する形で導入されたもので、生徒の個性、優れた面だけでなく、特別活動や学外活動も評価する選抜方法。合否判定は面接、実技試験、小論文を実施する、とある。

受験は一般の公立高校受験日より早く二月中頃に行われ、合格発表は約一週間後に行われる。不合格の場合は一般の公立高校への受験となるが、彼女は念のため特色選抜受験前に滑り止めとして、謀私立高校を受験し、合格通知を受ける。この時、謀私立高校からの入学条件として授業料免除、三年間の携帯電話無料貸与の条件が提示された。受験の結果内容が良かったことによるもののようだ。このことは少子時代の昨今、私立学校の生き残り競争が如何に激しいものであるかを暗示している。各私立高校は、難易度の高い大学同格を目標としたものから、スポーツに力点を置いた学校まで多種多様だ。この謀私立高校は、夏休みは三日しかない、と言われた受験校だった。しかし、幸い特色選抜受験に合格し、志望公立高校で以後三年間の高校時代を過ごすことになった。

この公立高校は一学年のクラスが七学級あり、七組が特色選抜のクラスになっている。他の六クラスは毎年クラス替えがあるが、七組は三年間組み替えがなく同じメンバーで過ごすことになる。ここに私は大きな意味が含まれているように思われた。詳細は不明ではあるが、学業成績において常に上位を占めているのは七組の生徒であるばかりではなく、一般的なクラス対抗の行事においても、例えば合唱コンクールなどでも、一位を占めるのは七組が圧倒的に多いということだった。これは一体何を意味するのだろう。ここから先は私の単なる想いに過ぎないが、以下のことが推察出来るだろう。

特色選抜の特色の文字が示す通り、この制度は、国語辞典によれば〈他と違うところ〉〈他よりすぐれているところ〉、という趣旨に基づいて作られた制度である。中学三年生の高校受験段階でこの制度に挑戦してみようという生徒は、その子なりに自分というものを自覚し、自分がやりたいこと、自分が過ごしたい高校生活、そんなことをそれなりに意識していた生徒達だったのではないだろうか。そんな生徒達が四十人集まって三年間同じクラスで学校生活を送る時、そこに自ずから同様の目的意識や価値観を抱き、協力しようという連帯感がごく自然に湧き上がってくる。誰に言われたからやるではなく、同志として目的に向かって挑戦しよう、そんな気持ちを抱く、それが七組を勝利に導くということであろう。

大学受験という点では、一年生と二年生の夏休みに東大、京大、阪大の国立大学への見学訪問を行ったそうだ。どのような経緯で行われたのかは不明であるが、クラスメイトと共に彼女はそれに参加している。後日聞いたこの時の感想で、「京大はこれといった案内がなく勝手に見てくれといった風だったが、阪大はそれなりの説明があった」というもので、そこに私は両校の校風の違いが感じられ興味深かった。

塾に行くことを嫌っていた彼女も中学三年生の十一月頃から塾に行くようになり、高校進学後は三年生の五月頃から同じその塾に真剣に通うようになったそうだ。そして大学合格後、その塾で塾生の個人指導を二年半にわたって続けたと言う。

大学受験については、十二月末滑り止めの私立大学願書提出、一月センター試験（共通一次試験）受験、二月本命の国立大学受験を順次受けていった。この間センター試験の結果が判明した段階で、願書を提出していた某私立大学から合格の通知を受けたそうだ。つまり無試験での合格の通知である。

これは、〈センター試験の結果を利用する受験方法〉に基づいて受験したことによるそうだ。私立大学に願書を提出する際、願書に〈センター試験成績請求票〉を添付すれば、大学はその受験番号によって受験生のセンター試験結果を把握し、成績優秀者に無試験合格通知をする仕組みになっているということである。但し入学金は納付した。この様な経緯を経て、結局彼女は志望大学合格が決まり、受験競争から解放されることになった。我々も安堵したことは言うまでもない。

一方、他の七組のクラスメイトはどうであったか。その全容は不明であるが、判明しているところは以下のようである。七組の卒業生は三十九人で東大一名、この人は無試験合格。京大四名、阪大九名、神戸大四名、北海道大、九州大、岡山大、広島大、各一名。公立では兵庫県立大、高知工科大。私学では早稲田、関学、同志社二名、明治、となっている。他の十人は不明。

東大へ無試験で合格した人はどのようなことが評価されたことによるのかといえば、〈模擬国連（国連で会議をする設定で、英語で議論をする活動）に参加して、優秀だと評価されていた。その結果を東大に提出して、面接を受けて合格〉ということだった。他にも無試験合格者がいたか否かは不明。

彼女の特色選抜受験の切っ掛けは、中学三年の夏、母親からその存在を聞き、友人と説明会へ行って、面白そうだと感じたからだそうで、両親は応援してくれたと言う。本人に特色選抜を体験しての感想を尋ねると、次ぎのような答えが返ってきた。〈ただ勉強が出来るだけじゃない人達が集まっていたのが良かった。クラスメイトも良かったし、生徒が好きなようにさせてくれる環境（先生達の）も良かった。クラス替えがないことで、人間関係が安定していた。〉と応えてくれた。

私の子供達が小学校時代の約五十年前は日教組が華やかな時代で、一クラスを数名ごとの班に分け、授業内容が理解できない子には班の生徒相互で教え合う、という指導をしていたようだ。息子は当時それについて、しばしば不満を漏らしていた。その後日本の教育行政は詰め込み教育からゆとり教育へと変化し、さらにゆとりの見直しなど、この問題は非常に複雑で、私如き教育とは無関係で且つ凡人にとっては意見を述べる資格も能力もない。しかし感想を述べることは出来そうである。

それは教育行政云々ではなく、高校生時代の若者の教育が如何に大切であるか、またどうあるべきかを考える良い切っ掛けを、この特色選抜という制度が提起してくれているという意味である。ここで示されていることは、難易度の高い大学受験において頭脳明晰であることが求められるのは当然のことではあるが、ただ単に知能指数が高いことだけではないことも読み取ることが出来る、という意味である。つまり受験生個人の自覚、目的意識の強弱、主体性の有無、が大きな意味を持ってくると言うことになろうか。そんな意識の高い生徒達が三年間同じクラスで過ごすことが、特色選抜最大の長所であろうと察せられる。ただ現在兵庫県のこの制度は、当時とは内容が変更されているようだ。

ここまで書いてきて私は自分の高校生時代を振り返ってみるにただ唯恥じ入るばかりである。私は自分の知能指数を知らないし、高いとは思っていない。せいぜい平均値の下限までには入っているだろうと思ってはいるが、自分が同世代の友人に比べ非常に幼稚だと感じたことは学生時代しばしばあった。その意味で私は特色選抜で受験するタイプの生徒でなかったことだけは間違いなかっただろう。

大学受験は若者にとって確かに人生における大事な行事であることは間違いなかろうが、長い人生という視点から見ると、そんなに大変なことでもない。世間でそれを重視するのは、その結果によってその人が受ける社会的、経済的な影響を考慮してのことで、必ずしもそれによって全てが決まるわけではない。場合によっては、受験に失敗したことによって素晴らしい人生が生み出されることも多いだろう。私の歳になればその想いは顕著なものになる。

いくら良い条件が与えられようとも、最も大切なことは、人生におけるその場その場で本人が如何に真正面からそのことに向き合い、全力で取り組めるか否かに掛かっている。それが出来るような人間になること。そんな人間になるためには何が必要か？どうすればそれを身に付けることができるか？しかし、これ以上の深入りはこの稿の主題を遙かに超えることになる。従って、またの機会に譲ることにしよう。

二〇二二年七月

マツムシソウ

数多くある山野草の中で、私が最も好きな花はマツムシソウである。この花は山野草としては比較的大きく、直系四㌢ほどの薄紫の花だ。八月から九月にかけて花を付ける。

八ヶ岳山麓の我が小屋の敷地にこの花が登場したのは小屋を建てた一、二年後でなかったかと思われる。登山ルート偵察中に、開けた斜面に群生していた一株を採集したものである。それ以来今日までほぼ三十年間、毎年この花は咲き続けてくれた。

この花が咲き続けるということには大きな意味がある。それは次ぎのような事情による。この花は二年草と言われ、種を蒔いた年は花を付けず、冬を越して翌年に咲いて枯れると、消えてしまう。その点毎年同じ株から芽吹いて花を付ける宿根草とは根本的に異なり、価値が高いということになる。この花を毎年見続けるためには花が終わった後、種を採取し、それを蒔いて育てるという、園芸としての作業が必要ということになる。しかしながら、ここに小屋を建てて三十二年になるが、当初の二十年余りは仕事に追われ滞在時間も極めて少ないこともあって、私はここでの山野草の成育に手を出す余裕は全くなかった。

そんな状況下、マツムシソウ側からすれば過酷な環境にあったにもかかわらず、当初マツムシソウはその生育範囲を少しずつ拡げていった。そして生育場所も少しずつ移動し、株数も増加した時期があった。なぜそのような状態が続いたのか、今振り返ってみて不思議な気持ちに囚われる。しかしそんな状況は長続きせず、徐々に咲く場所や株数は減少していった。その減少はここ十数年続いている。

そして四、五年前からは二、三箇所に数株まで、と減少した。いわゆるここでの絶滅危惧種である。この間私なりにささやかではあるが、種を採集して蒔くという努力もしてみた。しかし生来不精者である私はこの様なことにかけては全く不向きで、手間暇を掛けないため上手《うま》くいった例《ため》しがなく、不成功に終わってきた。そんな経緯の中、昨年は小屋の東側で二株芽吹き、その内一株は花を付けた。

そして今年、その場所にマツムシソウの姿は見られなくなっていた。ほぼ三十年間毎年私を楽しませてくれたマツムシソウとの縁がこれで終わりを迎えるのかと思うと、私の年齢から考えて、私の人生もこれで終わりを迎えるのかという寂しい気持ちに囚われる。かと言って、今さら園芸種のマツムシソウを買ってきてここに植えるという気持ちは、自然派の私には、湧いてこない。自然界に身を委《ゆだ》ねようという心境である。

これはマツムシソウのみならず、ここでの私の基本的な立場である。つまり、可能な限り人為的な働きかけをせず主導権は自然界に任せるが、山野草を楽しむ上で邪悪なものは排除していこう、という考えに基づいている。現在この敷地内にある植物で外部から持ち込まれたものは、このマツムシソウ以外では、ハクサンシャクナゲ、ガクアジサイ、アヤメの三種。アヤメは宝塚の自宅から移植したものだが、三〜四年に一度、二〜三輪花を付ける程度でこの地に不適切なようだ。

そんな環境の中で、連日邪魔な草取りを続けていた私が六月に入って、敷地の奥の方にマツムシソウによく似た草の葉を発見した。その場所はこれまで一度もマツムシソウが生えたことがない場所だった。しかし葉の形はよく似ている。マツムシソウかも知れない、と期待に胸が膨らむ。

二年ほど前、浄化槽新設工事の必要から、敷地内の表側、ベニバナイチヤクソウに覆われた地面を掘り起こすことになった。かなりの面積である。それは、山野草に愛着を持って保護してきた私にとって、耐え難いほどの苦痛であった。そこで私はこのベニバナイチヤクソウの移植を考えた。

落葉松《からまつ》の多いここでは、かなり太い枯れ枝が強風によってしばしば落下する。長年の間にそれはかなりの量になった。これはストーブの燃料として役に立つ。それを敷地の奥の方にこれまで積み上げていた。さらに燃料用としての廃材も多く積まれていた。それらのものを整理した跡地は畳六枚くらいの広さになっていた。そこへベニバナイチヤクソウを移植することにした。一定の大きさに分厚く切断したものを板に載せ、何度も運ぶ、重労働だった。森の中の地面はもともと枯れ葉の堆積物であるため、幸いにして移植は見事に成功した。

この移植したベニバナイチヤクソウの中から、問題のマツムシソウらしきものが芽生えているのである。そして思い出した。移植以前のあの場所にマツムシソウが在ったことを。と言うことは、当時そこに落ちていた種が移植後ここで芽生えたということになる。この葉は間違いなくマツムシソウだろう。途絶えたと、諦めかけていた私の胸に灯が付いた。

この日以後、連日この葉の状態を観察するようになった。やがて花芽が上がり、その姿からマツムシソウであることを確信。胸中、快哉を叫ぶ。以後花芽が大きくなり、盛り上がるが、暫くその状態が続く。見た目には変化が見られない。そんな日が続くと、日当たりが良くない場所だけに、果たしてちゃんと開花してくれるだろうかという心配が湧いてくる。そして何日かして、大きくなった花芽の外縁に小さな薄紫の花びらがひとつ開いた。ほくそ笑む、が未だ安心は出来ない。最終的には花が完全に咲き、種が付き、茶色に色付くまでは。これを心配性というのだろう。

連日観察を続ける中、花びらの数は増し、数日を経て八月二十八日満開となる。妻共々万歳を叫び、ラインで繋がっている人達に写真を送った。いい歳をして、山野草に関心の薄い人から見れば何と馬鹿げたことと思われるかも知れないが、私共は大真面目で喜んでいる。この歳での生き甲斐のひとつである。私が信奉する〈豊かな人生〉のひとコマに相当するのかも知れない。

花を咲かせたこのマツムシソウの同じ株に三つの蕾が付いている。またこの株に接するようにもう一株にも花芽が三つ付き、そのひとつが今日現在開花を始めた。さらに隣接して、花芽の付いていない株が三株ある。この三株は今年は花を付けず、来年花芽が上がってくるものと期待される。このことは、我々にとって来年までこの楽しみが継続することを意味している。有り難いことだ。

ところで、こんなに大騒ぎしているマツムシソウだが、なぜ私はこの花に惹かれるのか？その理由をつらつら考えてみるに、先ず薄紫の色合いが愁いを感じさせるに程良い濃さであること。さらに、一輪の花としての輪郭が、くっきりとしたものではなく、不揃いであることが見る者に不安定な感覚、つまり不安感を与えていることによるのだと思われる。儚さ、見過ごすことが出来ない気掛かりな存在、と言えるだろう。また花を付ける時期が、盛夏を過ぎ秋の近づく足音が聞こえる頃であることも、儚さを増幅しているように思われる。ちなみに花言葉は〝風情〟、〝魅力〟で、秋の季語でもあり、成る程と感じられる。

また、この花は直系四㌢ほどの一輪の花と捉えているが、外側の花びらは放射状で中心部は多数の小花が集まってひとつの花の形を作っているということだ。そして名前の由来はマツムシ（スズムシ）が鳴くころに咲くことによるとされている。

ここ半月ほどの間、朝夕二度足を運び、気を揉んできたマツムシソウとの付き合いもやがて今年は終わるだろう。それはこの花のみならず、他の山野草にも当てはまり、訪れる小鳥たち、九月に姿を見せるキノコ（ハナイグチ＝ここではジゴボウと言われ食べられる）、十月からの木々の紅葉、落葉へと繋がっていく。この自然界が演ずるドラマをどう鑑賞するか。それは偏に受け手の私自身の有り様にかかっている。願わくは一日でも長くそのドラマの中に埋没し、やがてその世界と一体化する日が訪れる、その時を心静かに迎えたいものである。

二〇二二年八月

祇王寺と寂光院

この五月、私は妻と共に京都のお寺を訪れた。最初に訪れたのは太秦《うずまさ》にある広隆寺。かねて拝観したいと思っていた、弥勒菩薩を観るためである。

この寺は六〇三年、秦河勝が聖徳太子から賜った弥勒菩薩像を祀るため建てられた、京都で最も古い寺である。ただ、現在の本尊は聖徳太子。

立派な楼門を持つこの寺の境内は苔むした庭としっかりした建造物で格式の高さが感じられた。我々はお目当ての霊宝殿に直行する。弥勒菩薩はこの建物の奥まった、中央の高い位置に置かれている。その上、建物内部は非常に暗い。そのため、この仏像を間近に、はっきりと、鑑賞することは全く出来なかった。薄暗がりの中でぼんやりと輪郭が把握出来る程度で、あの微妙な形の右手の指を頬に近づけた微笑《ほほえ》みを思わせる表情を、観ることは出来ない。これは国宝指定第一号と言われるこの魅力的な像を保存するための配慮からと察せられるが、あの薄暗さは度が過ぎているように感じられる。そのため、私にとっては殆ど無意味な広隆寺訪問に終わった。従って、その印象を書き記すことが出来ないのは、誠に残念である。

次ぎに訪れたのは嵯峨野にある祇王寺だ。この稿のタイトル〈祇王寺と寂光院〉を見て、文学好きで勘の鋭い方は『平家物語』を連想されたのではないだろうか。私がこの稿を書こうと思った切っ掛けは『平家物語』を読んだことによる。最初に読んだのはビジュアル版の簡略化されたものだった。従って、読んだと言っても、全文を通読したのではなかった。

平家物語は文字通り平家一門の盛衰を書き記した物語りであるが、ジャンルで言えば軍記物とされている。富士川、一ノ谷、屋島、壇ノ浦など戦いの場面が数多く登場する。にもかかわらず、この物語の冒頭近くと最後には女性が登場する。私はそこに一種の違和感を覚え、それが私を祇王寺と寂光院へと誘《いざな》ったことになる。英雄色を好むの言葉があるように、権力者に纏わる女性の話が登場することと自体不思議なことではないのかも知れないが、この二つの話は強烈な印象となって私の中に留まっていた。

広隆寺を後にして車の我々は、嵐山の渡月橋を左に見て右折北西進して約二キロの祇王寺に着く。奥嵯峨野と言われるここ迄来ると、嵐山界隈の喧騒が嘘のように感じられる、静寂に包まれている。駐車スペースがあるか否かと心配していたが、二、三台停められるスペースがあり、ホッとする。

三百円払って中に入る。竹林が拡がる中、竹を使った塀で囲われた境内は広くはない。厚い苔で覆われた庭は楓《かえで》の新緑の下、緑に染まって美しい。そこに茅葺《かやぶき》きの草庵がある。二間あるが、広くはない。十畳と六畳ほどか。手前の仏間は入って右側に庭を見、左側の仏壇に本尊大日如来と祇王、祇女、母親の刀自、仏御前、平清盛の木造が安置されている。奥の控えの間には大きな吉野窓と言われる丸窓がり、斜め十文字に組んだ桟を通して緑蔭を映し、得も言われぬ風情をもたらしている。

草庵手前奥にある墓地の入口には「祇王祇女佛刀自之旧跡」と書かれた石碑があり、「承安二年(一一七二年)壬辰八月十五日寂」と刻まれている。これが祇王の没年とされる由縁のようだ。ちなみに生年は不詳。墓地の背後はかなりの登り斜面になっていて、この地が如何に淋しい場所であったかが偲ばれた。また現在の草庵は、明治初年この寺が廃寺になったことから、明治二十八年に元京都府知事北垣国道さんが嵯峨にあったご自身の別荘一棟を寄付されたものだそうだ。

少し曖昧だが、私は数十年前妻とここを訪れた記憶がある。その時は秋で、境内は紅に染められ美しく、その印象は今もはっきりと残っている。その印象を持って訪れた今回は、その時とは対照的に新緑に包まれ別世界を訪れたように感じられた。前回は寂しさの漂う秋、今回は緑萌える季節であるにも拘わらず、私は祇王寺がこんなにも寂しげな場所にあったのかという想いを抱かせられた。

祇王寺は決して野中の一軒家ではない。現在は、すぐ近くまで庭付き一戸建ての家が連なっている。しかし修学旅行生で賑わう渡月橋界隈から約二キロのここではその喧騒は全くない。その落差が私にそのような感情を抱かせたのだろうか。いや、祇王寺がこんなに寂しい処にあったのかということの想いはそんな物理的な落差によるものではなく、私が『平家物語』を読んだことによるのだということを今しみじみと感じる。祇王寺の寂しさは、この時から深く私の中に残り、今なお留まっている。

そこで話が後先になったが、ここで祇王の話を概略記しておこう。当時、都で有名だった白拍子（歌舞をする芸能人）の祇王は平清盛の寵愛を受け、妹の祇女、母親の刀自と共に裕福に暮らしていたが、三年ほどする内に仏御前という評判の白拍子が現れ、清盛に推参を願い出た。清盛はこれを拒絶するが、祇王はこれを憐れみ、そのとりなしによって仏御前が歌舞を披露する。これによって清盛は仏御前に心を移す。一方、仏御前は祇王への気遣いからこれを辞退するが、結局清盛は祇王を追い出し仏御前を内に入れる。

三年間住み慣れたところを離れるに際し、祇王は障子に〈もえ出《いづ》るも枯《か》るるもおなじ野辺の草いづれか秋にあはではつべき〉と書きつけた。こうして身を引いた後も清盛から「仏御前が退屈している、今様（流行歌）など歌って慰めよ」との呼び出しがあったが応じなかった。しかし、母の諫《いさ》めによって出向き、惨めな自分の現況を思い知らされながら求めに応じて（以下「」内は原文より）、「今様ひとつぞうたふたる〈仏もむかしは凡夫なり　我等も終《つい》には仏なり　いづれも仏性《ぶっしょう》具せる身を　へだつるのみこそかなしけれ〉と、なくなく二返《にへん》うとふたりければ、其の座にいくらもなみゐたまへる平家一門の公卿、殿上人、諸大夫、侍に至るまで、皆感涙をぞ流されける。」

こうして祇王は妹祇女、母刀自と共に尼姿になり、奥嵯峨野に隠棲することになる。時に、祇王二十一歳。妹十九歳、母四十五歳。

そして春、夏が過ぎ秋になった夕暮れ時、竹の網戸をほとほと叩く者が表れた。それは仏御前だった。自分が清盛のもとに押しかけていったことで祇王が追い出されたこと。祇王が歌った（前記の）今様。祇王が清盛のもとを去る時障子に書いた〈～いづれか秋にあはではつべき〉に、本当にその通りだと思い、人生の儚さを思い［～一旦の楽しみにほこって、後生を知らざらん事のかなしさに、けさまぎれ出てかくなってこそ参りたれ］と言って頭から被っていた着物を取った。見れば尼の姿になっていた。この後［四人一所にこもりゐて、あさゆう仏前に花香をそなえ、余念なくねがひければ、遅速こそありけれ、四人のあまども、皆往生の素懐《そくはい》をとげけるとぞ聞えし］とある。仏御前はこの時十七歳。二十歳で亡くなったとされている。

祇王寺を訪れた後、我々は琵琶湖畔にある〈かんぽの宿　彦根〉に向かった。今回の京都行きは広隆寺、祇王寺、寂光院、三千院を目標としていたが、観光客の多い京都で宿を取るよりは、私がひいきにしていた〈かんぽの宿〉で未だ訪れたことがないことから、ここを選んだわけである。

この宿は湖岸に接し遙かに比叡山に連なる山並みを眺め、背後は公園のような平坦な緑地で伸びやかな場所にある。あてがわれた部屋は湖岸に向かった角部屋で、明るく眺望が良い。眼下には釣り人が居る。さきほどまでの奥嵯峨野とは対照的な立地である。

翌日は彦根城を訪れた後、洛北の大原に向かった。往路は京都南から彦根まで名神高速を走ったが、帰路は同じ道は味気ないとの思いで湖岸沿いの一般道を走ることにした。これが幸運だった。何よりも距離的に近かったこと、さざなみ街道と名付けられたこの道は終始琵琶湖岸を右手に湖を垣間見ながらの風光明媚さ、信号も殆どない上、通行車両もまれなこともあって快適そのものだった。そして琵琶湖大橋で湖を横断し、京都府と滋賀県の県境に当たる途中越という所で比叡山の山並みを、方角を西から南に変えて、下りに掛かる。この辺りで標高約三百七十メートル。寂光院まで数キロ余りか。この間、急斜面の山並みに直立する杉の山が続く。北山杉と言われるものか。

寂光院と三千院は六十年ほど前に来たことがある。予備知識も殆どなく、単なる観光名所の一つとして訪れた。その時の記憶では寂光院の界隈には家は一軒もなかったように思う。しかし今回訪れてみると観光客を対象とした建物が何軒もある。私が前回訪れたのは戦後の高度成長期の真っ只中だった。そのため当時の観光旅行の多くは会社による従業員慰安旅行が主流で個人旅行は少なく、目的地も温泉場を核にした宴会が目的だったように思われる。従って平家物語ゆかりのこの寺は注目度が低かったということになるだろう。

ここで今回私が寂光院を訪れようという動機となった平家物語から、その間の経緯を簡潔に記そう。栄華を極めた平清盛は娘の徳子を高倉天皇の皇后とするが、やがて朝敵となった平家一門は壇ノ浦での海戦で源氏に敗れる。この時高倉天皇は既に亡く、天皇との間に産まれた安徳天皇（八歳）共々入水するが、徳子のみ救われ、尼となって寂光院に隠棲する。壇ノ浦の戦いは一一八五年三月、五月に出家し、九月に寂光院入り。この時徳子（＝建礼門院）二十九歳。

寂光院は小さな谷筋を上がってきた右側にある。背後はかなりの急斜面で、立派な山門があるわけでもなく、境内も広くはない。本尊の地蔵菩薩の安置された本堂もごく小さなものだが、真新しい。と言うのも、二〇〇〇年放火によって焼失したものが、二〇〇五年再建されたものだからである。

伝承によればこの寺の開基は五九四年聖徳太子によるもので、天台宗の尼寺である。正面にある本堂も地蔵菩薩も新しいため美しいが、そのために、およそ八百四十年もの昔を偲ぶにはかなりの違和感を覚える。私が六十年前訪れた当時の記憶は曖昧だが、それなりに古びたお堂で、趣があった印象が残っている。建礼門院が隠棲していた当時の方丈（三メートル四方）の庵は本堂近くの向かって左に下がったところにあったようだ。この庵を寝所と仏間に分けていたとある。

建礼門院がこの地に入った翌年の初夏の頃、法皇（後白河上皇＝高倉天皇の父、建礼門院の舅《しゅうと》に当たる）の行幸があった。この時建礼門院は仏前に供える花を摘みに裏山に入っていた。報せを聞いて、面会を躊躇《ためら》いはしたが、結局面談する。そこで彼女は都を追われて後の身の上を語り、夫であった高倉天皇、わが子安徳天皇が成仏するために朝夕祈ることが私を仏道へ導く良い機縁になると思います、と語っている。同様に、その中で〈この様な身になったことは一時的には嘆かわしいことではあるが、死後に極楽往生するためには現在の状態はかえって良い機縁になった〉とも語っている。ここに私は平家物語の真髄を見たように感じた。

建礼門院がこの地に入ったのは二十九歳、亡くなったのは諸説あるが一二一四年とすれば五十九歳で、ほぼ三十年ここに居たことになる。

お墓があるというので訪ねてみた。一旦境内を出て左に廻ると長い石段があり、それを登り切ると左手に石柱に囲われた中に鳥居があり墓石があった。丁度お寺の背後に当たる。礼拝する。

この様にして私共の寂光院訪問は終わった。門を出たすぐ前には、机の上に幾種類もの柴漬けを並べ老女が立っている。そう言えばこの地域は柴漬けの産地だ。老女は味見させようと皿に置いて、勧める。妻は吟味して何種類か買うことになった。この間老女は、我々が「何処から来たの？」という話から、私が前回訪れた六十年前の話、この辺りの変貌振り、彼女が嫁に来た当時の話や姑《しゅうとめ》のことなど、話の輪が拡がる。どうも京都の人は話し好きな人が多いようだ。こうして彼女は売り上げを伸ばしているらしい。

この後、三千院に立ち寄る。寂光院に比べ境内も広く、観光客も比較しようもないほど多く賑わっていた。六十年前は静寂に包まれていたのだが。

この訪問を終え、この稿を書くにあたって私は再度平家物語を読んでみた。岩波書店の新日本古典文学体系に納められた上下二巻もので、解説も含めると九百十五頁にも及ぶ大作である。上段は原文そのままで、下段に極小文字の註がびっしり並んでいるという難物だ。精読とは言い難いがそれに近い形での、註を読みながらで、読了に二週間余りを要した。この歳でそれだけの労力と時間をつぎ込むほどの価値があったかどうかは疑わしいが、それなりの満足感とこの物語の内容把握には充分役立ったと思っている。一方、信濃の前司行長が著者とされているが、その博識振りに驚かされる。とても一人の人が書いたとは思えない。ちなみに、岩波書店のこの本の見出し（目次）は百九十二もある。祇王の話はその六番目に登場する。そして建礼門院（寂光院）にまつわる話は最終の五つの見出しに纏められ、それでこの長い物語は終わっている。

軍記物とされるこの物語の冒頭と最後に女性が登場することを訝《いぶか》ったことから始まった私の旅も終わりを迎えることになったが、この物語のどこ迄が史実でどこからが著者のフィクションであるかは窺《うかが》い知ることは出来ない。しかし、琵琶の弾き語りを耳にしながらの聴衆や読者受けを良くせんがための粉飾も多分にあったであろうことは、想像に難くない。だが、そのような推察は兎も角として、この物語が波乱に富んだ壮大なものであることは認めなければならないだろう。

この物語は平家一門の盛衰を物語る軍記物ではあるが、それは取りも直さずこの物語の冒頭に書かれた「祇園精舎の鐘の声、諸行無常の響きあり～」に始まる文意、つまり仏教の無常観で貫かれている。良いこともあれば悪いこともある。森羅万象、絶えず変化し、不変はあり得ない。自然界が神だと捉えている私からすれば、晴れの日もあれば、雨や雪、嵐の日もある。至極ごもっともということになる。その覚悟を持って日々を大切に過ごさねばならぬ、との想いを新たにする。『平家物語』は、著者の意図はともかく結果的に、人生を生き抜くために持たねばならない覚悟を読者に伝えていることになる。

今回祇王寺と寂光院の二ヶ寺を訪れて、私の心に深く刻み込まれたのは祇王寺だった。それについては既に前段で少し触れているが、この両寺の違いは一方は高貴な人であったのに対し、他方はもともと庶民であったことからきているのだと感じられた。

もし辛いことが生じたら、祇王寺へ行き、草庵に座って庭を眺めれば良いだろう。そんな思いで、この稿を閉じよう。

二〇二二年七月

書簡集

生来文章とは無縁であった私が手紙を書くようになったのは、晩年になって、紀行文を書くようになってからのことである。まさかそれを出版することになろうとは思ってもいなかったが、それが実現し、当時書店人であった私はそれを自ら販売し、さらに二冊三冊と出版を重ねる中で多くの知人友人にその本を進呈するようになっていった。その間、好奇心の強い私は読後感アンケートのお願いもし、さらにその集計結果報告もした。

一方ヨーロッパ個人旅行を長年続けてきた私は、高齢に伴い飛鳥ワールドクルーズ（二〇〇六年＝七十二歳）を切っ掛けに、長期クルーズ参加をするようになっていった。このことにより、私の人との交流は飛躍的に広がることになる。

この上記二つの要因、重なる出版物の進呈と人的交流増、によって私が手紙を書く頻度が飛躍的に増加することとなった。と同時に、それに対する返信を受け取る機会も大幅に増加していった。そんな流れの中で、私の手紙に対する考え方や想いも少しずつ変化していったように思われる。それについて纏《まと》めてみよう。

手紙を書くという行為は何らかの用件を宛先の人に伝える行為である。私の例で言えば、本出版の案内。出来た本の進呈に添える手紙。それを受け取った方からの返信に対応する手紙。あるいはその間の経過報告を兼ねたような手紙。さらにアンケートのお願いやその集計結果報告。最近では『随筆キツネの寝言』の五回にわたるプリント文発送に伴うものなど、がそれに当たる。

この様なことを繰り返しているうちに、私の手紙を書く姿勢が少しずつ変化していったように思える。伝えるべき用件を書くのは当然のことながら、ただそれだけで終わるのではなく、一息吐いて近況報告を書くことが多くなってきたようだ。このことが良いことなのかどうかはともかく、ただ用件を伝えるだけでは味気ないとの想いが私をそうさせているように思われる。

なぜそのような心境になったのか。それは私が高齢になったためであろうと推察している。別の表現をすれば、時間的余裕があるためとなる。と同時に、人生における残り時間が少なくなっているのだから、今のうちに少しでも多く手紙上ででもお話ししておきたい、そんな気持ちが私に近況報告をさせているようだ。そしてその近況報告自体が一つの小さな随筆文になっていることにもなる。受け取られた方はご迷惑かも知れないが、ご高齢の方が多いのでご寛容頂いているものと、甘えている。

こんな流れの中で、プライベートな手紙であっても、その文章をそのまま出版しても良いと思えるほど注意深く書くようになってきた。そのため私信といえども、一通の手紙を書くのに非常に多くの時間を要している。これも老人で時間があることにもよるためでろう。そのため手紙文の中からそのまま随筆文として転用することも十分可能である。現に『中村哲先生』がそれに該当している。

私が手紙を書くのはいわゆるワープロによっている。従ってその内容はパソコンに保存されている。長年私は紀行文を書いてきたため、日付、時刻、距離など私の文章には数字がやたらに多く登場する。これは一種の私の癖となり、手紙も含め私の文章には数字が多い。それは物事を伝えるに際し、抽象的あるいは漠然とではなく、より正確に具体的に伝えたいとの想いからである。

ちなみに、私は郵便物を受け取った場合、受け取った日付を封筒と文面に鉛筆でそれぞれ記入している。それは、後日何らかの理由でその手紙を再読する場合、例えばその方に再度手紙を書く場合に、あるいはその文面に関連した文章を書く際の資料として、必要な可能性があるためである。

これは受け取った郵便物についての話だが、私は自分が書いた手紙を読み直すことが間々起こる。それはある文章を書こうとする時、その前後関係や関連事項を知る必要が生じた場合に発生する。つまりこの場合は自分史の記録という意味を私の手紙自身が持っていることになる。そしてその記録は今後の私の随筆執筆活動上の基礎的資料となる。このようなことで、私は自分で書いた手紙を後日自ら読み直すということを、間々経験する。この様な経験を通して、ますます私の手紙を書く姿勢は厳しいものとなってきたようだ。

ここまでは手紙を書く側の立場での話だが、受け取った手紙を読む場合においても少し変わった読み方をしているように思われる。それは、同じ人と長年にわたり手紙の遣り取りをしていることから生じることだ。

例えば二〇〇六年のクルーズ船上でお付き合いが始まった方とは既に十六年の歳月が経過し、その間四回の出版を経験しているため、手紙の遣り取りが多い方もおられる。この様な場合、その方の手紙を抜き出して集め、時系列に並べることをするようになった。それはその方に手紙を書く場合、これまでの経緯を年月など具体的に把握しながら、新たな手紙を書くことが出来るという効用を生むためである。このことによって、その手紙を受け取られた方もおぼろげな記憶が甦り、その手紙の内容を正確に理解できるというメリットを享受されているはずである。

そしてこのことは、私にとっても大きな楽しみになってきている。恐らくこれは私が高齢になったことによるためであろう。つまり、当時の手紙が当時の自分にタイムスリップさせてくれるということだ。その時の船内の様子、交わした会話、誰それのこと、高齢者にとってこんな愉快なことはない。今よりは若かった、あの楽しかった時に戻れるわけである。

さらに受け取った手紙を纏めるだけではなく、それに対応して私がその人に書いた手紙のコピーも併せて読めば、より奥行きが深いものになるであろうと察せられる。往復の書簡集だ。先方からの手紙は、こちらからの手紙と、相互に結び付いている場合が多いためである。

私は何人かの方について、上記のことを実行している。しかしこれを楽しむためには、手紙の保存と日付の記入といった地道な努力が必要である。

手紙を読み返すという行為は自分自身がその時点に舞い戻ることを意味している。体力低下甚だしい高齢者にとっては願ってもない有り難いチャンスである。私は時には必要に迫られて、時に徒然《つれづれ》なるままに古い手紙を読み直し、それを楽しんでいる。

山荘にショパン流れる昼下がり古き手紙に一人微笑む
しかしこれまで手紙を書いてこられなかった方にも、手紙を書かれることをお勧めしたい。例え身体が不自由でも、ベッドの上でもなし得ることだ。便箋と封筒と八十四円あれば、学生時代の友人と旧交を温めることも可能である。行動力が衰え、人との出会いの機会が少なくなった老境の身には、手紙による交流によって老後の時間をより豊かなものとすることが最も簡便な手段だと考えられる。お勧めしたいところだ。

二〇二二年八月

山荘の一日

八ヶ岳山麓に土地を買ったのが一九八七年?。小屋建築は一九九〇年、この時私は五十六歳だった。当時の私は未だ仕事に追いまくられていたため、記憶が曖昧だが、ここに来ることは年二回程度で滞在日数もせいぜい二泊程度でなかったかと思われる。その後時間的に余裕ができるようになった七十歳頃から、来る回数や滞在日数は徐々に増えていった。当初は登山をしたり近隣の観光地に出掛けたりしていたが、一ヶ月以上の長期滞在をするようになったのはせいぜい十年ほど前からである。

最近は六月から九月までの夏場四ヶ月と四月、十一月にもそれぞれ約一ヶ月滞在している。夏場はもちろん避暑をかねてのことで、敷地内の草取りなど庭仕事をし、山野草を楽しむ。十一月は紅葉が目標である。この時期ここは、まるで別の世界へ来たのではないかと思うほど、風景が一変する。それまでの緑の世界が黄、赤、茶へと色を変え、やがて敷地はもとより道路も茶色で染められる。自然界が演じるショウを驚きをもって迎え、そこに我が身を埋没させる。落葉松《からまつ》をはじめ落葉樹で覆われた信州のこの界隈の紅葉は、そのスケールの大きさで我々を圧倒する。

この四月と十一月はストーブが必要で、薪割りなどこれに関連した作業もこの時期に行う。しかしなんと言っても千平方《メートル》あるこの敷地の山野草を楽しむためには庭仕事が最も重要な作業で、このために多くの時間と体力を使うことになる。これは辛い仕事ではあるが、半ば私はそれを楽しんでいる。どんな日々を過ごしているのか。かなり偏った時間の過ごし方ではあるが、恥を忍んでその一日を記してみよう。

先ずその偏りの最たるものが睡眠時間である。大雑把に言えば夜八時半から朝八時半までベッドに横たわっている。その殆どの時間眠っている。いつ頃からこうなったのか記憶が曖昧だが、八十歳を超える頃から睡眠時間が徐々に長くなってきたように思われる。その代わり、昼寝は一切しない。この長時間睡眠がなければ私の体力は保たない。これに伴って食事は朝夕の二食になった。これは最近のことである。一方ここでの滞在は私一人であることが非常に多い。別に妻と不仲でそうなっているわけではない。妻には妻の思い価値観があり、子や孫との関わりなどでそうなっているに過ぎない。

そんなわけで。私が高齢の一人住まいであるため安否確認が必要で。スマホのラインを使って毎日一度送信している。当初は「無事です」「問題なし」など極めて簡単なメッセージを送っていたが、最近はかなり長文になってきた。それは初期の頃は滞在期間が短く、多忙であったためのようだ。最近は日々変化していく山野草の状況を報告するのが中心になってきている。スマホの良いところは写真を撮って送れることにもある。文、写真とも日時の記録が記されていること、情報が間違いなく伝わったか否かが確認できることなど多くあり、孤独な一人暮らしにとって必要不可欠な物である。

生来、超が三つも四つも付く位の超不精者の私ではあるが、一人住まいでは朝夕の食事は用意しないわけにはいかない。私が食事をするのは食を楽しむと言うよりは、生命維持のためと捉えている。従って極力手を掛けないようにしている。朝はトースト、ミルク、チーズ、レタス、バナナ、リンゴ、玉ねぎの薄切りで、毎日同じもの。夕食は鶏のささみ、魚の切り身、豆腐、卵をタンパク源としてこれを繰り返し、時折レトルトのカレーで済ます。またジャガイモ、人参、玉ねぎ、大根、きのこ類などによる味噌汁を豆腐、卵と絡めて作る。不精者には手間も省けるし、これによって変化を付けている。また栄養のバランスを考えて野菜類での炒め物を作ることもある。

朝食はクラシック、夕食はポピュラーソングをＢＧＭとして流す。天候に問題がなければ、朝食後庭仕事に取りかかる。仕事の内容は多岐にわたるが、圧倒的に多いのは草取りである。その内容は既に他稿『森の草取り』に著した通りで省略するが、地味で根気の要る作業である。時間的には庭仕事の七割以上を占めるだろう。最近は体力低下に伴い、ほぼ二時間を限度として作業している。

午後二時頃、コーヒーブレイク。昨今の私にとって最も楽しい時間で、優雅な気分になる。とは言っても、コーヒー、時には紅茶にクッキー、チョコパイなど甘い物を頂く、そんな程度のささやかなことだ。この時間はクラシック音楽の器楽曲、例えばショパンの小品や〈チゴイネルワイゼン〉、〈亜麻色の髪の乙女〉などを流す。ほぼこの時間帯にスマホでのライン連絡を済ます。私の読書、駄文執筆はこの後の時間と悪天候で庭作業をしない時を当てている。

文章を書く作業は仕事に追われていた現役時代から行っていたが、私が旅行記ではない雑多な随筆を書くようになったのはせいぜいここ四、五年前からのことである。この間一年にほぼ十編書いている。それは別の視点から言えば、書くための時間が出来たために他ならない。その時間は、この小屋に一人で居る時間が増えたことによっている。つまり、長期間にわたって一人で滞在しているからこそのことである。しかし今後は不可能であろうと思っている。ひとつには高齢なことにもよるが、最大の問題はネタ切れである。書くためのテーマが思い浮かばなくなってきた。これを打開するためには発想の転換が必要であるようだ。

五時半を過ぎると夕食の準備に取りかかる。六時夕食。この時間にポピュラーソング（軽音楽）を楽しむ。七時、ＮＨＫラジオのニュース番組約二十分を聞く。私にとって唯一の客観的情報収集の時間である。この後就寝までのほぼ一時間はいわば予備時間で、やり残したこと、しなければならないことに当てている。このようにしてここでの私の一日は終わりを迎える。

就寝前、「今日も一日無事に過ごさせて頂きまして、有り難う御座いました。休ませて頂きます。お休みなさい。」そう呟きながら、ベッドに入る。心臓に問題を抱えている私はいつ人生の終末が訪れるか分からぬとの思いで、出入り口のドアの鍵は、いざという時のことを考え、掛けないことにしている。朝目覚めると、与えられた新たな一日に感謝し、時刻を確認して、掛け声と共にベッドを出る。そして昨日と同じような一日が始まる。

外出は食材の買い出しと散歩以外しなくなった。特にコロナ発生後は十二日に一度と決めている。これは六枚切りトースト二袋を買うのに合わせて食材を仕込むことによる。夕方三十分程度していた散歩の方も最近ほとんどしなくなった。それは時間的余裕がなくなったためで、老化によるスピードと集中力の低下がもたらしたものと思われる。

この様に、ここでの一日は結構忙しい。しなければならないことが多く、暇など全くない。その最大の理由は私が文章を書いていることによると思われる。フィクションではない文章を書くためには、そのテーマの素材を仕込む必要がある。読書を初め、関連資料の収集が必要となる。これに結構時間を要する。しかしこれが文章を書く最大のメリットでもある。知る喜び。私自身がそれを楽しんでいる。体力維持のため散歩は必要ではあろうが、どちらに時間を使うか、悩ましいところである。

その意味でテレビの無い生活は大きな意味を持っている。テレビというのはマスコミが発信する情報を一方的に受ける行為である。読書も情報を受ける行為ではあるが、こちらが情報を選択して受けている。この点が根本的に違っている。私がテレビを見ないのは、マスコミが選択したテーマを彼等の都合の良いように取捨選択して放送している点にある。なかんずく、専門家でもないお笑いタレントが登場する番組が多く、私にとっては時間の浪費である。残り少ない私の持ち時間、よく考えて使わなければならない。その意味でテレビの無い生活が私にとって大切なことになる。

木漏れ日の下、山野草に向き合い、ベランダの手摺りに時折訪れる小鳥に目を見張り、硬く貼り付いたような星空や煌々と輝く満月を愛《め》でる。窓枠を透して見る落葉松《からまつ》林の緑は一幅の名画。あかね色に染まる樹間の夕景。そのどれもが自然界からの私への贈り物である。そんな世界に埋もれ、その一瞬一瞬を心に刻み込み、あらゆることへ感謝の気持ちを忘れず、地道にそのひと時ひと時を過ごしたいものである。今日も日が暮れようとしている。私のここでの一日も終わる。それは取りも直さず、私の人生の終焉を意味している。

二〇二二年八月

ミュージカル

ミュージカルとは音楽、歌、台詞《せりふ》、ダンスを結合させた演劇形式とされている。一般的なコンサートや演劇など、生来劇場に足を運ぶ機会が少なかった私ではあるが、ミュージカルを観たのも二回しかない。一度はニューヨーク・ブロードウエイで《マンマミーア》、今一度はロンドンでの《オペラ座の怪人》である。そんな私がこの文章を書くこと自体不適切であると自覚はしているが、不適切者であることがかえって違った視点でそのことを捉え面白いのではないかと勝手に解釈して、以下感想を書き進めることにしよう。

ミュージカルというものを一度も見たことがなかった私は二〇〇六年飛鳥ワールドクルーズで船がニューヨークに停泊することを知った時点で、ミュージカル鑑賞を決めていた。その理由は何よりもミュージカルとは如何なるものかという好奇心によるのだが、同じ見るのなら本場で鑑賞したいという気持ちが強かったためである。そんなわけで出航前の三月の時点でインターネットで調べた結果、幾つかの演目の中に《マンマミーア》を見付けこの入場券を予約した。その理由は私が好きなアバのヒット曲二十二曲が登場するためである。アバは一九七四年から八二年にかけて世界的にヒット曲を発表したスエーデンのグループで、メンバーは二組の夫婦である。〈チキチータ〉〈ダンシングクイーン〉が代表曲で、ビートの利いた、それでいて透明感のある美しい旋律が私を惹き付けた。

六月十二日はメトロポリタン美術館への市内観光ツアーに参加したが、ミュージカル鑑賞のため早めにそのグループを離脱して、セントラルパークを抜けブロードウエイに向かった。目指す劇場ウインターガーデンの所在地も事前に地図で把握済みだが、その前に夕食を摂ろうと六番街を下って行くとダークスーツや燕尾服でバッチリ決めた男性やイブニング姿の女性が裾を引き摺るように集まってくる。見るとそこに行列が出来ている。その行列は全米最大の屋内劇場ラジオシティ・ミュージックホールに沿っている。この時は気付かなかったが、翌日この前を通った時〈トニー賞　六十周年記念CBS　六十スターズ〉という大きな文字に気付いた。やはりセレモニーがあったわけだ。

ここで少し脱線しよう。トニー賞は一九四七年（昭和二十二）から始まった。アメリカ演劇界で最も権威ある賞で、映画界のアカデミー賞と肩を並べるアメリカの演劇及びミュージカルに関する賞。対象は優秀なブロードウェイ作品だそうだ。その表彰式が一九九七年から六千席近い収容能力のあるラジオシティになった、この世界での大きな行事である。私共が生まれて初めてミュージカルを鑑賞しようとしたその同じ日にこのセレモニーが催され、しかもその行事に参加しようとする人達と擦れ違う。あの行列の中に有名な人達も居たのかも知れない。この時は気付かなかったが、今思い返してみると私とミュージカルの縁は満更でもないとほくそ笑む。これを奇遇と言うのだろうか。

五十一丁目で見付けた中華風簡易食堂は自前で好みの食材を取り、レジで精算し、質素なテーブルで食べる。大変実用的な店で、急いでいる者にとってこの上なく都合良くできている。そんな席からも窓ガラス越しにラジオシティに向かう正装した男女の続く姿が見える。

こうして開演数分前のウインターガーデン劇場に着く。我々の席は前から三列目、中央から五つ左寄りの良い席だった。一四九八席の場内は満員だ。この日は日曜日で、昼間公演と二回公演だから人気の高さが伺える。それはショウを見終えて納得出来た。

舞台中央の先端にやや低い位置で舞台に向かって席が一つあり、前にキーボードが置かれ分厚い楽譜が立て掛けてあり、指揮者兼キーボード奏者の女性が舞台に向かって腰掛けている。彼女が鍵盤を押さえると凄まじい音響が場内に響き、華々しく舞台の幕が開く。

この劇場の舞台は高さ一メートル余りと低い。客席最前列の前は狭い通路をはさんで直ぐ舞台で、床から立ち上がった壁になっている。その向こう舞台下に楽器奏者は居るはずである。しかし舞台前面の壁と舞台の間の隙間は二十センチほどで、幕間にそこから舞台下の様子を窺ってみたが楽器奏者の確認は出来なかった。つまりこの劇場では、観客から見える楽器奏者は彼女一人で、それも背中である。彼女は手を振り、プレイヤーに合図しながら演奏する。時には片手を振り、一方の手を鍵盤に走らせる姿がよく見える。私の席から彼女も舞台前列のプレイヤーも四メートル前後の距離であるが、彼女以外に楽器奏者を見ることは出来なかった。

舞台の色彩はパステルカラーでどぎつさがなく柔らかい。二時間三十分を通して舞台は明るい。これはコミカルなストーリーのためだろう。小道具はごくありふれた椅子、テーブル、鞄で大道具もほとんど変わらず、一つのセットを裏表で使っている。二十分ほどの休憩時間が一回という二幕ものの中で、小道具類は出演者が適時片づける。《マンマミーア》の舞台装置にお金は掛かっていない。

ブロードウエイ界隈には四十軒もの劇場がある。この中でミュージカルを上演している劇場が何軒あるかは不明だが、この界隈がアメリカの文化のひとつの中心になっていることは間違いないだろう。一つのミュージカルを作るためには制作者がいて、脚本、演出、出演者、楽器奏者が必要で、宣伝、販売、劇場使用料など莫大な費用が必要となる。この世界では成功すれば五年、十年と続くロングランもあれば十日ほどで打ち切る興行もあるという。出演者は各ジャンルに亘っていわゆるアメリカンドリームを求めて世界中からここニューヨークにやって来る。一方お金持ちの多いこの国では有利な出資先を求めている多くの人達がいてそのシステムもある。こうして新作ミュージカルが生まれる。

ちなみに《マンマミーア》は一九九九年四月、ロンドンのプリンス・エドワード劇場初演。ブロードウエイ登場は二〇〇一年。また《オペラ座の怪人》は一九八六年十月、ロンドンのハー・マジェスティーズ劇場での初演以来、三十六年のロングランを今なお続けている。

私が期待していたこの夜の印象を一言で表せば「楽しかった」に尽きる。それは《マンマミーア》がコミカルでハッピーエンドであることによるのだろう。母親と二人暮らしで父親を知らない娘が、自分が結婚するに際し、母の昔の日記から、当時女性三人グループの歌手であった母親のファンであった男性三人の存在を知る。この中の誰かが父親であるに違いない。父親を知りたいがため、母には内緒で娘は彼女の結婚式に三人を招待する。鉢合わせした男性三人と母親グループ三人、娘、許嫁が織りなすドラマで、個別に事情を打ち明けられた男性三人はそれぞれ複雑な思いに捉われる。三人の男とのやり取りが微妙らしく、私には理解できなかったが、観客はクスクス、へらへらとよく笑う。

歌は既に耳に馴染んだ曲が多いため、またリズミカルなものが多いこともあって音楽の中に埋没してしまう。歌声は非常によく通る。どの歌い手も良いのだが、マイクを通したような声で、この点がミュージカルの難点と思えた。生で聴く人間の声は美しい。しかしマイクを通すとまろやかな音色は消えてしまう。高音の金属的な音色は問題ないが、それ以外の音色は平板な奥行きのない均一の音色に変わってしまう。踊りはシャープでスピード感あふれ心地よい。独特の振りで、男性の動きが素晴らしかった。

二〇〇二年、私達はウィーンオペラ座で《カルメン》を観た。それは素晴らしいものだった。オペラの虜になる人の気持ちがよく理解できた。今《マンマミーア》を観て、私の中でオペラの地位が下がったわけではないが、ミュージカルの素晴らしさも充分感知出来た。受け手の好みに左右されるため、文化の世界で両者の優劣を決めることは出来ない。しかし楽しさという点では今夜の《マンマミーア》は《カルメン》を抜いている。それはどこから来ているのだろう。ヒントの一つは聴衆の反応にある。特に終演時カーテンが降りた後の湧き上がりよう。立ち上がっての拍手の嵐。それに応じる出演者の対応。それは単なる儀礼的なやり取りではなく、両者が一体となる盛り上がりで、興奮のるつぼとなる。

オペラ『カルメン』が生まれたのは今から百四十七年前の一八七五年のことであり、貴族あるいは上流社会が顧客である。演目も上流社会内での時代がかったものが多い。それに対しミュージカルのターゲットは庶民である。上流社会の掟の中で身なりを整え、咳払い一つにも気兼ねし、堅苦しい雰囲気の中で聴くオペラと普段着のまま観るミュージカル、この差が楽しさに繋がっていく。

両者の違いで際立っている点が一つある。それはダンスだ。音楽、歌、演技は両者共通しているが、ミュージカルにはダンスが加わる。つまりミュージカルはオペラとバレーがミックスしたものと考えればいい。それが舞台の展開にスピードと緊張感をもたらす。だれる場面、退屈する瞬間がなく、息つく暇を与えない。そしてエンディング、聴衆は爆発する。

しかし反面、ダンスがあるため相対的に歌い手としての地位は軽くなっていると思われる。そしてそれは音響機器の発達と絡んでもいるようだ。シンセサイザーなど電子楽器によって楽器奏者は僅かな人数で済み、歌い手もダンスをするためマイクを使う。ダンスで身体を動かせば、当然歌に悪い影響が出る。その結果正統なオペラ歌手のような高いレベルの歌い手でなくともよいことになる。つまり歌だけでなく踊りを含めた能力が求められる。従って正統オペラファンにはマイクによる音色の劣化に不満が残るだろう。しかし総合的に考えれば、ミュージカルの方が包容力は大きい。それはこの両者が生まれた約百五十年間という時間差が生み出したものと理解することが出来よう。つまり楽器のみならずあらゆる分野での発達、変化ということになるだろう。

終演を迎え幕が下りる。聴衆の拍手鳴り止まず出演者は総出で挨拶をする。再び音楽が響き、歌、踊りが沸き上がる。曲が終わる。聴衆は総立ちとなる。また音が響く。彼等は舞い上がり、声を出す。〈ダンシングクイーン〉、そして幕が下り全てが終わる。形式的なアンコールと全く違った、聴衆と出演者が一体となり、劇場全体が舞台となって揺れ動くこのエンディングは極めて自然で大いに盛り上がる。何物にも代え難い快感を覚える。

タクシーは直ぐ拾え、六ドル弱で港に着いたが、気分の良い私は十ドルでのお釣りを受け取らず、中南米出身と思われる運転手は「サンキュー」と大きく言った。

《マンマミーア》を観た五年後の二〇一一年、私共が最後の個人旅行でイギリスを訪れた時、ロンドンのウエストエンドにあるハー・マジェスティーズ（女王陛下）劇場で《オペラ座の怪人》を観た。地理不案内の我々は往復タクシーを利用した。一七〇五年設立、一八六九年再建と言われるこの劇場はその名が示す通りの威厳と歴史を感じさせる重厚なものだった。その点《マンマミーア》を観たウインターガーデン劇場とは正反対である。

このミュージカルは、一九一〇年フランス人によって書かれた小説『オペラ座の怪人』を基にしたものである。オペラ座の地下に住む生まれ付き醜い天才的音楽家とオペラで主役に抜擢された女性歌手、彼女の幼馴染みが織りなすドラマである。

このミュージカルについての予備知識を全く持たず、ただロングランを続けている評判の演し物だとの認識に基づいての観劇だった。そんなこともあってか、この作品の印象については特筆するようなものはなかった。私にとっては《マンマミーア》の方が良かった。それは何故か。理由ははっきりしている。幾つかの理由があるが、先ず言えることは私の英語力の無さである。この二つのミュージカルはどちらも英語で演じられているが、《マンマミーア》のストーリーは非常に単純で、馴染みのあるヒット曲が二十二曲登場する。それに対し《オペラ座の怪人》のストーリーはより込み入っており、楽曲も新曲である。このことは演劇の度合いが高いミュージカルは、特に海外公演においては、語学力がない者には不向きということを示している。

ただ一般的には、この両ミュージカルを比較すると《オペラ座の怪人》の方が評価が高いのではないだろうか。それは一九八六年十月初演以来今なお三十六年ものロングロングランを続けていることで示されているように思われる。その秘密の一つがビジュアル面であろう。豪華な衣装、有名なシャンデリアの落下シーンに象徴される舞台装置の仕掛け、鮮やかな舞台転換など見世物としての面白さ。それに対応して、主人公が醜い怪人という不気味さ。この両者の激しい落差によって、観客を異次元世界へと誘《いざな》っていく。これがこのミュージカル成功の秘密だろうと思われる。少なくともこの面においては、語学力は関係ない。

ミュージカルはストーリーのあるものとないものに大別されるそうだ。《オペラ座の怪人》は前者であり《キャッツ》は後者に当たる。そして、既存ヒット曲をつないだジュークボックスミュージカルと言われるものも登場するようになった。《マンマミーア》がそれに当たる。

どれが良い、悪いは人それぞれの好みによるもの。難しい理屈は後から付け加えて愉しむものだ、と私は思っている。少なくとも二十一世紀のショウ（見世物）の中で最高のレベルにあると思われるミュージカルを機会があれば愉しみたいものである。

最後にミュージカルについてある文章から引用させて頂き、この稿を終わろう。［芝居をしながら歌い、踊る、というミュージカルのルーツを辿ると十八、十九世紀ヨーロッパのオペラやバレーに行き着きます。しかし当時、移民による新興国アメリカでオペラ、バレーを公演する人材も資金もなく、また高貴な芸術を望む人も少なくて、明るく楽しく、庶民的興業が望まれていました。そこで寸劇や歌、踊り、マジックなどからなるボードビルショウが芽生えます。ミシシッピー川を行き来し、沿岸の町で興行するショウボートが活躍するのもこの時期で、これがアメリカ・ミュージカルの原点といえます。二十世紀になると先進工業国となったアメリカは大きく発展し、特に第一次大戦における特需で好景気に沸き返る、そんな時代に現れたのがガーシュイン兄弟で、ショウのための数々の歌曲を作り、こうしてミュージカル黄金時代の幕が上がります。その後、大恐慌のあおりなど低迷期もありましたが、今なお、その輝きは続いていています」

二〇二二年九月

南パタゴニアへの旅

二〇〇三年、私は妻と二人、南米大陸南端の南パタゴニアへの旅に出掛けた。長年ヨーロッパ歩きを続けてきた私がこの旅に出掛けた直接の切っ掛けは、ＮＨＫテレビで放映されたペリトモレノ氷河の番組にあった。一口に氷河と言っても、その地形や環境によってスケールや形状は千差万別である。この時までヨーロッパで幾つか氷河は見てきたが、映像で見たこの氷河は美しく雄大だった。是非観たい、そんな想いが私の中にくすぶり続いた。

私がこの時まで続けてきたヨーロッパの旅は一人か二人の個人旅行だったが、南米大陸への旅は個人ではなく団体で行くべきだと考えていた。それは何よりも移動距離が長く、旅の情報量も少なく、治安面でもヨーロッパに比べ不安を抱いていたためである。そこで団体旅行について調べてみたが、ヨーロッパほどその数は多くはない。しかもこの方面への参加者が少ないためか、催行されないケースが多いように感じられた。仕事の都合上、予定がはっきりしない旅の計画は避ける必要があった私は二名でも催行というプランを見付け、そこに参加申し込みをした。これなら間違いなく計画通りの日程で旅を終えることが出来る。

私が申し込んだのは〈風の旅行社〉という会社で、東京が本社、当時は大阪駅前に支社があった。この旅行社はネパール、モンゴル、チベット方面を主にしてトレッキングなど特異な旅をする人達をメインターゲットにしているようだった。現地の関係者と提携し、その緊密な連携によって旅行者にきめ細かいサービスを提供する。そんなイメージの会社である。

我々が出掛けたのはほぼ二十年前になるが、今ここにその時旅行社から送られてきた〈ご旅行案内〉という小冊子が二冊ある。これに基づいてこの旅を再現してみよう。一冊には旅程と滞在ホテルと現地連絡先が納まっている。

パタゴニア紀行十三日間（一月三十日～二月十一日）　伊丹十三時二十分発↓成田＝成田↓ダラス＝ダラス↓サンチャゴ（チリ）九時五十三分着。以上は空路。ここで現地旅行社の日本人男性が、狭間様と書いた紙を掲げて出迎えてくれる。伊丹を飛び立ってから三十三時間三十三分の長旅である。

午前中ホテルで休息をした後、市内半日観光をして、ホテル・ネルーダ泊まり。日付は一月三十一日（時差十三時間）。翌日は七時四十分という早い便で空路プンタアレーナスへ。ここでも現地関係者が狭間様と書いた紙を掲げ出迎えてくれ、以後各空港で同様のことが繰り返される。

　サンチァゴはチリの首都だが、この国は南米大陸西岸とアンデス山脈に挟まれた南北に細長い国で、プンタアレーナスは南へ約二千百キロも離れており、空路四時間二十分を要して到着する。またパタゴニアというのは南米大陸南緯四十度以南を指し、南緯約五十三度のこの町は当然南パタゴニアとなる。町の東側はマゼラン海峡に接し人口十三万の州都だ。

　町の北六十キロにペンギンコロニーがあり、若い女性ガイドに伴われ、早速観光に出掛ける。十月から三月にかけてここで巣を作り子育てをするマゼランペンギン達。もちろん野生のものだが、この営巣地に入るには入場料がいる。オトウェイ湾の海岸には数十羽、波打ち際から三十メートル程で始まる草むらにも遊歩道が設けられペンギンのヨチヨチ歩きが見られる。彼等は人を全く恐れていない。のどかな風景だ。しかし海上を見ると、水平線と平行に黒く太い雲が延々と横たわっている。たまたまなのかこの地方特有のことなのか、私には異様な雰囲気と感じられた。この近くでダチョウを小さくしたようなニャンドゥを見る。大きな飛べない鳥だ。

　翌二月二日プンタアレーナスから北北西へ直線距離約二百二十キロのプエルトナタレスへ車で三時間の移動。この間、灰色キツネ、グアナコを見る。グアナコはラクダ科だが、うんとスマートで頭部までの高さ約一・五メートル、薄茶色で軽快な印象を与える、おとなしそうな哺乳動物だ。高地に群で生息しているようで、数多く見る。

プエルトナタレスでは連泊し、中一日をパイネ国立公園観光に当てている。車での移動で九時間を要したが、印象に残っているのはグレイ氷河。林間を歩いていて突然樹間に姿を見せた巨大な氷塊に驚かされたが、我々が到達したグレイ湖畔から氷河末端まではかなりの距離があり氷河そのものは殆ど見えなかった。この巨大な氷塊は近年生じた大崩落によるものと言うことだった。プンタアレーナスからアルゼンチン側のカラファテまで足掛け四日間のガイドは若い女性だったが、彼女は足に包帯を巻いていた。そのためか、このパイネ国立公園観光は、今になって気付いたことだが、かなり手抜きされていたようだった。

二月四日、旅の六日目はプエルトナタレスから国境を越えアルゼンチンのカラファテへの移動日である。旅程表ではバスでの移動となっていたがなぜか普通乗用車での出発となった。赤ら顔の男性ドライバーとあの女性ガイド、我々二人の四人、本来は団体旅行のプランだが我々専属の旅となった。

さて国境越えだが、サンチァゴ辺りで標高六千八百メートルもあったアンデス山脈もこの辺りではうんと低く（千メートル程度か?）、荒涼とした禿げ山のような所に国境検問所の建物が一つあるだけ、周辺は何もない。ここからは一方的な下り斜面でやがて前方にアルヘンチーノ湖が見えてくる。そしてカラファテの町に入り、ホテルチェックインを済ませるとドライバーとガイドは引き返していった。

フロントからの電話でロビーへ降りていくと若い女性が私を認め、微笑む。

「狭間さん?」「はい」「お会いできて嬉しいです。私の名前はカロリーナ」私も挨拶する。「英語を話しますか」「少し」「ＯＫ、ゆっくり話しましょう」こうして足掛け三日の私達の交流は始まった。彼女は二十歳代で一通りの説明が終わった後、ここの旅行社の住所や電話番号が書かれた予定表を示し「会社は直ぐ次の通りにあります。電話番号はこれ」そう言いながらガイドの欄にカロリーナと書き「これは私の家の電話番号です。何かあったら電話して下さい」と書き添えた。凄いな、と私は思った。彼女は今日は予定がないこと、明日はペリト・モレノ氷河へ行くこと、氷河トレッキングをすることを説明する。

「この靴で大丈夫ですか」私は底の堅いトレッキングシューズを履いている。

「大丈夫です。ところで、この街で行きたいところがありますか」

「はい、ここに行きたいんです。鳥を見に」ガイドブックに書かれていた場所を告げると、彼女は地図を示しながら「ここをこう行って、歩いて十五分で行けます。もう一ヶ所ここも良いですよ」と反対側を地図で示しながら「私はこちらをお奨めします」「歩いて行けますか」「はい、でもこちらより遠いです。タクシーだと三ペソ（百二十円）で行けます」「タクシーは何処で」「ホテルで呼んでくれます」そう言いながら私の帽子を指差した。〝やっぱり〟といった雰囲気で微笑む。私が山歩きするとき被っている木綿の白い帽子にはリスのバッチに鳥の羽を付けた飾りが取り付けてある、スイスで買ったものだ。〝良いガイドだ〟というのが私の第一印象だった。明るく、軽快で、しかも受け答えが的確で具体的である。

翌日お目当ての氷河へ現地バスツアーで出発。勿論ガイドと我々二人は一般客と一緒である。彼女は時々我々の席に来て、適時小声で説明してくれる。彼女は我々専属で一般客へのガイドはしない。片道二時間足らずの往復車中で彼女が説明してくれたのはコンドルの生態くらいだったが、説明しながらも目を窓外に走らせ、コンドルを見付けては「あれ」と教えてくれる。鳥の写真や羽根を挟んだ自製ノートも見せてくれる。

長さ三十五キロ、幅約五キロのこの氷河が流れ落ちている湖の対岸にバスは着き、そこからボートで水道のような湖を渡る。氷河の両側は低い山が迫っていて、開けた地形である。山と氷河の接点近くでボートを降り、山裾の疎らな森を数分歩くと右に氷河を見る。やがて氷河末端の上流に向かって左側面に着く。ここから氷河トレッキングが始まるが、その前にアイゼンを取り付ける。何人かの男性が靴磨きの少年のような姿勢で座り込んでいる前に、我々が腰掛けて足を出す。彼等はてきぱきと手付きは鮮やかだが、非常に慎重なのが印象に残った。恐らくそれによる事故を絶対に起こさないという気持ちからだろう。トレッキング参加者は二十人余りだったが、氷河歩きのガイドはチーフとサブの三人ほど。歩く前にチーフガイドが氷河の成り立ちを説明してくれたが、「一万七千年前に生まれた」という以外殆ど理解出来なかった。氷河歩きが始まった。私は斜面でのスリップを恐れていたが、表面はザラザラしていて簡単にスリップするような状態ではない。氷河上に時々現れる裂け目や井戸のような深い穴の水は独特の青い色が鮮やかで、目を見張ると同時に恐怖心も湧いてくる。スリップしそうな所ではガイドが随時手を差しのべる。かなり時間が経過した頃、一行はある場所に誘導された。

そこにはがっちりした木の机があり、銀紙でくるんだチョコボールとグラスが並び、ウイスキーの瓶が置いてある。氷河の氷によるオンザロックを楽しもうというわけだ。ガイドが氷河の表面にピッケルを打ち込むとザックザックと小さな氷片が出来る。直径の大きなグラス半分位氷片を入れ、琥珀色の液体が注がれる。我々もグラスを受け取り三人で乾杯。何という贅沢だろう。一万七千二百キロも離れた地球の裏側からやって来た氷河の上で、オンザロックを味わう幸せを噛みしめる。晴れ時々曇り、無風という気象条件に恵まれて寒さは殆ど感じず、トレッキングはおよそ二時間に及んだ。

トレッキングからの帰り、往路と同じ樹間の道を戻る。左手に氷河が見えている。私がシャッターを切っている脇で、カロリーナは耳を凝らしている。私も動きを止める。彼女は「水の音を聞いて下さい」小声でそう言った。氷河が溶けた水が流れとなって氷河の隙間や下から出てくるザー、ーという水音だ。決して小さな音ではない。かなりの水量に思える。耳を傾ける私に「写真だけでなく、心に留めて下さい」そう付け加えた。この一言が私を捉えた。彼女の個性が理解出来たような気がした。それにしても氷河見物に来た人に《水の音を聞いて下さい》は名セリフだと思う。ただ見るだけなら写真で済むことだ。この場所に来て水音を聞く。空気を肌で感じ、寒さを感じ、雲の流れを見る。彼女が言いたかったのは〈氷河は生きている〉その生々しさを感じて欲しかったのだろう。事実この後我々はそれを感じることになる。冬季は止まっていた流れも気温上昇により、流れを生み、水音を発する。水は湖から川、海へと流れ、その間水蒸気となって雲となり、雪を降らせ氷河となる。この氷河は一日一メートル動いていると言われている。もしそうなら、単純に三十五キロの長さを三百六十五日で割り算すれば約九十六年という答えが得られる。最上流に降った雪が氷河となって末端で崩落するまでそれだけの時間を要することになる。いずれにしても悠久の自然の営みが感じられる。その前に立って今、自分は水音を聞いている。

この後我々はボートで湖を引き返し、氷河末端部の正面にある展望台に移動した。高さ七十メートル前後の鉛筆を立てたような氷柱が目の前にびっしりと並んでいる。氷河の源は遙か遠く見えない。時々バーンとかバリバリンという乾いた音が聞こえてくる。動いている氷河が発する叫びだ。展望台からは氷河全体を少し高い位置から見下ろす形となる。間近に見る氷河は幅といい、奥行きといいそのスケールの大きさに圧倒される。またしてもバーンという乾いた音が響く。続いて右下でパリンと金属音、見ると末端部分の小さい崩落だ。雪煙を揚げて氷塊が落ちていく。氷塊が湖面に落ち波紋が出来る。私はカメラをそちらに向け、構図を決めている時、今崩落が起こった辺りから小さな氷片がぱらぱら落ちてきた。「来るぞ」、私は崩落を予感した。それを口に出そうかと躊躇して二呼吸程した時、バーンと腹に響く大音響と共に、目の前の巨大な円筒状の氷柱が下半身を白煙に包ませながら、ゆっくりとスローモーションを見るように斜めに立ったまま沈んでいった。その後パリパリ、パシッパシッという金属的な音が響く。

崩落が一段落した時、カロリーナは「ソーラッキー」と叫んで手を打ち鳴らす。時を同じくして下の展望台からも拍手が湧き起こる。しかし崩落による変化はまだ続く。十秒以上経って水面下から氷柱が再びほぼ同じ姿勢で姿を現し、また沈んでいった。まるで氷柱の亡霊のようでドキリとする。今までシャーベット状の氷片を敷き詰めたような湖面は、湧き水が湖底から吹き上げてきたように水面が盛り上がり、それが波紋となって拡がる。この氷柱、仮に高さ七十《メートル》とすれば二十階を越す建物に匹敵する。従って崩れるのにも意外と時間が掛かっている。事実私は氷柱が傾いている場面を二回カメラに納めている。カロリーナの説明では、水面下百二十《メートル》まで氷河になっているそうで、氷柱が崩れた時水面下の氷も砕け湧き上がったものと推察される。眼前で演じられた自然界のショウにすっかり魅了され、大満足のうちに、その場を後にした。

しかしこのバスツアーで満足した理由は外にもある。カロリーナや氷河トレッキングのガイド達、アイゼンを取り付けてくれた男達、彼等から共通して伝わってくるもの。それは自然に対する愛着と畏れのように思えた。その結果として、仕事に対する誇りと責任感が感じ取れ、それが私の気持ちを清々しくしてくれる。自然への畏れが人間を謙虚にし、誤魔化しや言い訳が通じないことを体得させてくれる。恐らくこの人達は肌でそれを感じ取っているに違いない。ここでの観光は湖上船上から一時間、トレッキング二時間、正面展望台から一時間というものだった。

ところで我々が二泊したカラファテの町は独特の雰囲気を持つ人口八千の小さな町だ。独特の雰囲気を説明するのは困難だが、明るく軽快で寂しさが漂っている。そっと抱きしめてやりたくなる、となるだろう。町の北側はアルヘンチーノ湖に接し、南側は少し距離を置いて低い禿げ山が連なり、色調は薄茶である。市街地と言える部分にも大きな建造物があるわけでなく木造の建物が並んでいる。

メインストリートには土産物店、銀行、旅行社など並んではいるが、長い距離ではない。そんな歩道に世界の主要都市からこの町までの距離を書いた看板が鯨の背びれが海面に現れたデザインと共にあった。東京一七二二一キロ、ローマ一三二四五キロ、ベルリン一四〇二一キロ、ウシュアイア九八五キロ。日本からは時差十二時間、緯度では南北の違いはあるが樺太辺りに相当しほぼ地球の裏側に当たる。そんな感慨が私の感情を昂ぶらせているのだろう。しかしいずれにしても、印象に残る愛すべき町だ。

氷河見物の翌日は十一時三十分に彼女が迎えに来る。この日は移動日、この街から東南のリオ・ガジェゴスへ定期バスで行き、午後六時十九分の飛行機で南米大陸最南端の街ウシュアイアへ飛ぶ。向こうのガイドと空港で会って、ホテル入りすることになっている。

リオ・ガジェゴスまでの車窓風景は最初左手にアルヘンチーノ湖を見て走るが、それが済むと地形はほぼ一直線の地平線だけという単調なものに変わり、ひたすらそれが続く。この間約三百二十キロ。地表には薄茶色で一見枯れ草風の背の低い草が何種類か、これも地平線まで続いている。稀に羊が現れるが数は少ない。ただ木の杭で出来た柵が延々と続いているところを見ると放牧は行われているのだろう。そんな荒涼とした地平線にぽつんと建物が見え、バスはそこに停車する。何台もの車が停車し、建物に入ると多くの人で混み合っている。トイレがあり、食べ物が売られ、食べるためのテーブルや椅子がある。ここを駅と言うのか中継地と言うのか、但し集落はない。「ここでランチです」というカロリーナに従って、我々もホットドッグのようなパンと飲み物を手にする。我々を運んでくれたバスのフロントガラスを見ると金網が張ってある。未舗装道路で飛んでくる石を防ぐためらしい。

チリのプエルトナタレスからカラファテまでの国境越えといい、今日のこのルートといい単調な風景が続くが、私にはその単調さが良かった。少なくとも日本では味わえない体験である。飛行機で飛んだのでは、実感としてこの地域が理解出来ないだろう。

私が興味を惹かれ、何人かの人に質問したのはパンパに生える薄茶色の草だ。いま二月、真夏のこの時期というのに緑の草は殆ど見られない。「春、この草が芽生えたとき何色か」という問いに「茶色」と答えが返ってくる。信じ難いが、そういう種類の草なんだろうか。原因は降水量が少ないため、でそれは納得できる。

空港に着いて出発までの時間、カロリーナは大学ノートを取り出し、ページを開いて私に差し出す。見れば先客が書き残したメッセージが幾つも違う筆跡で書かれている。私にも書いてくれというわけだ。私は次のように書いた。〈カラファテでのこの三日間は素晴らしかった。何故ならガイドが優秀だったからだ。何故彼女は優秀か。それは彼女が自然を愛していることに依っている。私も自然が好きだ。動く氷河と広大なパンパが強く印象に残った。あなたのガイドに感謝します。どうか素敵な仕事を続けて下さい。二人の署名〉。

「文法や単語の綴りが間違っていることを怖れています」そう言って彼女にノートを返す。彼女は一読して小さく「サンキュー」と言った。そして自分で撮ったというフクロウの写真を一枚我々にくれた。その時は気付かなかったが、帰国後見ると写真の裏側には『アルゼンチンの氷河国立公園訪問を感謝いたします。本当にあなたのガイドは素敵でしたか？』と書かれていた。

チップとして私は彼女に十米ドル紙幣を二枚渡した。妻は彼女がそれをリュックを開き、その中で財布にそっと入れているのを見たという。また日帰りツアーの時、バスの中で他の客から写真のシャッターを押してくれと頼まれた時、彼女は「この人達（私達）のガイドだから」とそれを断っていたそうだ。これらのことからも彼女の素顔が伺えるようである。

出発まで未だかなり時間が残っている。彼女に「もう帰っても良いよ」と言うと「バスがないんです。向こうへは夜中になります」と言って微笑んだ。彼女はブエノスアイレスの出身で大学を出て、都会が好きでないのでこちらに来て家を建てたという話しだった。やがて搭乗手続きが始まった、といっても田舎の飛行場で建物から歩いて飛行機まで行く。建物の出口の手前で別れの挨拶をする。彼女は西洋風の肩に手を廻し互いに頬を差し出して触れ合う仕方で挨拶をする。私は初めての経験で照れくさいが同じようにする。我々はボディチェックに向かい、さわやかな彼女は私の視界から消えた。

リオガジェゴスからウシュアイア迄空路一時間。到着は午後七時十四分、現地係員が出迎えてくれる。ウシュアイアは南米大陸南端からマゼラン海峡の南に横たわるフェゴ島の南端にある世界最南端の都市と言われている。南緯五十四度四十八分、人口約七万。市街地の南側はビーグル水道に面している。十九世紀末入植者が入ってきて、凶悪犯の監獄ができその周辺に町が拡がっていった。その監獄は今や観光名所になっている。マゼラン海峡は人類初の世界周航を試みたマゼランが発見した海峡であり、ビーグル水道の名は『種の起源』を著したダーウィンがこの辺りをビーグル号によって探査したことによっているのだそうだ。

我々はここで二泊し、中一日は終日フェゴ島国立公園とビーグル水道観光に当てている。国立公園ではミニチュア汽車〈世界の果て号〉で移動しながら野生動物を観察し、ビーグル水道では観光船から小島を覆い隠すような無数の海鵜やアザラシのコロニーを観る。

この町は海に向かって南斜面に拡がっており、高層建築物と言えるほどの建物が殆どなく、港から少し離れるとうらぶれた建物が目に付き、侘しさが漂っている。そんな町の広い通りを歩いていると、突然「お元気ですか」と大きな声が聞こえてきた。通りの向こう側で、日本人ではない五十過ぎの髭《ひげ》ずらの男性がこちらを見ている。他に誰も人はいない。私に声を掛けたんだ。

南極大陸への玄関口ではあるが、ブエノス・アイレスの南三千二百五十キ《キ》ロ《ロ》の世界最南端にあるこの町の雰囲気は、正に〝地の果て〟という表現が最も相応しい。そんな所で日本語の挨拶を受け一瞬驚いたが、「はい、元気ですよ」と言って道路を横断した。危険な人には思えなかったし、左の肩に袋を引っ掛けていたからである。近付いて「これはなんですか」と尋ねると彼は袋を下ろし、中から楽器を取り出した。ウクレレを一回り大きくしたような弦楽器だ。そしていきなり曲を演奏し始めた。ウクレレが柔らかで甘い音色であるのに対し、その楽器は鋭く金属的な音色で美しい。彼は「どうだい」といった感じで笑顔になる。私も釣り込まれて「これは何という楽器ですか」「シャランゴ」。妻に紙とペンを出してもらって、それをメモする。彼がミュージシャンであることは間違いないと思って「あなたの名前を」とペンを渡しサインをもらった。その話を現地女性ガイドにすると、直ぐ事務所に電話をして調べてくれたが、身許はわからなかった。ひょっとするとアルバイトで観光客相手に演奏しているのかも知れない。

いずれにしても、長年ヨーロッパを歩いてきて感じることは外国の人達の率直さである。勿体ぶるところがなく、ストレートに対応する。それは私の言葉が不自由であるため、あるいは初対面だからそうなるのだろうか。思うに、日本人は島国に住んでいるが、彼等は大陸に住み異民族との接触に慣れているためなのか。つまり習慣や価値観の違う異民族間では曖昧な態度は誤解を招くことになる。そのためはっきり意思表示することが身に付いているのだと思われる。

二月八日、この旅も十日目になった。十二時十五分、ウシュアイアを離れ空路三時間三十分でブエノスアイレスに向かう。南パタゴニアの旅は実質的に昨日で終わっている。ガイドに民族音楽のCDが欲しいと頼んでお金を渡しておいたが、姿が見えず諦めていたものが搭乗手続きが始まった土壇場で届けてくれた。〈間に合って良かった〉と、お互いに笑みが浮かぶ。〝地の果て〟での現地の人の表情に心が温かくなった。

ブエノスアイレスはアルゼンチンの首都である。チリとアルゼンチンの両国に跨がる南パタゴニアの旅としては通過地点に過ぎないが、この両国の首都がこの旅の起点、終点となったわけだ。ここでも地元業者の出迎えを受けホテルに落ち着いた後、この夜はタンゴショウを観た。それは私の予想を遙かに上回る素敵なものだった。

アルゼンチンタンゴはこの町の港ラ・ボカ地区で一八八〇年頃生まれたそうだが、ショウで見せる踊りはいわゆる社交ダンス的なものではなく、狭いステージでのアクロバット的要素を主にしたものである。その動きやポーズは服装と相まって正に格好良く決まっており、魅力に満ちている。〝見栄を切る〟、母国スペインを思わせる。そして男性の服装が凝ったものが多く、格好いい。その上、伴奏のミュージシャン、バンドネオン奏者の二人も縮れた黒髪を肩まで伸ばし独特の雰囲気を持って演奏する。アルゼンチンタンゴを絵にしたような二人。

更に私が魅了されたのは、この後登場した民族音楽の演奏だった。ボリビア出身で父親もミュージシャンだったというフェルナンド・バッラガンがリーダーで、彼はケイナ（縦笛）と大小二つのパンパイプとムール貝を束ねた物をリズム楽器として使う。他にシャランゴ、ギター、ドラムの四重奏だ。パンパイプというのは長さの異なつた縦笛を数本一列に並べて束ねた楽器で、その音色は南米の民族音楽独特の雰囲気、木訥《ぼくとつ》、和《なご》みを生み出す。

翌二月九日はこの旅十一日目になるが、午前フリータイム、午後市内半日観光の後、深夜この町を離れ帰国に向かう日である。

戦前生まれで、軽音楽に興味のある人であれば、アルゼンチンタンゴ《カミニート》を知らない人は少ないだろう。戦後、アメリカンポップスやシャンソン、ルンバ、マンボなどと相前後してタンゴも日本に入って来た。オルケスタティピカ東京と藤沢蘭子さんがその代表であった。《カミニート》はその時期の名曲の一つである。タイトルは〈小径〉を意味し、その道がブエノス・アイレスに現存し、観光名所になっている。昔の港の直ぐ側で当時酒場などが並び、そこからタンゴが生まれたそうだ。この作者が小さかった頃、母親のお使いによく通った道だと言われている。

その小径に面して板を張り付けたような安普請の住居が並んでいる。住居にはケバケバした原色のペンキが何色も無秩序に塗られていて、異様な景観を呈している。これはお金がなかった住居の人達が、港で船に使った残り物のペンキを貰って来て、間に合わせとして塗ったためだ。しかし今ではこの小径はブエノス・アイレスを代表する観光名所となっていて、この異様な色の住居を変更することは許されないのだそうだ。

通りの外れでは正装した男女ダンサーがタンゴを踊り観光客からのお金を期待する。またダンサーは観光客とダンスのポーズをとってモデル料を受け取る。この界隈の商店にはどぎつい彩色をした大きな人形が幾つも置いてある。私の感覚にはないあくどい人形は美しくはないが、強烈な印象を与える。店先でそんな人形と並んで記念写真を撮ろうとすると、店の人が出てきてモデル料を請求する。

我々二人だけのツアーだからここでも現地観光業者の女性オーナーが我々のガイドを務めてくれた。五十代の彼女は二世で、親は鹿児島の出身。スーパーにも案内して貰ったが、缶ビールなど日本の商品が多く陳列されていて日本人居住者の多さが偲ばれた。盛り場を歩くと少女が近付いてきて手を出す。彼女の説明では、こちらの人達は積極的に働こうとしないそうだ。ブエノス・アイレスの印象は〈木に竹を接いだような〉落ち着きのなさ。別の表現では自前でない〈借り物〉となる。それは植民地国家の宿命と言えよう。

二十二時五十分ブエノスアイレスを飛び立ち、マイアミ経由でダラス九時四十四分着。十一時五十分ダラス発、十六時十五分成田着。ここで日付は二月十一日に変わっている。更にここから一時間十五分のフライトで伊丹着十九時四十分でこの旅は無事終了した。

旅程十三日、往復三日は空路移動で、正味十日間の旅である。ちなみに各空港での乗り継ぎ時間を省いた飛行機搭乗時間の累計は五十七時間四十分に達した。丸二日と九時間四十分機内座席に座っていたことになる。体力が必要だ。この時私は六十九歳。この様な遠隔地への旅をするには限界に近い年齢と言えよう。

この旅は団体旅行でありながら、実質的には我々二人のガイド付き個人旅行であった。情報量の少ない遠隔地への旅の形としては理想的なものだったと、今振り返ってみてそう感じている。それを可能にしているのは、旅行社の現地業者との濃い結び付きがあってのことと推察出来る。その意味ではお勧めの旅のスタイルと言って良いだろう。ただ添乗員のいない個人旅行同様の旅であるだけに不安は付きまとうが、それに対する細かい指示がなされていた。

旅を終えた後、ペリトモレノ氷河で氷柱崩落の瞬間を撮った私の写真をブエノスアイレスの旅行社オーナーに送った。後日彼女から来た手紙に〈あの写真を事務所に飾っていたら、何処の雑誌社のカメラマンが撮ったのかと尋ねられた〉との記述があり、私は一人微笑んだ。

この稿は『ヨーロッパ　ひとコマの旅』に収められた文章を転載した部分があるが、今書き終えて、ほぼ二十年前の自分に舞い戻った気分になっている。

旅は三度楽しめると言われている。旅立つ前は資料を読み込み胸を膨らませ、旅行中は未知のあるいは憧れの世界に興奮し、旅を終えた後は写真を見たりこの様な文章に纏めることによって現場では気付かなかったことを知る喜びが得られる。私も今、十九年前に舞い戻ったような気持ちになっている。皆様にもお勧めしたいところだ。

二〇二二年五月

リンドウ

九月上旬のある日、庭に出ていた妻がニコニコしながら部屋に入ってきて「ビッグニュース」と言った。何か新発見があったらしい。尋ねてみると、イヌザンショウの根元にオヤマリンドウが二本立ち上がり、花芽が付いていると言う。「それは」と、はやる心を抑えつつ現場を確認する。なるほど二本のオヤマリンドウと思われる茎がすっくと立ち、先端に数個の花芽らしいものが見えている。心中、万歳を叫ぶ。それには以下のような経緯《いきさつ》がある。

ここに小屋を建てた当初、約千平方《メートル》のこの敷地内にリンドウの株が二株あったが、花は見たことがなく、いつの間にか姿を消してしまっていた。多忙であった当時は、そのことについて意を注ぐ時間的、精神的余裕はなかった。

現在は、オヤマリンドウとリンドウの二種類のリンドウがそれぞれ一株ずつある。それらのリンドウに気付き、注目するようになったのはここ十年余り前からのことである。それはベランダのすぐ前という目立つ場所にあることにもよるが、やはり花が大きく青紫の色も見栄えがすること、下界の都市部では観ることが出来ない、深山の花であることによるだろう。

そんなことで大事にしているリンドウであるが、二年前の初夏、数本の立ち上がっていたオヤマリンドウの茎が地上三十センチほどの所で、切断されているのを発見した。誰がこんなことをしたのか。大切に思って、花が咲くのを楽しみにしていた私がショックを受けたのは言うまでもない。カミキリムシのような昆虫によるのか。疑問に思った私は、近くの農大にある園芸草花を栽培、販売している所で、この件について質問を試みた。返ってきた答えは、鹿だった。新芽が伸びるこの時期に柔らかな茎を食い千切る。これを聞いて、私は強い怒りを鹿に抱いた。当然ながらこの年、オヤマリンドウの花を見ることは出来なかった。

そして昨年ふたたび全く同じことが繰り返された。そこで今年は立ち上がったリンドウの茎の周りに枯れ枝の棒を数本立てたが、六月になって又も食い千切られた姿を発見。三年連続三度目である。生半可な私の遣り方に問題があったのだろうが、お手上げである。憎《にっく》き鹿め！駆除するべきだ。私の胸に怒りがこみ上がる。どうすればこの被害を食い止めることが出来るだろう。しっかりした杭を立て、ネットで囲む。そうすれば被害を防ぐことは出来るかも知れない。しかし、そんな大袈裟なことをこの自然林の中にすることは、私が愛する自然界を、破壊することになる。つまり自然に逆らうことを意味している。

そう感じた時、私の胸の中に、鹿も自然界の営みの一つなんだという想いが湧いてきた。であるならば、鹿もリンドウも同じ自然界の物として共にこのままの姿で受け入れていこうという気持ちが、私の心を占めるようになった。来年からはせいぜい枯れ枝の棒を立てる程度にしておこう、というのが現在の心境である。

そんな状況下での今回の新株発見である。間違いなくこの株がオヤマリンドウであり、このまま順調に生育し、花を見せてくれることを願うばかりである。幸いにして、今回発見したこの株は、樹木であるイヌザンショウの根元近くから立ち上がっている。そのため、鹿がこの茎を食い千切ることは容易なことではないと察せられる。つまり鹿の害からは逃れることが出来るだろう。そう思うと、これは天が我々に与えて下さった贈り物であろうと勝手に解釈して、ほくそ笑む。

そんなわけで、ここでイヌザンショウに脱線してみよう。この木がここにあること自体に気付いたのはほんの四、五年前のことである。これがサンショウであろうことは葉の形や指で触ってその香りから分かっていた。それが今年八月、妻がこの木に白っぽい花が咲いていることに気付き、それ以来我々の注目度が高まることになった。そこで図鑑類で調べてみた結果、この木がイヌザンショウであることを確認した。この木は本物のサンショウに比べると香りが劣る。そんなこともあって、実際に食用に使ったことはない。けれども落葉松《からまつ》の多いこの敷地内に、雑木としてこの様な灌木があることは潤いをもたらし、歓迎すべきことと受け止めている。

ところで、さらに話が逸れるが、イヌザンショウというこの木の名前のイヌというのが気になった。イヌというのは哺乳動物である犬を意味するとしか考えられない。犬にとってこの木にどんな意味があるのだろう。そこで気付いたのは、樹木の図鑑類でイヌザンショウを調べている時、その目次にイヌガシ、イヌブナ、イヌマキなど、イヌという文字で始まる項目が十七もあるということだった。その上でさらに、イヌという言葉自体にどんな意味があるかを調べた結果得られたのは〈役に立たない、劣っている〉といった否定的な意味が込められている、ということだった。戌《いぬ》年生まれの私にとっては大いに不満なことではあるが、黙って退くしかないのか?

しかし盲導犬としてのゴールデンレトリバーや災害救助、捜索犬のシェパード、ドーベルマンをはじめ社会に広く貢献している優秀な犬達がいることを忘れてはならない。そのことを、敢えてイヌ属のため、ここに記しておこう。

この稿を書いている今、「鹿」という妻の声が聞こえた。急いで私は窓の外に目をやったが、隣の敷地の外れに僅かに鹿の後ろ姿を見るに留まった。妻の話では角が生えた鹿で敷地の奥の方を右から左にゆっくり走っていったと言う。ここで鹿を目撃することは決して珍しいことではない。私もこれまで何十回も目撃している。彼等はこちらに気付いても急いで逃げ出すわけでもない。子鹿二頭を従えた親子三頭連れがゆっくりこの敷地内を移動するのを目撃したこともある。彼等の出没目的は恐らく餌あさりであろうと推察される。鹿はここでは共生者と受け止めておかなければならないようだ。

亜高山山野草のリンドウから始まったこの話、大いに逸れてしまったが、現役を離れて久しい高齢者である私にとってのここでの日々は、この話のように取り留めがない。晴れれば庭仕事に勤《いそ》しみ、天候不良時は屋内で読書、執筆、音楽鑑賞、室内整理の時間とする。全ての基準は、天候を核とする自然界の意志に従順に従うことである。

そしてこれは単にここでの暮らしのみならず、私の生命そのものにも当てはまることである。リンドウやイヌザンショウの命運はそのまま私自身の運命でもある。自然界が神だと思い、自然界に埋没したいと日々思っている私にとって山野草や小鳥、リスなどの小動物と向き合うここでの日々は、この世の天国である。私がもし地獄でなく天国に行けるとしたら、この世の天国からあの世の天国へと、これ以上の幸せはない。

そんな想いで今日も敷地内の草を取り、枯れ枝の整理をしている。

二〇二二年九月

日本文学を読んで

若い時から読書をしてこなかった私には、読書歴といえるようなものはない。ただ一度、三十歳代半ば〈私の一〇〇冊〉という新潮文庫新聞広告のキャッチフレーズで、遠藤周作さんお勧めの有名な世界文学作品を二十点ほど読んだことはある。『罪と罰』、『アンナ・カレーニナ』、『ボバリー夫人』、『赤と黒』など、深くは読んでいなかったが、一般教養としてほぼ身に付いたように思える。これ以外では五十三歳から始まったヨーロッパ旅行に伴う関連事項の読書は、伝記や歴史絡みが中心で、文学作品としては『嵐が丘』が思い浮かぶ程度である。

そんな私が三年程前、友人から貰ったビジュアル版の日本古典文学全集を読んで、その後の日本の文学作品を読もうという気持ちになった。この気持ちは、折角この世に生を受けたのだから、少しでも多く未知なる世界を知ってからこの世を去りたいという、素朴な好奇心から生まれたものである。従って以下の文章は単なる私の好みによって書かれたものであり、文学論云々と言えるような高尚なものでないことを先ずお断りしておかなければならない。

誰の作品を読むか。無知な私の頭に浮かんだ夏目漱石、芥川龍之介、川端康成、三島由紀夫を生年順に読むことにした。そこにはっきりした根拠はない。

夏目漱石（一八六七～一九一六）は一八六七年二月九日（慶応三年）生まれで、この年の十二月九日江戸幕府は大政奉還によって消滅する。没年は大正五年。つまり純粋に明治を生きた人である。

私が選んだのは次の六編で、出版された順に読むことにした。数字は出版された西暦年。〈吾輩は猫である＝一九〇五〉・〈坊っちゃん＝一九〇六〉・〈三四郎＝一九〇八〉・〈それから＝一九一〇〉・〈こころ＝一九一四〉・〈明暗＝一九一七〉。

☆吾輩は猫である　＝期待外れ。猫を語り部としての視線で人間社会を見るという発想は素晴らしい。ユーモラスな筆運びが近代国家を目指す明治の人達に受け入れられた出世作だが、期待が大きすぎたためか、その書きっぷりが平板でバラバラしてしつこく、うんざりする。

☆坊っちゃん　＝江戸っ子を笠に着て、四国の人を田舎者と見下げる態度は不愉快。軽薄。
☆三四郎　＝東京大学物語。全二作同様、平板な印象。
☆それから　＝初めて良さを感じた。終盤の二人の対立場面、緊張感あり。
☆こころ　＝この六作の中で一番良かった。先生の最後の手紙部分。自殺という内容は暗いが、信義について想いを巡らせ、緊張感があった。
☆明暗　＝会話における心理描写。濃密。これが文学の価値なのか？私にはこのダラダラ感が遣り切れない。この作品は新聞連載中、病没により絶筆となった。

全般にわたっての印象はダラダラ、ネチネチした印象で、私の性分には合わない。例えば、外出に際し〈AからBに立ち寄り、戻って来た〉という記述をする場合。地名がやたらに出る。そこまで地名を詳しく書く必要性がどこまであるのか、読者にイメージを作らせるのに必要なのか、と疑われる場面が多い、くどい、そう感じる。ひょっとするとこれは、連日一定の字数が必要な新聞連載の弊害によるのかも知れない。

もう一点気に要らないのは主人公が地方の素封家の息子で結婚しても親から生活費を受け取るような人達の世界が舞台といった作品が多い。単なる文学好きの道楽者の世界という印象でそんな世界をネチネチ書くのが文学なのかという嫌悪感が芽生えてくる。全般にこのネチネチ感が私には合わない。

以上の読了に二十日を要した。次いで読んだのは

芥川竜之介（一八九二〜一九二七）

ほとんどが短編であるため、以下の十六編を発表された順に読んだ。

〈羅生門＝一九一五〉・〈鼻＝一九一六〉・〈芋粥＝一九一六〉・〈偸盗＝一九一七〉・〈戯作三昧＝一九一七〉・〈蜘蛛の糸＝一九一八〉・〈地獄変＝一九一八〉・〈奉教人の死＝一九一八〉・〈蜜柑＝一九一九〉・〈杜子春＝一九二〇〉・〈藪の中＝一九二二〉・〈一塊の土＝一九二三〉・〈儒教の言葉＝一九二三〜一九二七〉・〈河童＝一九二七〉・〈歯車＝一九二七〉・〈或る阿呆の一生＝一九二七〉。
☆羅生門　＝衝撃的。凄味。当時の都の様子。短編の良さ。夏目漱石の後だけにそれを顕著に感じる。
☆鼻　＝意味不明でいまいち。
☆芋粥　＝過ぎたるは及ばざるが如し？
☆偸盗　＝夜盗の活劇。面白かった。太郎次郎他、人間関係を絡め読み応えあり。
☆戯作三昧　＝作家の内面。苦労、評判は？出版社。調子が出る、油が乗る。
☆地獄変　＝絵描きの話。娘が焼き殺される。凄まじい。過ぎたるは及ばざるか？芋粥と同じか。一途に思い詰める執念。それは取りも直さず芥川自身の姿でもあろう。
☆蜘蛛の糸　＝過ぎたるは及ばざるが如し？無い物ねだり？人生程々に？〈芋粥〉〈地獄変〉〈杜子春〉〈一塊の土〉と共通項を感じる。
☆奉教人の死　＝奉教人とは近世初頭のキリスト教徒の呼び名で、主人公ロオレンゾは実は女性。焼け死ぬ。凄まじい。
☆蜜柑　＝奉公に出る娘が旅立ちの車窓から弟たちに蜜柑を投げる話。心温まる。この著者としては珍しい、鋭角ではない和み。
☆杜子春　＝仙人によって二度大金持ちになった彼は、鬼に鞭打たれながら子を思う母親の姿に「お母さん」と、禁じられていた声を出し、仙人になることを捨てる。母親の尊さに感動。
☆藪の中　＝主たる登場人物は盗賊、武士、その妻の三人。武士は胸を刺されて死んでいる。三人それぞれが、自分が殺したという立場。人間のおぞましさ？凄味あり。話の内容には立ち入らないが、芥川の作品の中で最も印象深かった作品。その最大の要因は殺したのは誰かという謎解きの面白さと三人三様の申し立てから垣間見える人間の本性。殺したのは誰かは永遠の謎。
一九五〇年、黒澤明監督、三船敏郎、京マチ子主演の映画『羅生門』はこの『藪の中』と同じ芥川の『羅生門』を基に製作公開され、ヴェネチア国際映画祭やアカデミー賞で賞を受けている。
☆一塊の土　＝息子を亡くした女親と再婚しない働き者の嫁。人間の欲。
☆侏儒の言葉　＝タイトルはこびと、見識のない人の言葉という意味。一九二三年～二五年に書かれた随筆集。難解で理解出来ないものが多いが、芥川の凄さを感じる。これが極限に達すると自殺？
☆河童　＝河童という架空の動物世界に入った著者の話。人間社会を風刺的、批判的に見たものか？異様さを感じる。
☆歯車　＝ホテルに籠もって執筆している著者。著者自身を歯車に見立てているのか？創作の苦しさを感じる。自殺を予感させる。
☆或る阿呆の一生　＝〈僕はこの原稿を発表する可否は勿論、発表する時や機関も君に一任したいと思っている。君はこの原稿の中に出てくる大抵の人物を知っているだろう。しかし僕は発表するとしても、インデキスをつけずに貰いたいと思っている。

僕は今最も不幸な幸福の中に暮らしている。しかし不思議にも後悔していない。ただ僕の如き悪夫、悪子、悪親を持ったものたちを如何にも気の毒に感じている。ではさようなら。僕はこの原稿の中では少なくとも意識的には自己弁護をしなかったつもりだ。

最後に僕のこの原稿を君に托するのは君の恐らくは誰よりも僕を知っていると思うからだ。どうかこの原稿の中に僕の阿呆さ加減を笑ってくれ給え。

昭和二年六月二十日　　　　芥川龍之介

久米正雄君〉

この稿は、五十一のタイトルを付けた、短文で出来ている。いずれも断片的で前後のつながりはない。ほとんどの文章は何を伝えたいのか私には理解しがたい。日付から見て死のほぼ一ヶ月前である。著者の遺言と言うべきものだろう。

夏目漱石の六作品の後に芥川の十六編を読んで、その両者の違いに唖然とした。繰り返しになるが、これまで文学に馴染んでこなかった私には、文学作品について論評する能力は全くない。ただ自分の好みによって良否、好き嫌いを述べるに過ぎない。その意味で両者を比較すると結論ははっきりしている。一方は長編で他方は短編。一方は紆余曲折、他方は直線的。一方が多くの文字を使って表明することを、他方は物事の本質を最短距離で表明しようとする。私がこの二人の偉大な文学作品を読んで得たものは芥川の鋭さとなろう。

次いで私は川端康成（一八九九〜一九七二）の以下の作品を出版年順に読んだ。〈伊豆の踊子＝一九二七〉・〈雪国＝一九三七〉・〈山の音＝一九五四〉・〈古都＝一九六二〉

☆伊豆の踊子　＝この作品の印象を一言で表現すれば、爽やかとなるだろう。二十歳の旧一高生と旅芸人一行との交流。なかんずく幼い踊り子への淡い恋心がほのぼのと描かれ心地良い。私が惹かれたのは彼等の会話文の丁寧な言葉遣いで、美しい。最も印象深かったのは主人公が下田港から東京へ帰る場面。踊り子の様子。上野駅まで不幸な老婆を送るよう依頼される件《くだり》は胸にジーンとくるものを感じ、秀逸。昭和初期の時代を感じさせ、いい雰囲気だ。著者の不幸な生い立ちがこのような場面を生んだように感じた。漠然と抱いていた、私の著者に対する暗いイメージが払拭された。

☆雪国　＝この小説の出だしシーンが有名なだけに期待を持って読んだが、ガッカリした。そのガッカリの理由は文学作品としてのものではなく、妻子ある金持ちの男と雪国の芸者との交流がテーマであることによっている。私はそのようなテーマが好きではないためである。従って文学作品としての評価は自ずと別のものだ。

この作品を読んで、ノーベル文学賞受賞の理由が私なりに理解できた。それを一言で表せば、川端康成の鋭い感性ということになるだろう。それは物事を受け止める感性とそれを文字により表現するその多様性に優れているという、両面でのことだ。一例を示そう。『雪国』の冒頭場面で、主人公がその町に汽車で入る時、窓ガラスに映る風景とその様子。それを感じ取る感受性とそれを読者に適切に伝える表現力。この両面において高い能力を備えている。私はこの様な才能がノーベル賞につながったのだと思っている。

☆山の音　＝題名から自然界についての内容かと期待したが、主人公と息子の嫁を中心にした家族間の人間関係を綴ったもので、テーマそのものがドロドロして私の性分に合わず、期待外れに終わった。

☆古都　＝生まれて直ぐ離れればなれになり、大きく違った環境のもとでそれぞれ育てられた双子姉妹が年頃になって偶然再会する物語。ストーリーそのものが劇的であるだけに読者は引き摺り込まれていく。しかしこの作品は、古都というタイトルが示すように、京都ひいては日本の文化を後世に伝えていきたいという強い気持ちが著者の中にあって書かれたのだと思われる。双子という切っても切れない肉親の繋がりと同じように、日本文化を絆として日本の良さを大切に守り続けて欲しい。それは多くの会話文での京言葉や祇園祭、時代祭などお祭りの詳細な記述などから伺うことができる。

私にも若かりし頃、京都の親戚を訪れた際、そこの少女が話していた「そうえ」（そうよ）という言葉に得も言われぬ可愛さを感じたことを今なお鮮やかに憶えている。

次ぎに三島由紀夫（一九二五～一九七〇）は以下の四作をこの順に読んだ。

〈仮面の告白＝一九四九〉・〈潮騒＝一九五四〉・〈金閣寺＝一九五六〉・〈豊饒の海第一巻　春の雪＝一九六七〉

実は四人目を誰にするかでいささか戸惑った。志賀直哉、森鴎外、太宰治も考えたが、三島由紀夫に決めたのに深い理由はない。ただ年代的な意識はあった。また特異な死もそのひとつかも知れない。

☆〈仮面の告白〉＝最初の何ページかを読んで、続けて読むことを止めようかなと思った。それは性的倒錯を思わせる記述があったためである。元来私は性的な話題に嫌悪感を覚える。しかし三島作品を読むに当たって、このことを避けて行くことは無意味だと考え、読み進むことにした。

この中で彼は、女性よりもむしろ逞しい男性に惹かれることを書いている。それは幼少の頃から虚弱であったこと、家庭環境によっていると捉えている。この作品が発表されたのは彼が二十四歳の時である。それにしてもこの若さで、この忌まわしいことを文章にして公にする。何と勇気のある人だろうと思った。と同時に、何と正直な人だろうとも思った。この作品の中にフィクションがあるのか否かは私には分からない。しかしこの作品は大きな反響を呼び、三島の出世作となる。三島文学を読む上では避けて通れない作品。

〈潮騒〉＝前作とは対照的な清々しく健康的な作品。伊勢湾の小島で生まれ、漁をする、心身共に健康な若者と娘の純愛物語。ハッピーエンド。丁度『仮面の告白』を裏返したような、著者の理想の世界だろう。読者まで心爽やかになる。

〈金閣寺〉＝この作品は実際に起こった放火事件をヒントとして書かれた。金閣寺で働く地方出身の若い徒弟僧の、美や権威の象徴である金閣寺への憧れと現実社会の矛盾に対する怒りから犯行に及ぶ、その屈折した心理の経緯を綴ったもの。この屈折した心理こそ『仮面の告白』で告白した著者自身の倒錯の世界の感覚がもたらした屈折感との共通項。

ただ、文学としての評価は高いと思われるが、私の好みには合わない。

〈豊饒の海第一巻　春の雪〉＝豊饒の海は四巻からなり〈春の雪〉はその第一巻であり、貴族社会での恋愛物語である。この四巻はそれぞれ独立しており、直接の繋がりはない。

皇族との婚約が正式に決定した女性と二歳年下の貴族とのスリリングな逢瀬を重ねての展開は読者を捉えて放さない。ここまで読んできた上記三作とは全く異なる。世俗的と言える恋愛事件をグングン引っ張っていく筆の力は流石と思わせる。

一方明治末期の貴族社会の有り様を、その言葉遣いや家屋敷の描写によって、書き残しておこうという気持ちがひしひしと伝わってくる。その意味で、日本の伝統の良さを後世に残していこうという川端康成と一脈通じている。事実、三島は〈豊饒の海〉最終巻〈天人五衰〉の入稿（原稿を出版社に渡す）日に、陸上自衛隊市ヶ谷駐屯地で、割腹自殺している。いわば著者の人生観＝文学者としての総括をした、ある意味遺言のようなものであろう。つまり、文学者としての三島が書き残しておきたかった各ジャンルの作品の一つと言うことになろう。そして割腹自決という最期は〈仮面の告白〉を読んだ時感じた、著者の〝勇気〟と〝正直〟を実践したものと受け止めた。この時四十五歳。

〈仮面の告白〉、五年後の〈潮騒〉、その二年後の〈金閣寺〉。さらにその十一年後の〈春の雪〉と読み終えて、広く深く想いを巡らせられている。三島由紀夫は、最期が最期だけに、前三者とは違った重みを感じさせられた。

四人の文学作品を読み終えて、改めて文学とは何だろうという思いに囚われたが、それは後段に譲ろう。四人の著者にはそれぞれの個性があり、芸術の世界で優劣を付けることは無意味だと思われる。従って以下はあくまでも私の読後感想であり、それは私の好みに左右されている。

敢えて順位を付けると、先ず〈伊豆の踊子〉。二十歳の一高生の言動が爽やかで心に染み入る。それは年老いた私の郷愁から来ているのかも知れない。また、夏目漱石の後で読んだためなのかも知れないが、会話文をはじめ、文章が美しい。そしてどの作品にも共通して言えることは着眼点の良さ。〈古都〉。日本文化の象徴のような京都を舞台とする、生き別れ双子姉妹の遭遇物語。それを通して読者を日本文化や伝統へと誘う巧みなドラマ。名所、祭、京言葉を織り交ぜて、古都のひいては日本の文化や伝統を後世に伝えようとする心が読み取れ、高齢の日本人である私には心地良い。〈藪の中〉。物事の本質を単刀直入に掘り下げていく芥川文学は単純明快であると同時に難解でもある。そんな中でもこの作品は、犯人は誰かの謎解きを軸に、人間の本性に迫る傑作。〈羅生門〉と共に読み合わせれば、時代背景が分かり、より興味深い。〈潮騒〉典型的な青春賛歌の物語。タイトル通り野性味のある爽やかさ。三島由紀夫が理想とした世界。後期高齢者の私にもすんなり受け入れられる。〈春の雪〉貴族社会での禁断の恋を描いた典型的な恋愛小説。内容が私の抱いていた三島由紀夫のイメージとかけ離れていたことにもよるが、登場人物の設定、ストーリーの展開のめまぐるしさ、鮮やかさが印象深かった。

強いて挙げれば、以上五点が私の気に入った作品である。夏目漱石は入らない。

四人の著名文学者の作品三十点を読み終え、改めて文学とは何だろうとの思いに囚われた。辞書によれば文学とは思想、感情、自然を言語文字で表現した芸術作品で、芸術とは美をつくりだし表現することとある。そして小説とは想像力、構想力により人間性や社会の姿などを表現した散文体の文学。

ある作品を読んでその良し悪しを判断する場合、三つの要素があると思われる。先ずテーマ。（恋愛小説？推理小説？探検小説？）。次いで表現形式。（文体をはじめとした文章力）。最期に物語の（あらすじ）。私が選んだ作品についていえば、〈伊豆の踊子〉は文章力。〈古都〉は文章力と荒筋。〈藪の中〉は荒筋。〈潮騒〉は荒筋。〈春の雪〉は荒筋、となる。

こう見てくると、私はその作品の物語としての面白さによって良し悪しを決めていることになる。その典型例が〈藪の中〉であり、川端康成の二作に文章力を感じているのはノーベル文学賞受賞と結び付き、私の感覚も満更的外れでないと自己満足している。しかし小説の醍醐味はストーリーにあるが、それだけでは文学として高い評価は得られない。そこに芸術性が認められなければならない。〈藪の中〉が高い評価を得ているのは、その物語を通して、人間の本性を描き出しているところにある。

優れた文学者には共通した特性がある。それは鋭い感性だ。それが鋭ければ鋭いほど自らの神経を蝕む。私が選んだ四人の文学者のなかで、夏目漱石を除いた、三人が自ら命を絶っているのは決して偶然とは言えないだろう。

この歳になって日本の近代文学作品を初めて読み、そこから大きな収穫を得た。個々の作品内容を知ったことがその最たるものだが、文学というものの意味、存在価値を改めて再確認した。

私は書店人として若い頃、絵本や童話を子供達に読み聞かせすることをお母さん達に勧めてきた経験がある。それは童話を通して子供が疑似体験をし、勧善懲悪を学び、人として正しい道を歩む人間に育って欲しいという気持ちからのものである。同時に本好きな子になり、勉強も良くできるようにという親心にもよる。

文学作品はフィクション（作り話）の世界ではあるが、その物語の中から人生におけるいろんなことを疑似体験する。丁度幼児が絵本から学ぶように。その意味で、若い時から文学作品に触れることは人生の指針として有意義であることは間違いないだろう。しかし深入りすると、頭でっかちな、実践を伴わない理屈っぽい人間になってしまう恐れもある。私に限って言えば、これまで文学作品を読んでこなかったことによるデメリットはなかった、と思っている。私の年齢になれば、どんな文学作品を読んでもそれに影響されることはない。

薬は反面毒である。その人の体調に合わせて飲めば有効だが、時期を誤ると危険なものにもなる。読書にもある意味それは当てはまるかも知れない。若い時期の読書は人生の教科書のようなものであるが、高齢者の読書は懐メロを聴いているようなものなのかも知れない。そんな想いでこれからも読書の機会を作っていきたいものだと思っている。

二〇二三年二月

今生の別れ

人は必ず死ぬ。しかし、自分が何時死ぬかはその時が来るまで分からない。困ったことである。けれども、死ぬ日がはっきりしていると便利なようだが、反ってそれによって鬱になったり悩んだりする人も出てくるのではなかろうか。そう考えるとその日が分からないのは良いことなのかも知れない。

私は三月生まれである。小学校入学時点で、四月生まれの同級生に比べ一年幼いことになる。そのためかどうか、大学時代でも同学年の友人に比べ自分が幼稚だなということをしばしば感じることがあった。そんな凡人である私ではあるが、私自身唯一自慢出来る性質は、自分の人生を客観的に見ることができる、ことである。この性質は、もともと私が臆病で用心深い人間であったことによるのだと思われる。それが私の人生で具体的に現れた切っ掛けは結婚であったようだ。

はっきりした時期は言えないが、当時私は一年後に自分はこの世に存在していないという前提で生活設計を考えて生きていた。それは妻や子供ができたことによる。もし自分が死んだらこの家族はどうなるだろうと言う想いからである。生命保険に入った。そしてこの延長線上に私のヨーロッパ歩きや八ヶ岳山麓土地購入がある。決して経済的あるいは時間的に余裕があって実行したわけではない。

内状は省くが、今自分は己の人生のどの辺を歩いているか。今やっておかなければ悔いが残る、やるなら今だ、といった捉え方である。それは以後の旅行記の自費出版や随筆執筆につながっている。

幸いにして私は、人生におけるその場面場面で、「今だ」というその時期に、行動することができた。これは幸運としか言いようがない。ただ一つはっきり言えることは私が勤め人ではなく、比較的自由度の高い自営業者であったことが幸いであったことは間違いないだろう。

この様に自分の気持ちに忠実に生きてきた私の人生ではあるが、高齢に伴い体力は低下していく。それは当然のことだ。ただ体力低下の進行度は個人差が大きく一概には捉えられないが、私の場合八十五歳からが急激だった。その内状は不愉快な話題であるため避けるが、そんな経緯の中で私は下記のようなことを考え、実行することにした。

それは次ぎのようなものである。一年以内に私はこの世を去るという前提の下に、これまで親交のあった友人知人にお目に掛かり、じっくり話をしておきたい。死んでしまえば面談することはできない。しからば生きている内に〝今生の別れ〟をしておこう、と言うことである。親交の度合いは人それぞれに頻度や奥行きに違いはあっても、それが私は良いことだと思ったからである。ただ面談するにしても、〝今生の別れ〟と宣言してお目にかかる場合と何も言わずそれとなくお目にかかる人と、それは自ずとこれまでの繋がりの経緯やその人の状況によって異なってくる。

実はこの考えには一つの伏線があった。二〇二一年十月、私共はダイヤモンド婚の内祝いとして小人数の食事会を行った。この時私は八十七歳だった。その時、こんな内々の者による集まりであっても、この様な機会はこれが最期かも知れないという想いを抱いた。そんな想いが逢える内に逢っておこう、という気持ちを私に抱かせたわけである。

この時以来、二〇二二年から今日まで八人の方々と〝今生の別れ〟をしている。はっきりそれと宣言しての人、してしない人それぞれである。本来なればもっと多くの人にお目に掛かりたかったのだが、私の自宅不在期間が長いことと、コロナによる外出自粛ムードによって捗《はかど》っていない。

この八人の中で、四人の方はそれぞれお一人ずつお目に掛かったが、他の四人の方とは同時にお会いした。それは書店現役時代の同業者の方三人、いずれも女性。今一人は当時の小学館営業担当の男性の方である。

コンピューターの普及に伴い書店業界は衰退の道を歩んでいるが、およそ四十年前の書店業界は大手出版社による企画物の出版が盛んだった。企画物とは、主に美術、文学、童話などの全集物の出版物のことで、各社が競って出版していた。これらの全集物はただ店頭に並べて販売するだけでは数も伸びず、出版社サイドからは何部印刷するかの目途を得るためにも、出版以前の早い段階で予約を取る必要性が高く求められる。そのため出版の何ヶ月も前から予約を取るよう書店に求める。予約獲得は大手書店でなくても小さな書店でも可能であるため、やる気のある零細書店はそれに真剣に取り組む。その結果は出版社、取次（問屋）、書店業界にも知られ、各出版社は実績を挙げた書店を東京での謝恩会に招待する。つまり我々零細書店はこの予約獲得競争により、店頭販売以外の売り上げを得られる以上のメリットがある。私がこの世界に首を突っ込んだのは取次の方からの助言によるものであるが、結果的に良かったと今しみじみ思っている。それはただ単に商売上の云々ではなく、人間として成長出来たという意味も含めてのことである。

店頭で来店客に本を売る店売と異なり、雑誌など配達先の顧客へのセールス、さらには雑誌類、例えば〈小学一年生〉や〈中一時代〉などの訪問販売による売り込みは門前払いを受けることが多く、大変な忍耐力が求められる。しかしこの苦労は、人生にとっては一種の財産にもなる。このことは私の人生にとって途轍もなく大きな意味を持ってくる。話が逸れてきた。〝今生の別れ〟に戻ろう。

集まった私を含め四人の書店人の内、一人は現役である。私より一廻り以上若いこの方は〈町の小さな本屋さん〉だが、その個性的な活動により、ここ二、三年、本や映画にもなった話題の人。これ以上の深入りは避けるが、行動力抜群。その真摯な生き様が人を惹き付け、不可能を可能にしている。私が追い求めている〈豊かな人生〉を生きている人。

次ぎに遠方の田舎から参加下さった方は、現場は若い人に任せ、佃煮作りなどしながら地域社会活性化に参画されている。いわば第二の人生だ。現役時代、東京での謝恩会で何度も顔を合わせた。

今一人は、地域一番店だった店を何年か前に閉じられた。ご主人とは小学館の謝恩旅行でハワイへ行った際同室となり、レンタカーで駆け巡った想い出があるが、近年お亡くなりになったとのこと。翌日お礼のメッセージを頂いた。その中に〈帰宅しまして仏壇の主人に報告しました〉とあった。胸に熱いものが込み上げた。このお二人は私より数年若いと思われる。

そして私自身はもう何年も前に店を閉じている。しかし、四十代半ばから五十代に掛けてのことを思うと、今でも胸が熱くなる。幾つかの問題を抱えながら、少しの時間もおろそかにせず、死に物狂いで挑戦していった。「今に見ておれ」そう己に向かって呟きながら〜。

どの方ともほぼ三十年ぶりの再会である。皆さん想いは同じだ。支社長をされて引退された小学館の方は私より五歳若い男性で、大学は同窓である。書店廃業後もプライベートのお付き合いをいただき、何かと助けてもらっている。小学館絡みの海外旅行にも度々同行させてもらった。

これらの人は皆〝今生の別れ〟をしておくべき人達だったと思っている。

宝塚ホテルのロビーで、それぞれの方と別れる時「一日でも長く、元気で生きていましょう」と挨拶した。冒頭に紹介した、現役の〈町の小さな本屋さん〉の「あの時があって、今があるのですね」と呟かれた言葉が私の胸にズシンと響いた。

〝今生の別れ〟をしておきたい方は何人も居らっしゃるのだが、お互いに高齢である上、コロナもあって思うに任せない。

二〇二三年三月

夢

現在の北海道大学前身である札幌農学校の初代教頭であったクラーク博士が同校を去るにあたって、学生達に告げた別れの言葉「青年よ、大志を抱け」は余りにも有名である。時は明治十年（一八七七）四月十六日のことだ。

博士は、北海道開拓の指導者育成のため、明治九年（一八七六）七月開校された同校初代教頭として、明治政府によって招かれた〈お雇い外国人〉である。植物学だけでなく自然科学一般、キリスト教に基づく道徳などを英語で教え、大きな影響を与えたそうだ。この時の学生は十六人。冒頭の言葉は、わずか八ヶ月の在任で日本を去るにあたっての言葉である。

一八二六年、医師を父として生まれ、神学校で教育を受け、ドイツ留学で化学と植物学、動物学を学び、二十代でアーマスト大学教授。この時期、同大学初の日本人留学生として新島襄（同志社大学創始者）が居た。任期中に新島襄の紹介により、日本政府の要請を受け、明治九年七月、マサチューセッツ農科大学の一年間の休暇を利用しての訪日となった。

クラークさんは大変な熱血漢だったようで、南北戦争（一八六一〜一八六五）に北軍として参加、かなり活躍されたようだ。しかし日本からの帰国後はマサチューセッツ農科大学学長を辞め、新たな構想を抱いていろいろ活動されたが、上手くいかず、訴訟を起こされるなど不遇な時期を過ごされ、晩年は心臓病で寝たり起きたりと失意の内に一八八六年三月、五十九歳で生涯を閉じられた。

もちろん、晩年が順調でなかったからと言って冒頭の言葉がその輝きを失うことは全くない。むしろ私は大志を抱き続けたからこそ、それによって人生の後半で訴訟を起こされることになったわけで、クラークさんは微塵も後悔されていなかったと、確信している。敢えて言えば、少年ではなく中年になって、なお大志を抱いたことについて悔いが残るかも知れないが、それは情熱的なお人柄から推察して、悔いは無かったと思われる。

ここまでは、夢と言っても〈人生の夢は〉というような理想の世界をイメージした夢の話である。残念ながら私は若かりし頃、そのようなことを考えたことは一度もなかった。薄ぼんやりと日々を過ごすだけの、幼稚な青年時代だったように思う。友人と人生論を戦わすような機会は一度もなかった。私は生来気が小さかったためか、あるいは現実主義者であったのか、将来こんなことをやってみたいといったように、現実社会で将来の夢を見るということは全くなかった。あるいはこれは育った環境によっているのかも知れない。従ってここからは人生の夢ではなく、睡眠中に見る夢の話である。

私が見るほとんどの夢は、眠りが浅くなった明け方に見ているようだ。しかもその多くが恐ろしいとか、つらい夢で、恐怖に脅え、驚いて目覚めるといった夢である。その時、悲鳴を上げているかも知れない。そして夢だったのかと気付き、ホッとしてそのまま眠り続ける。この種のものが圧倒的に多いが、この他には既に亡くなっている人と出会ったり、現実にはあり得ない荒唐無稽な内容のものばかりである。そして夢の内容というものはほとんど私の記憶に残らない。直ぐ消え去ってしまう。つまり見た夢を想い出そうとしても、余程意識して記録でもしておかない限り、消え去ってしまう。まさに夢のようにという表現がある通りで、儚いものである。

夢については、いろいろと研究されているようだが、現在でもその正体について科学的に正確な解明はされていないようだ。まして、その人が見る夢の内容と現実の日常生活との関連性など、到底説明し得るものではないだろう。夢のお告げによって云々、という歴史上の逸話をよく見聞するが、科学的に今より未解明なことが多かった当時は、夢によって歴史が塗り替えられた。ジャンヌ・ダルクなどその好例であろう。そのことを思うと、夢と馬鹿にすることはよくないのかも知れない。

ところが、我が妻は結構夢について正確な話をすることが多い。それも現実の日常生活と結びつけて、その夢を解釈することが多い。例えば、私が入院手術する日に大昔に亡くなった父親が夢に現れると、心配しなくてもいいと元気付けてくれていると受け止め、その話を私にする。夢見が良いとか悪いとかいうことをよく耳にするが、夢によって未知の世界を予見しようとする。そんなことから夢占いというのもあるそうだ。しかし私は合理主義者だから、そういうことについては至って冷静だ。

ある時、夢で見たこんな話をしてくれた。三途の川に沿って歩いている時、さて向こう岸に渡ろうと思って向こう岸を見ると、信号が赤になっていたので渡らなかった、というのである。私はその話を聞いて、ゲラゲラ笑った。「渡らなくて良かったね。渡っていたら大変なことになっていただろう」。そう言うと、ニッコリして肯いた。しかし何故その川が三途の川だと分かっていたのかという問い掛けに「それは三途の川だったのよ」と断定的で、私が納得できるような合理的な説明は返ってこなかった。しかしよく考えてみると、夢の世界に合理的な説明などあろうはずもなく、証明などと言い出す方が馬鹿げていると気付いて、それ以上の追求は差し控えることにした。

夢そのものが荒唐無稽の世界である。この話の中で信号が赤だったと言っているが、私が見る夢の中で色が付いている夢を見た記憶はない。天然色の夢とは豪華なものだ。これは眠りの深さと関係があるのかどうか、私もそんな夢を見たいものである。

また彼女が最近見た夢では、自分は縄にぶら下がっていて、下を見ると千尋の谷、落ちたら命はない。怖ろしい、どうしよう、と思っていたら、ふと左手に銀色の梯子が降りてきた。あっ、助かった、と思った瞬間に目が覚めた、と言うのである。この話をした時の顔は、もうこれで心配事はなくなって、何もかも上手くいくと、喜びに満ちている。夢の話でありながら、彼女にとって見た夢は、単に夢の世界のことではなく、現実の生活に結び付いている。つまり、夢を単に夢の世界として現実の日常生活と切り離さず実生活と結びつけて受け止めていく。この様な人は、暗示に掛かりやすい危険な人物と案じられる。しかし少し距離を置いて考えてみると、この様に夢と現実を結びつけて考えることができる人は、幸せな人と言えるのかもしれない。何故なら、夢であるため危険を伴わず、人生の巾を拡げ楽しんで生きていけることになるのだから。

ちなみに、この夢の話を聞いたのは、たまたま私が芥川龍之介の『蜘蛛の糸』を読んで、そのことについて話をした後であったと記憶している。ということは、彼女にとっては、現実と夢の世界とが繋がっていることを意味している。

これに比べると、私は夢による影響を全く受けることはない。そもそも見た夢の記憶が直ぐ消えてしまい、残らない。また見た夢について深く考える気持ちも全く持っていない。この違いは性格の違いによるものか、男女差によるのか、はたまた私が鈍感なためなのか。

夢は自分の意志によって見ることはできない。一方的に向こうからやって来る。大袈裟に言えば、天が与えてくれるものだ。その意味で、夢を多く見る人は幸せと言えるのかも知れない。何故なら、同じ人生を生きていても、全く夢を見ることがない人と多くの夢を見る人とでは、後者の方がその夢の分だけ多く人生を生きてきたことになるのだから。

夢は自分が主人公の映画を観ているようなものだ。と言うことで夢を多く見て、自分の人生をより豊かなにしていきたいものである。

二〇二三年三月

喫茶室

高齢化社会が進み、街を歩いても老人が目立つ昨今であるが、老人の楽しみの一つは気心の合った友人とのお喋りである。体力低下に伴い外出も儘ならず、それまで楽しんでいたコンサート、展覧会、旅行、買い物にも出掛ける機会がなくなってきた老人にとって、友人とのお喋りは長電話に頼るようになってきている。しかし電話は一対一のもの、顔も見えず、複数の人とは話せない。そんなことで喫茶店かレストランで食事を共にしようという人が増えているようだ。

私が若かった数十年前は喫茶店というのが数多くあったように思う。何時の頃からかそれが少しずつ少なくなり、最近ではあまり見掛けなくなった。近年はスターバックスのような外資系の世界的に展開しているチェーン店がこの市場を席巻しているようで、個人的な昔風の喫茶店と呼べるような店は我が家の周辺ではほとんどなくなった。それはどのような事情によるのか、私にはよく分からない。チェーン店化による馴染み深さによるのか、価格面やサービス面、さらにはセンスの良さなどによる差別化のためなのか。昔の喫茶店はその店の経営者の個性によって一定の顧客を掴み、それによって成り立っていたように思われる。

そこで少し喫茶店について調べてみた。世界的には、一五五〇年代イスタンブールに既にカッフェがあったそうで、十七世紀中頃からヨーロッパ各地に拡がっていったようである。私もかつてベニスを訪れた際、サンマルコ広場に面する一七二〇年創業のカフェ・フローリアンを訪れたことを想い出す。この店は現在も営業中だ。日本では一七三五年（享保二十）、京都東山の通仙亭が最古とされているようだ。この場合、提供されていたのは煎茶か？

ちなみに日本初のコーヒーを提供した喫茶店は神戸元町にある放香堂。もともと京都の宇治茶農家が、ミナト神戸でお茶の輸出とコーヒー豆の輸入を始めたのが切っ掛けだそうだ。創業は神戸開港十年後の一八七八年（明治十一）のことで、元町通り三丁目にある、現役のコーヒー店である。

日本で喫茶店ブームが起こったのは一九二〇年代と言われている。大正中期から昭和初期のことだ。コーヒー一杯十銭だったそうだ。一九五〇年代後半になるとジャズ喫茶、歌声喫茶が登場する。戦後の混乱期を終え、高度成長期に入ろうとする時期、労働組合が闊歩した時代である。一九六〇年代後半から一九七〇年代は純喫茶が流行する。世の中、落ち着いてきたということだろうか。一九七〇年は大阪で万博が開催された年である。一九八〇年代になるとセルフ式のコーヒーチェーン、ドトールコーヒーが登場する。そして一九九〇年代にスターバックスコーヒーが現れ、現在に至っている。スターバックスは二〇二〇年現在、世界八十三カ国に三万二千六百六十店を展開している巨大企業だ。私はかつてフランス旅行の際マルセイユでこの店に立ち寄ったが、日本で利用した経験はない。恐らく世界共通の仕様で、メニュー、価格、デザインなど安定した利便性が安心感を与え、顧客増を招いているのだと思われる。

喫茶店の減少について、ある資料によると、一九八一年全国で十五万四千店あったものが二〇一四年には七万店を切っている。つまり半減以下になっている。従って、私が漠然と感じていた喫茶店の減少は裏付けられたことになる。

ところで、大阪は何故か喫茶店が全国で一番多い。少し古いが、平成十八年の資料では、店舗数一万二千店、一平方キロ当たり六・三店、人口一万人当たり二十四店といずれも全国一である。ちなみに東京の一平方キロ当たり店舗数は三・六店と大阪の六割程度で、人口密度から見ても両者の違いの大きさが読み取れる。してみると大阪人はお喋り好きということなのか、あるいは比較的に時間が自由になる自営業者が多いことによるのか、興味深いところだ。

この様な喫茶店の歴史の流れの中で、現在の世相は冒頭に記した通り、後期高齢者増の中にある。高齢者にとって旧友と面談するお喋りの時間ほど楽しく且つ精神衛生上、つまりは健康上有意義なことはない。そのための場を提供してくれるのが喫茶店やレストランである。

同じ面談するなら、雰囲気の良い店で、じっくりと話したい。そんな人が多いのだろう、レベルの高いホテルの喫茶室を利用する人が多くなっているようだ。その端的な例が、我が家の近くでは宝塚ホテルである。現在の宝塚ホテルは宝塚歌劇の本拠地、宝塚大劇場に隣接する武庫川左岸に二〇二〇年六月新築オープンされたばかりの五階建て、二百室を有する優雅なホテルだ。

もともと宝塚ホテルは武庫川を挟んで反対側、宝塚温泉に連なる宝塚南口駅前に一九二六年（大正十五）に創業した。宝塚大劇場のオフィシャルホテルである。それが老朽化によってか九十四年の歴史を経て移転したわけである。

旧ホテルは駅を出た直ぐ前で右手に楠木の巨木を従え、正面が入口になる。奥行きのある九階建てで、背後は住宅地。都市部の高層ホテルにはない落ち着いた独特の雰囲気を持ったホテルだった。我が家から近いため私はこのホテルを友人知人と歓談するため、我が家の応接室代わりによく利用していた。一階正面の奥に広くて天井の高い、喫茶室と言うべきラウンジがあった。また、我が家のトイレ修復工事の際にはトイレが使えないためこのホテルに宿泊したこともある。その時の印象では、非常に天井が高く重厚で陰気な雰囲気だった。恐らくそれは、建築された大正時代の西洋建築の影響によるものと思われる。遠からずこのホテルは建て替えられるだろうという予感はこの時既にあった。しかしそれが現実のものになってみると、私にとっては学生時代連日この前を通過していただけに、一つの時代が終わったんだという寂しさを拭い去ることができない。古き佳き時代という表現があるが、まさにそれに匹敵するものである。話が後ろ向きになってきた。移転後の宝塚ホテルに戻ろう。

最近私はしばしばこのホテルを利用しているのだが、この一階にルネッサンスというラウンジ（休憩室）がある。花の道からホテルに入ったロビーと言うべき広い空間は二階まで吹き抜けで、旧宝塚ホテルから移設した大きく豪華なシャンデリアが吊され、左側に二階への広い階段はあるが、椅子やテーブルは一切ない広い空間である。この右側にラウンジがある。ここが、私流に言えば、喫茶室である。一度利用してみようと思っているが、未だに実現していない。その理由は大変人気が高く、混雑しているためである。そのためか予約を受付ている。しかも予約は電話では受けず、スマホからのメールによっている。そのため、その面に不慣れな老体の私は、そこでストップしてしまう。

そもそも喫茶室でのティータイムを予約すること自体が、私の感覚からすれば異様である。喫茶室、ティータイムというのはそんな大層なものではなく、ふらっと訪れて利用する、もっと身近で軽快なものというのが私の認識だ。ということで、私はここに行くことを諦めた。

しかし何故このような現象が起こっているのかと考えてみると、以下のようなことが分かってきた。先ず、混雑しているのは宝塚ホテルが新築オープンして日が浅いこと。宝塚大劇場という華やいだ場所に隣接していること。後期高齢者増に伴う茶話会の機会増。さらには豊かな社会になったことに伴って、スイーツに対する需要が増えていることなどが考えられる。

さらにもう一点指摘しておかなければならないのは、スイーツの内容である。私如き昔人間には、ティータイムと言えば紅茶にクッキーかビスケットの類、ショートケーキ程度が常識である。しかし、宝塚ホテルのルネッサンスを例に見れば、次ぎのようなものである。ここでのメニューは非常に多岐にわたる。

この時期、代表的なものがストロベリーアフタヌーンティーセット（三月～五月）である。名称不明ながら、三層の金属製棚の上にケーキ類を並べ、紅茶かコーヒーと共に提供される。従ってケーキ類の量が多い。これはティータイム文化先進国のイギリスで生まれたスタイルである。この価格は三千八百円。写真で見ると、ティーカップが二つ並んでいるところから、どうやらこれは二人用らしい。一方、コーヒーか紅茶にケーキ一つのセットの場合は千五百円になっている。

ちなみに、東京帝国ホテル本館一階のロビーに匹敵するところに、ランデブーラウンジという喫茶室に該当する場がある。かつて私も二度ほど利用したことがあるが、ここの現況を調べてみると、ザ・ランデブーと名付けたアフタヌーンティーセットがあった。インターネット予約限定で六千円となっている。ここではコーヒーが二千円、スイーツ二千八百円。宝塚ホテルに比べ割高なのは両所の地価の違いだろう。

この様に見てくると、喫茶室でお喋りしようという気軽な発想は、少なくとも、優雅な雰囲気を持つ高級ホテルでは不向きなものとなってくる。これだけの金額になれば予約を取る意味も理解できるし、電話でなくインターネットによることにより身元確認、無断キャンセル予防、人手不足など、ホテル側にメリットが多いことも理解できる。

一方、予約も要らないが、優雅な雰囲気も期待出来ないドトールコーヒー店は最低でティー二百五十円、ケーキ四百円。スターバックス店はコーヒー三百五十円、ケーキ二百九十円からで利用できるが、その選択は人それぞれであろう。

伊豆の伊東に拠点がある私は冬から春先に掛けて、時々この地を訪れる。ここに、名門ゴルフ場とされる川奈ゴルフ場がある。このゴルフ場は一九二八年（昭和三）にオープンした。名門とされる由縁はどこにあるのかは分からないが、富士山を仰ぎながら打つ富士コースと洋上に浮かぶ伊豆大島に向かう大島コースがあり、いずれも豪快な景観で、富士コースは世界ゴルフ場百選に選ばれているそうだ。ゴルフ場開設八年後、それに付随して一九三六年（昭和十一）ホテルが完成した。

このホテル一階にサンパーラーと名付けられた喫茶室がある。ホテルの建物は海を望む東斜面に海岸に並行して建てられているのだが、この喫茶室は海側に向かって突き出る形になっており、先端部分は丸味を保っている。二階まで吹き抜けで、出っ張った部屋全体がガラス張りであるため非常に明るい。外側に狭い回廊を従えている。緩い下り斜面三百メートルほど先までおおむね芝生が張られ、二面のローンテニスコート、右手前に二つのプールが青く光っている。この広い斜面には途轍もなく大きな松など何本かの木はあるが、雑木はなく明るい。斜面の末端部分には、私が訪れた三月二十日、丁度ソメイヨシノと伊東桜が満開の花を付けていた。その先は段差があって低くなり、樹木があり、その向こうは青い海になっている。海に向かって左側背後には雪を頂いた富士山山頂が見える。こちら側に富士コース十八ホールがある。

このコースは二〇二一年の世界トップ百コースで六十二位にランクされている。ちなみに、兵庫県三木市にある広野ゴルフ場（一九三二年開場）は三十七位で長年日本でのトップを維持しているそうだ。大島コースは逆に右側になる。どちらのコースもこの喫茶室からは見えない。

　喫茶室には十五のテーブルがある。私が訪れたのは二時頃だったが、幼児連れの若いカップルや老夫婦など、先客が五組席を占めていた。この日の私のように、一人でここに来る人は恐らくいないだろうと思われる。私も度々ここに来ているが、一人で来たのはこの日が初めてのことだ。目的はこの稿を書くにあたっての、いわば取材である。

　ウエイトレスがメニューを持ってくる。見るとここでも、あの三段重ねのアフタヌーンティセットがある。飲み物とセットで四千四百円。私はケーキセットを注文した。ウエイトレスが何種類かのケーキを席まで持ってきて、そこから好きなものを選ぶ。私はお気に入りのフルーツが埋め込まれたケーキを選んだ。このケーキはイチゴ、キウイ、黄桃、バナナが埋め込まれたケーキを鋭利な刃物でカットしたもので、それを白い生クリームで包んだようになっている。カットされたケーキ側面に列ぶ果物類の色彩の鮮やかさは実に美しい。コーヒーか紅茶とセットで千八百五十円。ケーキ類単品の最低価格千円。いずれもここでは十％のサービス料が加算される。

　僅かな雲が浮かぶ快晴のこの日、この喫茶室からは海に向かって左後方に雪を頂いた富士山、正面に薄いくすんだ藍色の海、相模灘。純白の小舟が右から左へ滑るように走っている。北に初島、東南に大島。伊東桜（濃いピンク）、ソメイヨシノが咲いている。幸せを絵に描いたような風景。ここからは見えないが、コース内には河津桜をはじめ八種類、約一万本の桜があり、一月中旬から四月中旬まで咲き続けるそうだ。喫茶室の先端部に望遠鏡があり、鎌倉五十二キロ。東京スカイツリー、横浜ランドタワーも見えるそうだ。

私がこれまで経験した喫茶室の中で抜きん出た素晴らしい喫茶室である。しかもここは、人口密度の高い都市部と違ってリゾート地であるため、予約も要らず混雑もしない、理想的な喫茶室だ。

一時間の滞在で庭へ出て散策後、ホテルを後にした。

この様に見てくると、有名ホテルの喫茶室でコーヒーでも飲んでお喋りを楽しもうという私の手軽な感覚は今や通用しないようである。従ってちょっと行ってではなく、わざわざ予約を取って出掛けるという、大袈裟なものになっているわけだ。従って喫茶室の利用は予約を必要としない手軽な場所でと言うことになるだろう。そんな場は、身近なファミリーレストランなど数多くある。老人にはお喋りは最高の健康法だ。場所にこだわらず、その時々に合わせて、大いに楽しみたいものである。

二〇二三年三月

ゴッホ

私は書店現役時代、外売に力を注いでいた。何故そうなったかについては触れないが、店頭での売り上げではなく、訪問販売による売り上げである。販売する対象商品は大手出版社が新規に企画して出版する美術、文学、童話など各ジャンルの全集物を中心とした商品で、いわゆる単行本ではない。

多くの場合毎月一冊ずつ配本され、二年、三年と長期にわたることもある。そのため零細書店にとってはメリットが多い。最近はそういう企画物が少なくなっているようだが、四十〜五十年前は大手出版社が競って出版していた。恐らくそれは、当時そのような書籍類が未だ行き渡っていなかったこと、現在に比べると、横並び的な人生観で、個性的な人生を送る人が少なかったためだと思われる。

そんな時代背景の中で、外売で活躍していた私はしばしば新規企画の説明会に招かれるようになっていた。ある時、確か講談社だったと記憶しているが、童話全集の新企画について、あるホテルの会議室に私同様の書店人十名ほどが招かれたことがあった。このような会の目的は、その商品がどのような目的で企画されどんな特徴を持っているかといった説明であると同時に、売り込むターゲットや有効なセールストークを出席書店相互の意見交換によって絞り込んでいこうという狙いがある。従って、この会は説明会と言うよりは研究会のようなもので、それによって大いに売り込んでもらおうという趣旨のものだ。

この時の会合に、その全集の挿絵を描かれている永田萠さんが出席されていた。会がほぼ終わり、ティータイムとなり、くつろいだ気分になった時、画家として現役で活躍しておられる方を目の前にして、こんな機会は滅多にないという思いで、私は声を掛けてみた。

「大変失礼ですが、永田さんがお好きな画家は誰ですか」「ゴッホです」。そこで一歩踏み込んで「どういう点がお好きなんですか」と尋ねると、間髪を入れず「全てです」と断言された。その答え方が余りに激しいものだっただけに、私はその応えに圧倒された。

永田さんはプロの画家である。その永田さんが好きな画家はゴッホだと言われる。その理由は、ゴッホの全てだという。ということは、画家としてのゴッホ以前に、人間としてのゴッホが好きだということになる。私はお礼を言って、この会話を終えたが、私には永田さんのお気持ちが何となく理解できたように感じられた。と言うのは、ゴッホの生涯についてはかなり詳細にその足跡を辿ることができるからである。その最大の理由は弟テオと頻繁に交わした手紙がきちんと保管されていたことによる。また亡くなったのが一八九〇年（明治二十三）とそんなに古い話でないことにもよるだろう。

一九九六年、私は妻と二人オランダを旅した。この旅は、旅先で写真を撮ったことが切っ掛けで文通を始めたオランダ女性宅でのホームステイを織り込んでの、十五日間のものだった。

この時我々はアムステルダムのゴッホ美術館と彼女の家から車で二十分ほどのホーヘ・フェルエ国立公園内にあるクロラー・ミュラー美術館を訪れた。一九三八年設立のこの美術館は平屋建てで、直線的な近代的建造物である。ロビー、通路、売店、休憩所などは壁面全体が一枚ガラスの造りで、国立公園の森の中に位置しているだけに、建物の中から外を見ると黄緑色の新緑をまとった樹木がガラス越しに眺められ、四角い大きな壁面が額縁に入れられた一幅の美しい絵を見ているようで、美術品を鑑賞した目に異質の美しさで迫ってくる。この美術館には〈夜のカフェテラス〉〈自画像〉〈アルルの跳ね橋〉〈郵便夫ジョゼフ〉〈糸杉と星の見える道〉などゴッホの油絵九十一点を含む二百七十八点の彼の作品を所蔵している。

ここでゴッホについて少し深入りしてみよう。ゴッホは一八五三年（明治維新の十四年前）、ベルギーに程近いオランダ南部のズンデルトで牧師の家に生まれた。十六歳で画商グービル商会に勤め、ハーグ、ロンドン、パリと転勤するが、二十三歳の時解雇され、教師をしたり書店勤めをする内に聖職者を志すようになる。しかし正規の聖職者への受験に挫折、二十五歳からはベルギーの炭鉱地帯で貧しい人達のために伝道活動をはじめ、その熱意が認められて半年の間は伝道師としての仮免許と五十フランの俸給が与えられるようになった。けれども、病人や怪我人に献身的に尽くし、貧しい抗夫に合わせて同じような暮らしをする常軌を逸した自罰的行動は伝道師としての威厳を損なうものとして委員会から警告を受けたが、ゴッホがそれに従わなかったため仮免許と俸給は打ち切られた。

彼の性格は、直情径行、こうだと思ったら直ちに行動し真一文字にそれに向かって、一切の妥協をせず徹底的に突き進む。正義感が強く、弱者を見捨てることができず、即断即決で行動を起こす。そのため失敗を犯し、しばしば惨めな状態に陥る。女性関係でも一方的な思い込みによる猪突猛進で、二度失恋を経験している。正義感という点では、自ら食うや食わずで、炭鉱で働く貧しい人達に援助の手を差し伸べたり、ある時は街頭に立つ売春婦を哀れみ、同棲し結婚しようとしたりする。

炭鉱地での伝道師としての活動ができなくなったゴッホは親や弟テオからも見放される中、好きな絵を描きながらどう生きるべきか思い悩む。ある時は自分の描いた絵についての批評を聞くために、彼の理解者であるピーテルセンを訪ねた。お金がないため八十キロもの道のりを二日掛けて僅かなパンとチーズで歩き通す。靴はすり切れ、つま先から指が飛び出し、やがて血豆が破れ血まみれになった。

〈すきっ腹を抱え喉が渇き、疲れ果てていたが、彼はこよなく幸福だった。〉

同じこの時期、その作品に惹かれていた画家ブルトンの指導を仰ごうと思い、百七十キロ離れたその地に出掛けた。以下『炎の人ゴッホ』から転載させていただく。〈彼は金がなくなるまで汽車に乗り、それから五日間を歩きとおした。そのあいだは干し草の中に伏し、一、二枚のスケッチと引き代えにパンを乞うた。クーリエールの木立のあいだにたたずみ、ブルトンが新築した広大な赤煉瓦造りのりっぱなアトリエを見たとき、勇気はたちまちしぼんでしまった。二日間、町をうろつきまわったあげく、結局、アトリエの人を寄せつけぬひややかな外観にうち負かされてしまった。そして疲れ果て、空腹地獄のなかでポケットには一サンティームもなく、底がなくなるまでにすり減ったピーテルセンの靴をひきずり、彼はボリナージュを目差して百七十キロの道のりを引き返しはじめた。〉

この後ゴッホは疲れから病気になる。そこへ弟テオがやって来て、テオが経済的な援助をし、ゴッホは画家を目指すことを決める。この時二十七歳。

これ以降ピストルで自決するまでの十年間が画家としての彼の人生で、故郷、ハーグ、パリそして南仏のアルルへと場所を変え、描き続けるが、アルル時代のものが圧倒的に多く、代表作はこの時期に集中しているようだ。恐らくそれは明るい陽光と彼の技倆の高まりによるものなのだろう。

この時期、パリ時代に交流が始まったいわゆる印象派の画家たちとアルルで共同生活を始めようと働きかけ、結局ゴーギャンと同じ家で暮らす。しかし個性の強い二人の生活は難しく、感情の昂ぶりからゴッホは自分の左耳朶を切断するという事件が起こり、共同生活は破綻する。

『炎の人ゴッホ』文庫版の表紙には耳朶を切った後、包帯を巻き、パイプをくゆらせたゴッホの自画像が掲げられている。これを見ていると彼の画家魂の強さと共に、滑稽を感じないわけにはいかない。ちなみに、彼の自画像が多いのは、常に貧窮状態にあった彼にとって、モデル料が要らないという理由によっているようだ。

私は上記のオランダ旅行での美術館巡りでゴッホの有名作をほとんど見ているし、帰国後『炎の人ゴッホ』を読んでいる。その上二〇〇三年の南仏旅行でアルルにも立ち寄り、《夜のカフェテラス》に画かれたカフェでコーヒーを飲んでいる。いわば想い出の多い画家である。そして今回、この稿を書くにあたって再度『炎の人ゴッホ』を読んだ。つまりゴッホはただ単に一人の画家と言うのみならず、一人の人間としてその個性や人生観に深く立ち入っている。しかもその個性が強烈であるだけに、ゴッホの作品としての〈絵画〉と〈人間＝生き様〉としてのゴッホが渾然一体となって私の中に沈澱していく。ゴッホの人気が日本で非常に高いのは恐らくそのようなことによっているのだと思われる。永田萠さんが「全てです」といわれた真意もそこにあると私は拝察している。そしてそれを可能にしたのは、テオが保管していたゴッホからの多くの手紙である。

ついでながら、四歳年下の弟テオはゴッホの死の一年後に病没し、奥さんがその資料を管理して書簡集を発表しており、さらにテオの息子がゴッホ美術館を設立しているとのことで、これらのことによって画家ゴッホは広く深く我々に知られ親しまれるようになったことになる。

また私が再読した『炎の人ゴッホ』の著者アーヴィング・ストーンは素晴らしい作家だと感じた。

彼は一九三四年にこの作品を発表しているが、いわゆる伝記というスタイルで書いているのではなく、伝記小説という形をとっている。丁度司馬遼太郎の『龍馬がゆく』のような形である。従って会話文が非常に多い。そのため読者は大変読みやすい。しかしその反面、会話文が多いということは著者による創作が多いということになる。その点について著者アーヴィング・ストーンはこの本の〈あとがき〉でこのことに触れ、会話部分は想像で補い、〇〇、△△部分は純然たるフィクションを展開したり、修正したが、そのほかは、この物語は全て事実である、と断っている。

そんなわけで、この本はゴッホを理解する上で最適の書であるばかりでなく、読み物としても非常に面白く、是非おすすめしたい物語のひとつである。

私自身はゴッホの絵が取り立てて好きではないが、非常に個性的で魅力を感じないわけではない。特に魅力を感じるのは人物画、主に自画像である。特に、グリーンなど普通では考えられないその色使いに惹かれる。また、絵の具を絞り出したような荒々しく太いタッチの描き方も人を惹き付ける迫力があり、これも魅力に繋がっているようだ。一方精神状態が不安定にあった最晩年のカラスの多い絵や曲線だらけの絵には嫌悪感を覚える。

生涯に二千百点もの作品を描きながら一枚しか売れず、絶えず経済的にも精神的にも飢餓状態にありながら、ひたむきに生きてきた男。そのひたむきさがゴッホの魅力なのだろう。ちなみに、ゴッホの性格が猪突猛進、徹底的と書いたが、徹底的というこの性格はゴッホのみならずオランダ人に共通していると、かつてのオランダ旅行で私は感じた。私達がホームステイさせてもらったソフィアの私達に対するもてなしも徹底していた。

水は高い所から低い所へ流れる。国土の二十七%が海抜以下というこの国の人達は絶え間ない水との戦いを強いられてきた。瞬時も休まぬ水との戦いには言い訳や妥協の入り込む余地はない。徹底的に実行するしかない。それがオランダ人の国民性だと私はその旅で感じた。ゴッホまた然りである。

画家に限らず、非凡な人はその非凡さによって自らの命を縮めているようだ。ゴッホがこの世を去ったのは一八九〇年、三十七歳だった。

二〇二三年四月

北山杉

北山杉の生えている山を見たくなって、五月中頃妻と出掛けることにした。我が家から現地まで車で行けば二時間も掛からないところである。しかし老体の我々、何処へ行くにも何をするにもこれが最後との想いを抱いており、老い先時間は短いが、時間はたっぷりある。そこでかねて宿泊してみたいと思っていたザ・プリンス京都宝ヶ池の予約を取って、出掛けることにした。

今回の計画は、昨年末から読み始めた日本文学に起因している。その中に川端康成の『古都』があった。この物語は、生後すぐ異なった境遇で育てられた双子姉妹が成人後遭遇する話である。その一方が生まれ育ったのが、京都市北区中川、北山杉の産地である。

京都南インターから市街地に入り、北進して昔羅城門のあった辺りを通過、国道一六二号線に入る。周山街道と言われるこのルートは途中、栂尾の高山寺を左に見て北進し、トンネルを抜け、しばらく行くと目的の〈京都北山杉の里総合センター〉に到着する。この間平坦な地形は全く見られず、急斜面の山々ばかりで、このまま北進すると日本海に面した小浜に至る。

今回の目的はただ単に北山杉の山林を見たかったのだが、その起点として北山杉についての基礎知識を得られるここを目的地としたわけだ。ここは山間ながら平坦な地形で平屋建ての長い建物があり広い空き地に車を停めて中に入ろうとすると中から扉が開かれ、若い女性が我々を迎えてくれた。

入ったその場は北山杉のいわば展示場のようになっていて、メインの床柱から照明意匠、壁面、行燈からコースターやハガキのような小物まで、北山杉を使ったいろんなものが展示されている。訪問者は我々二人だけだったため、私達を迎えてくれた女性が附きっきりで説明して下さった。概略すると以下のようになる。

北山杉（北山丸太）は室町時代の西暦一四〇〇年頃からつくり始められ、六百年の歴史の中で育林、加工の技術が培われてきた。その端的な結果が和室床の間の床柱である。何種類かの丸太が展示されているが、表面の形状がそれぞれ微妙に異なっている。凹凸の荒いもの、細かなもの、細い皺のようなものなど、変化に富んでいる。この違いは自然に出来たものと人工で細工したものとある。この人造紋丸太は伐採の二～三年前に、箸《はし》状の材料を幹に巻き付けて、絞り模様をつけたもの。磨丸太は昔は砂で、今ではたわしや水圧で、光沢をますため、磨いたもの。色はいずれも薄いベージュ色で、直径約十二〜十五センチ。これで三十年を要しているという。人間世界の一世代に相当するわけだ。

以上は見た目だが、この丸太を切断してみると当然ながら年輪が見られる。それは緻密な均一の円の重なりであるが、ごく一部に斑点が見られる。これは成育の初期の段階で枝払いした、いわゆる節の部分が、その後生育した木肌で、覆い隠された痕跡である。従って北山杉の皮をむいたその木肌は非常に滑らかで、節の類《たぐい》は一切なく、独特の色艶がある。

『古都』が映画化された時の資料も展示されている。二度映画になったようで、山口百恵さんが二役を演じたそうだ。もう一つは岩下志麻さん。小説『古都』で川端康成さんが言いたかったことは、日本の伝統的な〝美〟を後世まで伝え、残して欲しいということだった。その意味で双子姉妹が誕生したのは北山杉の産地とした。北山杉はまさに日本人の美意識を具現化した象徴のようなものである。それは直線と白。そして桂離宮や修学院離宮など数寄屋造りの建築に使われているのを見ても理解されるだろう。双子の一方は裕福な呉服屋さんで育てられる。

我々に説明して下さった女性は未だ若い方で、話し方から立ち居振る舞いに至るまでしっとりとした、いかにも京女を思わせる方だった。近くにお住まいのようで小学校は同じ北区の衣笠小学校へ市バスでの通学だったそうだ。この山中から市街地までかなりの距離である。説明を聞いた後、北山杉を輪切りに切って造ったコースターを記念に買って、この場を去った。

この後我々はこの地域の集落のひとつ中川北山町に行ってみた。ここには北山杉の天日干し、作業場、倉庫と思われるものがある。塀で囲われた庭を持った住宅もある。その庭には台杉も見られる。台杉とは地上二メートル辺りから太い幹を地面と平行に四方に伸ばし、その幹から多くの新芽を育て上げる特異な栽培方法の土台となる杉のことである。多いものは三十本近くの杉が育つ。この集落にも有名な台杉の古木があったようだが、残念ながら我々はそれを見ていない。しかし一般住宅の前栽《せんざい》にも台杉が見られるというのは、いかにも本場を感じさせ、風情があって良いものだ。北山杉に関わる仕事をされている方のお住まいだろう。ここには京都市北区役所中川出張所があり、現在廃校となった小学校もある。つまりこの地域の中核集落である。

　途中に枝が無く、電柱のように垂直に立ち並ぶ北山杉の樹林は自然界と人間が造りだしたひとつの美と言えるだろう。念願だった北山杉が立ち並ぶ山を見、カメラに納め、山間のこの地の雰囲気を満喫してこの集落を後にした。

　目指すは今夜の宿ザ・プリンス京都宝ヶ池、カーナビに従う。京都市街地から周山街道を北進してきた我々はここから東南に進路を変え、山間の道を走り、市街地北辺に至るまで擦れ違う車は数台に過ぎなかった。宝ヶ池は京都市街地北辺にあり、自然豊かなところである。広大な公園があり、一九九七年〈地球温暖化防止京都会議、COP３〉が開かれた国立京都国際会館があり、近くに修学院離宮や岩倉具視旧宅もある。

　私がこのホテルに宿泊したかった最大の理由は、この豊かな自然環境の中にある、優雅なホテルということである。常日頃〈かんぽの宿〉のような庶民的宿泊施設を利用している私にとってグレードの高い宿泊施設に泊まる機会は多くはなかったが、老化の進行に伴い宿泊施設そのものが目的であるかのような旅に変化しつつあるようだ。その背景は経済的なゆとりもさることながら、行動力の低下によっているようだ。若い時の観光旅行では目一杯時間と体力を観光に使い、宿泊施設はただ眠ればよかったが、体力低下の老人は観光はそこそこに早めにホテルで落ち着きたい、となる。その結果がこの夜のザ・プリンス京都宝ヶ池となったわけだ。

そんなわけでホテル到着は一時三十分。青天井の駐車場に車は一台もなく、玄関のすぐ前に車を停めて中に入る。後で分かったことだが、チェックインは三時ながら一通りの手続きをした後、すぐ「お部屋へどうぞ」と女性職員が案内してくれる。この辺りが良いホテルの違いだろう。部屋はバスルーム共々広かった。当然コーヒー、紅茶など置いてあるが、カプセル式コーヒーメーカーなる風変わりな器具があり、我々老人と見て、その取り扱いを女性職員が教えてくれる。その言葉遣いが鄭重だったのが印象に残っている。ホテルの周辺は平坦で、南約三百《メートル》に宝ヶ池があり広い公園になっている。東南約二百《メートル》に国立京都国際会館がある。

ホテル自体は平面図で言うとドーナツのような円形で内側は庭になっており、八階建てと大きい。到着して分かったことだが、この特異な形状のホテルを設計したのは著名な建築家村野藤吾（一八九一〜一九八四）さんの最晩年作。竣工が一九八六年だから完成時には既に亡くなっていたことになる。

ドーナツ型平面図もさることながら、一階ロビー脇から地下二階の宴会場への長い曲線の階段が、柱頭にシャンデリアを施した太い二本の円柱と共に我々の目を奪う。豪華で優美な素晴らしいパフォーマンス。これぞ村野藤吾の真骨頂か。

我々は一泊二食で予約しており、夕食はメインダイニング〈いと桜〉で洋食、朝食はいわゆるバイキング形式でこの宴会場で摂ることになった。一方に舞台があるこの宴会場は広い楕円形で天井は二フロア分と高く、天井の照明設備も楕円形、と曲線の氾濫である。ここで私の目を惹いたのはその色使い。壁面から天井にかけては薄グリーン。テーブルクロスはエンジ色。フロアは板張りの薄茶色。壁面はガラスモザイクだそうだが、この薄グリーンが、普通考えられない色使いながら、私を魅了した。我々の部屋にも村野藤吾デザインのソファとテーブルが置かれている。

村野藤吾さんは私にとって馴染み深い。その理由の一つは、信州の我が小屋から歩いて二十分余りのところにある原村村営の村野さんが設計された八ヶ岳美術館による。この美術館は平屋建てで、その平面図は幅の広い回廊状のものがいびつなH型に配置されていて、その回廊状部分に連続して半円ドーム型のものが並ぶという非常に特異なものである。その半円ドームの屋根は丁度お椀を伏せたようで、それが約三十も連なっている。外壁面は白、屋根はごく薄い草色。それが落葉松《からまつ》と赤松の樹林の中に横たわっている。これ以上変わった建造物は考えられないだろうと思われる、ユニークな美術館である。私の印象は、童女を連想させる可愛さ。私は折りに触れここを訪れている。

馴染みの今一つは、村野さんにお目に掛かったことである。村野さんのご自宅は宝塚市内にある。村野さんが小学館に直接注文された本を配達してくれないかという依頼が小学館からあり、私がそれを届けた。森のように鬱蒼とした広い敷地の中に和風建築のお住まいがあり、玄関でお目に掛かり、手渡した。少し記憶が曖昧だが、和服姿で小柄に見えた。恐らく九十歳を超えておられたと思われる。玄関の土間は四畳半ほどと広く、人が中に入れるような大きな甕《かめ》が置かれていたのが印象に残っている。これも一つの御縁と言えるだろう。この時お届けした本の内容については差し控えるが、デザインに関わるごく大判の写真集だった。

翌日はチェックアウトの十一時まで、中庭に出たり館内をうろついて、周辺は何処へも行かず、この四つ星？ホテルを後にした。行き先は当初から予定していた金閣寺。ここからは直線距離だと五キロもない近くである。快晴のこの日、金閣寺は多くの観光客でごった返していた。修学旅行生もさることながら、中国人と思われる人達を含む外国人が多かった。私はこれまで二度ほどここを訪れたと記憶しているが、いずれも六十年ほど前のことである。今改めてこの歳になって、池の中に佇む金箔で覆われたこの和風建造物を目の前にした時、日本人の美意識の象徴の一つがここにあるように感じられた。時あたかも、水面に映《は》えるアヤメの紫と新緑の緑と金閣。

金閣寺は一三九七年、足利義満の別荘として創建され、遺言によって禅寺に改められた、と言われている。正式な名称は北山鹿苑禅寺《ほくざんろくおんぜんじ》。池に囲まれ、金箔を貼られたこの建物は舎利殿（遺体、遺骨を納める建物）である。しかし、今我々が見ているこの建物は一九五五年に再建されたものだ。それは以下のような事情による。

一九五〇年（昭和二十五）、この寺に住んでいた二十一歳の徒弟僧によって放火され、金閣は焼失した。犯人は放火後自殺を図るが果たせず、逮捕され七年の実刑判決で収監後、恩赦により五年後釈放。しかしその半年後、父親と同じ肺結核により二十六歳で亡くなっている。犯行の動機は〈金閣の美に対する嫉妬と、境遇が良くない自分に比して、ここを訪れる有閑人に対する反感〉と取り調べで供述している。そして、事情聴取で舞鶴から呼ばれた母親は帰路保津峡で投身自殺をしている。金閣という美の裏側に潜むこの悲劇は何を示しているのだろう。私にはその答えは見出せない。この事件は三島由紀夫『金閣寺』、水上勉『金閣炎上』の題材となっており、私は半年前『金閣寺』を読んでいる。三島さんは執筆に当たり、取材のため犯人の出身地舞鶴に滞在されたことを知り、私は再度あの作品を読もうかという気持ちになっている。

金閣寺に関連して私には次ぎのような想い出がある。二〇〇六年飛鳥ワールドクルーズに乗船した時、たまたま私はドナルド・キーンさんとおよそ三十分間面談する機会に恵まれた。その時、日本人のアイデンティティーが話題になった。アイデンティティーとは難解な言葉だが、平たく言えば〈由《ゆ》縁《えん》＝いわれ、根拠〉と理解してもいいだろう。キーンさんはこの時、日本人のアイデンティティーが確立したのは足利義満の時代でしょう、と言われた。つまり足利義満以前の日本人は民族としては日本人でも中身＝精神構造が違っていた、と私は受け止めた。それ以前の日本人は中国や朝鮮の影響によって現在の日本人とは違った感性や価値観の下に生きてきた。それは唐の都を模した平城京や平安京を見れば明らかである。法隆寺、東大寺また然り。しかし足利義満の時代になってやっとそこから脱却して日本人らしい日本人に脱皮した、と言うことになる。その足利義満が建てた金閣寺は正真正銘の日本人による日本の文化遺産ということである。法隆寺や東大寺とは異なる純国産と言ってよかろう。数寄屋造りを連想する。その意味で前日訪れた北山杉が想い出される。そういえば北山杉の栽培が始まったのは一四〇〇年頃で、時期が一致する。

今回の一泊二日の京都は小説『古都』から始まって『金閣寺』で終わった。そこに貫かれているのは日本人の美意識だった。一方滞在したザ・プリンス京都宝ヶ池は現代人である村野さんの設計による。ここには曲線が氾濫していた。いささか乱暴な言い方だが、これは明治維新以来の洋風化の影響と言えよう。このように考えると、日本人の伝統的な美意識もグローバリゼイションの進展に伴って徐々に変化していくのだろうが、老境の身には寂しさが漂う。しかしこれこそ諸行無常。現象面のみならず精神、意識も変化していくということなのだろう。

北山杉から始まった二日間は晴天にも恵まれ、充実した時間だった。感謝あるのみだ。

二〇二三年六月

自費出版

私はこれまで自費出版を重ねてきたが、その切っ掛けは一九八七年以来続けていた一年に一度、約二週間のヨーロッパ一人旅にある。親しくして頂いていた、一周り以上年上の方からそれを文章にすることを勧められた。当時は現役で多忙であったため、筆は遅々として進まず、一年掛かってもその年の旅が書き切れないほどであった。

そのようにして書き溜めたものが五編できた時、初めて出版を考えた。およそ二十五年前の当時、静かな自費出版ブームが起こりつつあったようだ。その背景は高齢者増にある。自分の生涯を記録として残しておきたいとの思いが〈自分史〉出版へとなる。この流れは団塊の世代が高齢者に加わることによってさらに拡がり、現在のこのマーケットは当時に比して大幅に大きくなっているようだ。

最初の出版は二〇〇一年『熟年行動派　ヨーロッパ片言の旅』だった。当時書店現役時代だった私は繋がりのある同業の書店にこの本販売の依頼に廻った。いわゆる受注活動である。この時、ある書店の気さくな社長は私の説明を一通り聞いて、開口一番「露出狂やナ」と言われた。ギャフンである。正にその通りだ。私には率直なその言葉に返す言葉がなく「そうですね」と、苦笑いを浮かべるしかなかった。この方はかつて小学館絡みの旅行で同室になったこともある、豪放磊落な方である。

文章を書くという行為は、好むと好まざるとにかかわらず、書き手の内面をさらけ出すことになる。それはフィクションである小説にも言えるだろうし、まして事実に基づいて書く紀行文ともなれば尚更のことである。それを、わざわざ自分でその費用を負担してまで、行うという行為は露出狂と言われても致し方のないことだ。自費出版の本質を的確に表している、と言わざるを得ない。

しかし露出狂というのは精神疾患の一つらしいが、自費出版は穏当な表現をすれば、自己顕示欲となるだろう。目立ちたがり、である。騒音をまき散らして疾走する暴走族の若者達の行為もその一つと見ていいだろう。しかし私の場合は、ただ目立ちたいのではなく、旅の体験から得た感慨を公にして、旅の在り方についての提言をしたいという思いが込められている。つまり、単なる自己顕示欲ではなく、目的がある。

余程の文学好きか、自惚れの強い人なら出版社に売り込むことを考えるのかも知れないが、若い時から文学には無縁で仕事に追いまくられていた当時の私は躊躇無く〈文芸社〉に原稿を送り、その費用が妥当なものか高いかなど一切頓着せず、担当者の言うがままに出版に踏み切った。その最大の理由は多忙だったためである。また、私が書いた本など売れるとは思ってもいなかった。ただ、一人でも多くの人に読んでもらいたいという気持ちが強かった。そのため算盤勘定など全くしていなかった。しかし私が書店人であり、外売をしていたため顧客にこれを買ってもらおうという気持ちは持っていた。そしてかなり多くの方々に買って頂いた。

結論的に言えば、自費出版とは自己顕示欲そのものであり、算盤勘定は初めから存在しないものである。そんなこともあって、これまで出版した『随筆　キツネの寝言』を除く五作品の発行部数や販売部数、その費用は記録も残しておらず、記憶も曖昧なままである。そんな中で、四作目と五作目の『ヨーロッパひとコマの旅』、『後期高齢者　四国遍路を歩いてみれば』はそれぞれ重版している。しかしこれは良く売れたからというよりは、私が図書館への寄贈に力点を置いた結果による。多くの図書館に寄贈したことにより、知人友人へ進呈する部数が足りなくなったため、やむを得ずのことだった。というのも、知人友人への進呈部数がかなり多かったためである。

この様な経緯により、私がこれまで出版してきた六作の内『熟年行動派　初めてのヨーロッパ一人旅』については破棄処分したものはあるが、目下進行中の『随筆　キツネの寝言』を除く四作は、私の手持ちの何冊かを除いて、全て完売した。

六作の中で一番成績が良かったのは『ヨーロッパひとコマの旅』。この作品は二〇一七年の日本自費出版文化賞個人誌部門に入選しており、発行部数も多かった。しかし私にとっては、最初に出版した『熟年行動派　ヨーロッパ片言の旅』がやはり想い出深い。それには二つの意味がある。

一つは、私にとって出版という初めての経験ながら、『読書人』という読書家向けの週刊書評新聞にこの本の書評が掲載され、文芸社の担当者から「ここに掲載されるのは、それなりに評価されているのですよ」と言われたこと。そして事実、この本は多くの図書館で貸し出し中が継続したことで、それが立証された。例えば当時、神戸市立図書館八館にこの本は蔵書されていたが、何時調べても、全館もしくは七館が貸し出し中という状況が長きに亘って続いた。これ以上の深入りは避けるが、この経験がその後の私を図書館への寄贈に誘《いざな》うこととなった。

出版した本を買って頂くことは著者にとって最も喜ばしいことである。しかしその場合の読者は基本的にはその本を買って下さった方一人である。しかし、図書館の場合は不特定多数の方に読んで頂ける可能性を秘めている。これは私にとっての大きな魅力である。そんなことで、以後図書館への寄贈に力点を置くようになっていく。

想い出深い理由の今一つはこの本の内容である。ここには一人旅を始めて六年目の一九九二年から一九九六年までの五つの旅が納められている。白夜のノルウェーを五千五百キロ、十一日間、掛けてレンタカーで駆け巡った旅。ジャンヌダルクの足跡を辿ったフランスの旅。八十六歳の初対面男性とアイルランドを車で巡った珍道中。アウシュビッツを訪れたポーランド旅行。妻と二人、ホームステイさせてもらったオランダ旅行。そのどれもが、今となっては掛け替えのない輝きとなって、私の中に留まっている。

当時、年中無休の中での一年一度約二週間のヨーロッパ歩きは私にとって唯一の息抜きだった。と同時に、労働と旅、日本とヨーロッパという環境の落差の大きさによって私の感性は鋭く研ぎ澄まされ通常では感じないことまで感じる作用を私にもたらしていたと思われる。それは落差の大きさである。落差が大きければ大きいほど感性、感激は鋭く大きくなる。初めて出版したこの本は文章を書き慣れていなかっただけに拙さを感じるが、私にとって何よりも懐かしく、且つ愛《いと》おしく感じられる。

お金と時間があれば良い旅ができるというものではない。むしろ、高齢者を除いて、その逆である場合の方が収穫は多い。これが長年の旅から得た私の感想である。そのキーワードは落差の大きさ。日常との落差の大きさとなるだろう。そこから通常であれば見えなかったものが見え、気付かなかったことに気付く。その結果、己の人生が豊かになる。これが旅の効用である。と同時に、それは人生についても言えるだろう。少し話が逸れてきたようだ。

自費出版の良さは形として残ること。三十一年前、五十八歳に感じたあの時の自分に舞い戻ることができることだ。ついでにここで少し脱線しよう。

先日『随筆　キツネの寝言』の図書館寄贈にあたって、私の既刊図書がその図書館に蔵書されているか否かを調べることにした。今はスマホで全国の図書館の蔵書検索が可能である。無名の私が書いた随筆など蔵書に加えてもらえる可能性は極めて低いと私は考えていたので、私の既刊の本を蔵書している図書館であればその可能性が高まるだろうとの思いからである。

この蔵書検索の中で、私にとって嬉しいことが二つあった。そのひとつは、三ヵ所の市立図書館が既に『随筆　キツネの寝言』を蔵書しているという事実。

今一つは、蔵書検索をしているとその本が貸し出し中であるか否かが表示されるが、そんな中『熟年行動派　ヨーロッパ片言の旅』が貸し出し中という図書館があった。二十二年も前に出版したこの本を今、誰かが読んで下さっている。何故この人は、今、この本を選ばれたのか?間違いなくこの本は図書館の開架ではなく、倉庫に蔵書されていたはずである。それを借りるということは、私の他の著書を読んでその本の奥付を見て、蔵書検索して借りられたものとしか考えられない。スマホによる蔵書検索。スマホの凄さを感じると共に、二十二年も前の本を処分せず蔵書してくれている図書館に感謝するしかない。そのことを思うと、私が自費出版に踏み切ったことが決して無駄ではなく良かったな、とつくづく感じる。と同時にこの本を借りて読まれた方がその内容をどう受け止められ、何らかの点で役立つ点があったろうかと気になるところである。

ところで、『嵐が丘』の著者エミリー・ブロンテも、二人の姉妹と共同で一八四六年詩集を自費出版している。二冊しか売れなかったそうである。当時この三姉妹はそれぞれ小説を書いていたが、出版のチャンスに恵まれない中でのことだったようだ。しかし翌年の一八四七年、姉シャーロット・ブロンテの『ジェーン・エア』が出版され、話題となり、それが切っ掛けで『嵐が丘』も日の目を見ることになる。つまり自費出版というのは、出版社が相手にしてくれない売れない作家が突破口を見出そうとする、苦肉の策と捉えることができよう。

しかし現在の日本では、文藝春秋社の芥川賞や直木賞を初め、多くの出版社が新人発掘のため各ジャンルに亘って応募者を募り、新人の登竜門が用意されている。そのため、現在の自費出版業界は私のような素人が趣味で書いた文章を多くの人に読んでもらうために存在している、ということになる。丁度これは、ピアノや踊りなど習い事をしている人達がその成果を披露する発表会に匹敵する。ただこの両者には大きな違いがある。それは、習い事の場合はその時一度きりだが、出版物の場合は後々まで書籍という形で残る点にある。これには大きな意味がある。しかし反面、書籍というのは受け取った人が読まなければ〝無い〟に等しい。

七十年ほど前私が未だ若かった頃の話だが、かなり遅い仕事からの帰宅時に、阪急梅田駅構内を通過している時よく見掛けた女性がいた。三十歳位のこの女性はガリ版で刷って綴じた薄い冊子を手にして、通りかかった人に声を掛けていた。恐らく自作と思われる詩集か文集だったろう。当時全く無関心だった私は見向きもしなかった。変わった人だなと、まるで異人種を見るような目でやり過ごした。戦後の荒廃から抜け脱し、高度成長期に入る直前の時代で、ワープロやプリンターなど未だ無かった時代である。現在であればあのような人が自費出版を考えられただろう。

私の自費出版は、二〇〇一年のヨーロッパの旅行記から始まり二〇一六年の四国遍路へと続いた。いずれも紀行文である。文字通りの雑多な随筆を書くようになったのは、それ以後の二〇一七年以来のことである。この時八十三歳。以来今日まで七十一編書いてきたことになる。当初私は随筆の自費出版は考えていなかった。それは、無名の私が書いた随筆にどれだけの価値があるのかという、懐疑的な気持ちが強かったためである。

ヨーロッパや四国遍路の紀行文はそのテーマ自身が社会的に関心度の比較的に高いテーマであるため、自費出版であってもそれなりの反応が期待出来る。しかし、無名の人が書いた身辺雑事の随筆にどれだけの人が関心を示すか？答えは自ずと明らかだ。

一方高齢であることも問題である。何時あの世行きに見舞われなければならないか分からぬ身では、先のことを考えても意味が無い。そこで何編か書けた時点で、その都度プリントして知人友人にお送りすることを考えた。それを実行してほぼ五年経過した。そこで自費出版するか否かを思い悩むこととなった。出版しても売れる可能性はほとんど無い。自費出版することにどれだけの社会的意味があるのか。しかし自己顕示欲がうごめく。しからば、流通市場に出さない私家版としての出版はどうか。堂々巡りをして得た結論は以下のようなものだった。

今団塊の世代が後期高齢者になりつつある。この方達が人生百年時代と言われる、老後の長く、貴重な時間を如何に過ごすかは多くの人にとって重要な問題だ。この人達に文章を書くことの効用を知ってもらうことによって、その人の人生をより豊かに出来るのではないだろうか。そんな想いが膨らんできた。つまり、大袈裟に言えば、そこに出版の社会的な意味があるのではないか、ということだ。

そこで、以下のような文章を書き添えた手紙と共に、図書館に寄贈することにした。

〈身体が不自由な老人でも、ベッドの上ででも、文章を書くことはできます。文章を書くことによって気付かなかったことに気付き、見えないものが見えてきます。その過程において新たな知識が身に付きます。そのことによって更なる興味が湧き起こります。ますます人生が楽しくなります。一人でも多くの方にそのような経験をしていただきたいのです。文章のすすめです。図書館はそのための資料を提供し、支援する場です。〉

果たしてどれだけの図書館が私の訴えに耳を傾けて頂けるか、はなはだ疑問である。しかし私はそこに踏み切った。積極的に生きよう。それが私の人生観であるからだ。

二〇二三年七月

カッコウ

八ヶ岳山麓に小屋を建てたのは一九九〇年だった。三十三年前になる。当時は現役でそこに行く機会は極めて少なかった。海抜一三五〇《メートル》のこの地は寒冷で、来るのは主に夏場である。鳥の鳴き声を録音することに興味を持っていた私は、その最適期にあたる五月からの夏場にかけて来たものだ。これについては既に他稿〈野鳥〉で書いているので省くが、鳥の鳴き声の中で最も分かりやすいのがカッコウだろう。鳴き声は誰が聞いてもよく分かるし、自分自身の名前で鳴いているのだからよく分かる。その上鳴き声が大きく、高い木の天辺で鳴くため、かなり遠方で鳴いていても良く聞こえ、非常に分かりやすい鳥である。体長は三十五《センチ》と大きい。頭頂部から背面は灰色で、胸から腹部には横縞模様がある。その鳴き声同様、かなり目立ちやすい鳥だ。

この鳥は夏鳥として五月中頃、大陸から渡ってくる。私が鳥の鳴き声を録音していた当時、信州でカッコウの初鳴きを聞くのは五月十八日と聞いていた。当時そのことに関心を抱いていた私は情報収集に注意していたが、初鳴きが二日とずれることはなかったと記憶している。それほど正確に彼等は渡ってきた。どのような仕組みでそのように正確な渡りが出来るのか、今もって不思議でならない。一説によると、彼等は地磁気を感じ取る機能を保ち、それによって北極圏から南極周辺へ渡る鳥もいるそうだ。しかしそれはルートについてであり、渡るタイミング、時期はどうして判断するのか、その正確さが不思議に思えてならない。

この時期の日本は新緑の候、芽生えた柔らかな葉を食べる毛虫達。渡ってきた鳥たちの目的はそこにある。それによって繁殖する。バードウイーク（五月十日～五月十六日）は正にその時。そんなことで私はこの時期、信州をしばしば訪れるようになり、その結果が小屋建築につながっていく。

そのカッコウの初鳴きだが、近年ここでカッコウの鳴き声を聞く機会が急激に減少してきた。今年私は六月十一日にここに来たが、七月上旬までカッコウの鳴き声は一度も聞くことがなかった。七月上旬に初めて聞いた鳴き声も遙か彼方でのか細い鳴き声でしかなかった。その後もこの稿を書いている現在までの二週間の間、遠方で鳴いているか細い鳴き声を二、三度聞いたに過ぎない。

以前は我が敷地内の落葉松《からまつ》の天辺で終日鳴いていた。近くでも鳴いていて、しばしば縄張り争いのためか「カッ、カッ、カッ」と脅しあい、激しく羽ばたき、喧嘩をしていたものである。そのことを思うとこの激変振りに唖然とし、一体何が起こっているのだろうという、不安感が私を襲う。私は鳥についての専門家でも研究者でもないため、このことについて意見を述べる能力はない。しかし推察をすることは可能である。

私がこの地を購入するにあたってここを訪れた時、つまり三十三年前、野ウサギが走っているのを目撃した。何と自然が豊かなところだろうという印象が私を魅了し、土地購入に踏み切らせた。その後、年を追うごとにこの界隈での別荘地開発は少しずつ拡がっていった。当初なかった村営の温泉も建設された。これらの開発によって当然落葉松や白樺、赤松、ミズナラなどの山林は道路や建物に姿を変えることになった。野ウサギの姿は見られなくなった。そしてふと気付いた時、カッコウの鳴き声を聞く機会も減少していった。その結果が現状なのであろう。自然界を愛する私ではあるが、その自然界を私自身がここに小屋を建てることによって破壊してきたことに気付かされる。

地球温暖化が問題視されるようになって久しいが、カッコウの鳴き声が聞かれなくなってきたことには共通項がある。人間の自然界との付き合い方というテーマだ。人間以外の動物たちや植物は自然界の摂理によって淘汰されていく。しかし人間は高い知能によって自然界の秩序を乱す行為を繰り返し、いわゆる環境破壊をしでかす。この地でのカッコウの減少は地球温暖化とは直接の関係はないだろうが、環境破壊に対する警鐘であることに変わりはない。話が暗くなってきた。話題を変えよう。

　カッコウには托卵という奇妙な習性がある。托卵とは自分の産んだ卵を他の鳥に育てさせること。具体的に説明すると、体長三十五チセンほどのカッコウがオオヨシキリ（体長十八チセン）やホオジロ（体長十六チセン）の巣に卵を産み付けて、彼等に孵化させ育てさせる。同じカッコウ属のホトトギス、ツツドリも托卵をする。この三種類の鳥は大きさや姿形が非常に似ており、見た目で識別するのは難しい。ただ鳴き声はそれぞれ特徴があり、ハッキリしている。ホトトギスは「キョッ、キョン、キョ、キョ、キョ、キョ」を特許許可局と聞きならし、ツツドリは「ポポ、ポポ」を繰り返し鳴く。筒を吹いたような木訥な鳴き声で、いずれも大きくかなり遠方でも良く聞こえる。

　ところで、私は托卵の現場を偶然目撃したことがある。何十年も前の話だが、蓼科高原のあるホテルへ行った時のことである。樹木に覆われたその敷地内の通路は進行方向左下りの斜面にあり、そちら側からチッ、チッ、チッという賑やかな小鳥の鳴き声が聞こえてきた。何事だろうとそこに目をやった時、そこに鳥の巣があり親鳥が雛鳥に餌を口移しにする姿が目撃された。そんな現場を目撃するのは初めてのことだった。そして私が驚いたのは餌をやっている親鳥よりも餌を受けている雛の方が親より遥かに大きいことに気付き驚かされた。同時に、托卵の現場だと気付きその偶然に嬉しくなり感謝した。現在であればスマホで写真を撮っただろうが、当時はそんな便利なものはなかった。この時の親鳥と雛が何であったかは分からない。しかしハッキリと観察出来たのは下り斜面から立ち上がった樹上だったからである。そのため巣は私より高い位置にあったが、そんなに高くはなくよく見ることができた。あらかじめ狙ってではなく全くの通りすがりの出来事で幸運としか言いようがない。

托卵というこの習性、いろいろと観察研究されているようだ。例えば托卵しようとする鳥（例えばカッコウ）は既に生み付けられている仮親（例えばホオジロ）の卵を巣から排除して自分の卵を産むとか、托卵された卵から孵化した雛はもともとその巣の主である仮親の卵をその巣から落とす、などが知られている。これ以上の深入りは避けるが、私には奇妙に思えることが一つある。それは雛に餌を与えている仮親（例えばホオジロ）は、何故明らかに自分より大きく色や姿の違う雛を見て不思議に思わないのか、ということである。あるいはそれは、その仮親にとって初めての経験であるがためなのか。卵を産んだ野鳥の本能的な習性によるものなのか。その仮親に聞いたみたいものである。

それはともかく、ここで言えることとは、動物、植物を問わず地球上のあらゆる生物が種の保存のため生き残りを賭けて戦っている、努力しているということだろう。人類は他の生物に比しずば抜けて高い知能を持っている。しかし欲という点においてもずば抜けて高い欲を持っているようだ。その表れの一つが地球温暖化だろう。自らの欲によって自らを破滅に追いやることになるかも知れない。

難しい話は私にはできないが、地球上には人体に害を及ぼす、いわゆる毒がいろいろあるようだ。

そのまま放置すれば害にはならないが、それを集め加工することによって毒になる。或いは加工することによって薬にもなる。原子力も核兵器や発電所になる。一方知能が高い人間は、欲においても他の生物の欲とは比較しようもないほど、深い欲を持っている。この毒と深い欲が結合した時、破滅的なことが発生する。人類はかつて恐竜が絶滅したように消滅するかもしれない。あるいはその中で、一部の人間は生き残れるかも知れない。生来悲観論者である私は、人類の未来を、漠然とではあるが、そう考えている。プーチン大統領のような時代錯誤も甚だしい、欲の深い政治家を見ていると、その感はますます強くなる。

カッコウの鳴き声が少なくなったことから始まったこの稿、話が暗くなってきた。そんな未来の取り越し苦労は止め、自らの歳を考え、ここ一ヶ月を目途に、一日一日を大切に生きていくことこそ最も賢明で現実的な生き様であろう。そんな思いでまた草を取り、駄文を書き、音楽を聴く日々を送ることにしよう。

二〇二三年七月

家督相続

キツネの寝言としてはかなり不似合いなテーマではあるが、寝言の世界のこと故、お許し頂きたい。

辞書によると、この言葉は〈旧民法で戸主が死亡などして戸主権を失ったとき、相続人がその地位と権利・義務をつぐ制度〉とある。そして戸主とは〈旧民法で一家の長として家を支配する権利を持ち、家族を養う義務のある者。今の戸籍筆頭人にあたる〉とのこと。

明治三十一年（一八九八）施行の旧民法では長男が全ての財産を相続することになっていたが、昭和二十二年（一九四七）の民法改正でこの制度は消滅し、遺産相続では配偶者二分の一、子二分の一、の現行制度に変わった。これは端的に言えば相続が〈家〉単位から〈個人〉単位へと変化したことを表している。大家族はなくなり、核家族の社会となった。それは取りも直さず経済面においても小粒化したことを意味する。

また男尊女卑の通念が蔓延していた日本で、男女同権を保障した新憲法が施行されたのもこの年からである。それは男本位社会から男女平等社会をもたらした。これらのことから言えるのは、俗っぽく言えば男の値打ちが下がったということになる。以上は法的な立場からのことだ。

ちなみに、旧民法では長男が全ての財産を相続するとなっているが、実際は娘しかいない場合婿養子を迎え、婿養子に家督相続をすることが行われていた。私の父がそうである。私の祖父には息子がなく、娘が三人いた。そのいずれもに婿養子を迎えている。当時船場の商家ではこれが普通でなかったかと思われる。

一方、資本主義の進展に伴って大資本による寡占化が進んできた。各業種でのチェーン店化を見ればそれは明らかであろう。その結果八百屋さん、魚屋さん、靴屋さん、といった各業種別の個人商店が姿を消すことになった。いわゆる家業と言われるものがなくなってきた。その結果、自営業者は少なくなり、総サラリーマン社会への変貌である。

サラリーマンとなれば一定の場所に留まる家業と異なりどこに住もうと構わない。その結果、有利な仕事の多い大都市への人口移動を促した。そこから生まれた弊害は都市の過密化と地方の過疎化。このことから家督相続に関わる新たな問題が生まれてきた。それは墓地、即ちお墓の問題である。

お墓というのは本来亡くなった人を埋葬し、親族関係者がお参りしてその霊を慰め、あるいはその霊と向き合う場である。昔は土葬が多かったから、それは今より身近なものであったと察することができる。と同時に家督相続が行われていた当時は〈○○家先祖代々の墓〉といったように、その○○家の権威のシンボル（象徴）のようなものであったと思われる。従ってその墓を守り維持管理することは家督相続人の大切な仕事であったはずである。つまり、お墓を守ることとすなはち家業＝財産を引き継ぐことを意味していた。

ところがこの制度がなくなった現在では、家業がなくサラリーマンとなった相続人は生まれ育った地元を離れ、地価の高い都会に住み、郷里にあるお墓の維持管理を負担と感じるようになってきた。つまり家業＝財産も相続していない上、郷里を離れて暮らしている立場としてその心情分からぬでもない。それに対応するように、今ではお墓のマンション化と思われる、屋内に沢山の納骨スペースが並ぶ納骨堂に、遺骨を納めることも行われている。これは都市部だけではなさそうで、田舎のお寺でも行っているところがあるようだ。

その上、樹木葬、散骨など葬儀やお墓についての考え方も大きく変化してきている。つまりお墓というものの地位低下である。これらのことは全て家督相続という制度がなくなったことから生まれてきたもので現在の趨勢から見て今後もこの傾向は続くものと見なければならないだろう。また、目下急激に進行中の少子化もこの問題にとって決して良い結果はもたらさないだろう。何故なら、いくら立派なお墓を造っても後継者が居なければどうしようもないからである。さらに、このことと直接関係はなかろうが、最近では同性婚さえ話題になってきている。つまり家族という概念の崩壊である。

この様な流れの中でお墓と強く結び付いているお寺そのものも経営が大変なようで無住寺院が増えているようだ。いま全国に七万七千ほどのお寺があるそうだが、その内住職のいないお寺が二万を上廻るとのこと。このような流れの中で、今やお墓は後継者にとって負担になってきているようだ。

江戸時代の武士はその職を息子に相続させていたのかどうかは知らないが、現在の日本では、大企業といえどもそのような制度は存在しない。従って、事業経営をしていないサラリーマンにとって相続の問題は余程の山林田畑所有者以外の、一般的なサラリーマンにとってさほど深刻な問題ではない。現在の風潮は退職金を受け取り、以後年金生活をしてそれを使い切る時点であの世へ旅立つ、をベストと捉えている人達が主流ではなかろうか。これを下衆《げす》の勘ぐりというのだろう。

家督相続という制度は戦前までの日本社会に定着していた価値観にもとづいてできたものである。〈個〉ではなく〈家〉、男尊女卑、家業（農業も含む）継承、がその柱であったと思われる。昭和二十年敗戦によって米軍の支配下に置かれた日本は、民主的な国造りを目指すアメリカの意向によって新憲法が昭和二十一年制定された。その中の三本柱の一つである、基本的人権尊重が家督相続廃止を招いた。また、土地を持たない農民が土地所有者から土地使用権を得て農作物生産に従事する、小作制度を見直す農地改革が行われた。それによって大地主は居なくなった。これは一種の革命である。
明治維新は黒船来航という外圧によって日本人が起こした革命だった。それに対し、第二次世界大戦の敗北は占領軍がもたらした革命だった。あの大戦で多くの日本人が亡くなったが、このことを思うと亡くなった方々の死は決して無駄ではなかったのだと、私はそう受け止めている。話が逸れた。

新憲法施行からおよそ八十年、基本的人権尊重や男女平等など定着する一方、先に見たように資本主義進行に伴う問題がいろいろと発生している。これらの問題をどう受け止め、どう対処していくか。老人の我々、昔の価値観に囚われず、無い知恵を絞って、柔軟に対応することが求められているのではないだろうか。そんな思いでキツネの寝言としてはいささか場違いなこの稿を閉じることにしよう。
では又。

二〇二三年七月

旅の印象

私の初めての海外旅行は一九八三年のハワイ旅行だった。小学館が企画した書店人への謝恩旅行で、もちろん団体旅行である。翌一九八四年には同様の団体旅行でヨーロッパを経験し、それが切っ掛けでヨーロッパに魅せられ、一年に一度、約二週間の個人旅行を続けるようになる。以来クルーズによる旅も含め、二〇一一年まで二十五年間、ヨーロッパ訪問は続く。この中にはクイーンエリザベス処女航海（二〇一〇年）のカナリア諸島（スペイン）クルーズやイタリア船籍のスピッツベルゲン諸島（ノルウェー）クルーズも含まれる。

一方ヨーロッパ以外では香港と二度の南米大陸団体旅行（内一回は妻と二名だけの団体）。飛鳥クルーズによる二度の世界周航（二〇〇六年、二〇一四年）、オセアニア（二〇〇八年）、南太平洋（二〇〇九年）クルーズ、アメリカ船籍による団体でのカナダクルーズを経験した。以上が大雑把な私の海外旅行歴である。

未知の土地を訪れることが多い海外旅行では鮮烈な印象を受けることが多い。しかし同じ場所を訪れるにしても、そのアプローチの仕方によって旅の印象は大きく異なる。私はそれを如実に経験している。以下は、私の経験に基づく、旅の印象についての分析である。

先ず、その旅が個人旅行か団体旅行かによって旅の印象は大きく異なる。さらに個人旅行でも、一人旅か複数かによっても大きな違いが生じる。一方、旅の形態がクルーズである場合はさらに大きな違いが生まれる。このことを端的に表す経験を私はしている。既に他稿で著し重複することになるが、お許し頂き、以下に記そう。

〈レンタカーでオスロを出てから三日目。今朝三時にスエーデンの森のキャビンを出て、フィンランドを突き抜け、フェリーで海を渡り、北岬の手前八キロにあるキャンプ場に着いたのは午後七時二十分だった。そこで仮眠を取り、この旅最大の目的地、ヨーロッパ最北端と言われる、北岬到着は午後十一時四十五分。今日一日の走行距離は九百六十二キロ。所要時間は二十時間四十五分。途中サーメ人の首都カラショクで二時間滞在しているが、よく走ったものだ。オスロからの走行距離二千百六十二キロだった。〉ちなみにこの間、いわゆる高速道路はなく、全て一般道である。

毎年訪れるヨーロッパ旅行で機上から眼下に広がるロシアの森に覆われた大地を見るたびに、一度この森の中を走ってみたいという気持ちを持っていた。一方未知なる北欧の国ノルウェーと白夜を経験したいという気持ちも抱いていた。そんな想いがヨーロッパ最北端とされる北岬へと私を誘《いざな》った。

北岬へは途中まで飛行機や鉄道を使って行けばより短時間で到達できるようだったが、オスロからレンタカーで行こうという私の気持ちに迷いはなかった。時間が掛かることにこそ、意味があると思っていたからである。そのことによってヨーロッパ最北端の遠さが実感出来る。そして何よりもその長い道中の風景である。そんなことで、この旅ではレンタカー内での車中泊も覚悟して目隠しや保温のために、新聞紙とセロテープを持って出掛けた。

地図だけを頼りに、人との出会いの極端に少ない旅。ルートは間違っていないか、ガス欠にならないか、そんな緊張に包まれた中で、それが私の孤独感を増幅し、感性を鋭くする。そうして三日掛かって北岬に到達し、真夜中の太陽を見た時の感激。はるばるやって来たんだ、という想い。

オスロを出て五日目にトロムソに着くまで一度も信号機に出会わなかった。人との出会いの極端に少ない旅。この旅で、オスロやベルゲンの町も訪れたが、私の中のノルウェーは針葉樹林、湖、フィヨルド、岩盤、雪、白夜だった。トナカイの姿にすらホッとして、温もりを感じた。

その同じ北岬を二〇〇五年、妻と二人訪れた。北緯八十度附近のスピッツベルゲン島（ノルウェー）へのクルーズ（コスタ・アレグラ＝約二万八千トン）に個人参加した時のことである。この時は当然ながら船で海上を来て、幾つかの場所で上陸観光後、再び船で次の目的地に向かうという受け身の旅である。しかも乗組員も含めると千二百人以上の人達と行動を共にし、日夜船内では賑やかな時間を過ごしている。

北緯七十一度の北岬と言っても、多くの人達と一緒に僅か一時間ほどのことである。つい先程まで都会の豪華ホテルを思わせる船内の食堂でウエイター相手に料理選びをしていたような人間が、ヨーロッパ最北端の岬に居ても一時間後にはまた空調の効いたラウンジでグラスを傾けることができる。

このように船旅では上陸観光する地点は人が集まってくる所であり、その周辺には観光客を対象とした建造物や施設がある。移動中は陸上ではなく賑やかな船内。次の地点にも人が居て家がある。これを繰り返していると「ノルウェーも案外寂しくないんだな」そんな印象を抱くことになる。これが旅の印象を変える。

一人、三日掛かりで針葉樹林帯を二千百六十二キ《キ》ロ《ロ》、不安を抱きながら駆け抜けてきた人間が、三百八《メー》十《トル》の絶壁上から真夜中の太陽を見た時の感慨＝印象は前者とは大きくかけ離れている。クルーズで訪れた北岬には、レンタカーで来た時に感じたような自然の凄味、寂寞感は全く感じられなかった。

と同時に、ノルウェーという国の本質も伝わってこなかった。あまりの違いに唖然とする。同じ所を訪れても、そこに至るまでの過程と旅人の心の有り様によって、印象は違ったものとなる。それに対し、レンタカーによる一人旅では、この国の姿が理屈抜きで理解できたと感じられた。ノルウェーの本当の姿がどちらであるかは言うまでもないだろう。

端的に表せば、ノルウェーの国土は日本とほぼ同じ面積であるのに対し、人口は僅か五百四十八万人と日本の二十三分の一でしかない。これは兵庫県の人口に匹敵する。つまり人口密度が極端に低い。その上、国土が南北に細長いため、北上するに従って人口密度は限りなく零に近付くと思われる。それがノルウェーは寂しいという印象に拍車を掛けることになる。

しかしノルウェーの寂しさは、白夜に象徴されるように、基本的にはその気候風土にある。その根源は緯度の高さである。一年で最も昼の時間が長いこの時期でも、ギラギラ輝く太陽はここにはない。それがもたらす植生や風景も見られない。氷河、かつての氷河が生みだした奥深いフィヨルド、リアス式海岸。針葉樹林、湖、岩盤、雪渓が私を迎えてくれるばかりである。トナカイに遭遇することはあるが、人間は居ない。

六月二十五日オスロを出てスエーデン領内で二泊し北岬で三泊目をした後は北海沿いを南下しノルウェー第二の都市ベルゲンから進路を東に変えオスロ帰着。全行程走行距離五千五百九キロを十一日間で走っているため、一日平均走行距離五百キロになる。この間トロムソ、ベルゲンの街中以外では国境検問所を除いて、一度も信号に出会わなかった。レンタカー移動中の十泊中九泊はキャンプ場のキャビンを利用した。一泊約五百円。キャビンの多くは角ログハウスで電灯、クッカーは必ず付いている。ここで持参のパックご飯、ラーメン、塩昆布、海苔、ほうじ茶など持参の食材による食事をする。

このようにして得た旅の印象とクルーズで周航した旅のそれとには大きな隔たりがあった。どちらが本当の姿に近いかは言うまでもないだろう。

一口に「私は海外旅行で○○に行きました」と言っても、その形態によって、その印象に大きな差があることが察知出来る。人との接触の極端に少ない旅。そんな日が続くと、ノルウェーの人達の心情が少しずつ分かってくるような気がする。寡黙、孤独、謙虚、重厚、暗さ。同じヨーロッパでも、南欧とは対照的である。ちなみにここでは、詳細は失念したが、アルコール類の販売が規制されている。気候風土がもたらす寒さ、陰鬱さがアル中患者を生み出すことによるためのようだ。その反面、哲学的な思考に長けた人が多いようだ。

旅の印象についてここまで綴ってきたが、旅とは一体なんだろうという思いが湧いてくる。しかしそれについてはまたの機会に譲ることにしてひと言、〝旅の本質は孤独だ〟に止めておこう。そして、その後私が経験した感想を記してこの稿を終わろう。

二〇一四年、飛鳥ワールドクルーズでまたも私はノルウェーを訪れることになった。この時、船はガイランゲルフィヨルドの最奥部ガイランゲルにまで入った。フィヨルドの幅がだんだん狭くなって行き止まりになった所にこの集落はあるが、建造物は少ししかない、淋しい所だ。前方と左右は標高三百メートル位の台地に囲まれている。その左斜面に台地上から集落に向かって下りてくる道路が見えた。それを見た瞬間、私の胸に熱いものが込み上げてきた。目尻に涙が浮かぶ。予期しないことだった。ただ地図を頼りに、海が陸地に向かって出入りの激しいリアス式海岸を走り、平坦な所を駆け抜け、氷河によって作られた深いU字型の谷をさかのぼり、ヘアピンカーブを幾つも越えて高度を上げて行くと、標高二〇〇〜三〇〇メートルの台地に出る。それを繰り返す。そうして到達した、このガイランゲルの集落に向かって下りてくるその坂道。この坂道を二十二年前、レンタカーで下ってきたのだ。あの時のひたむきで孤独な自分が想い出される。フィヨルドの飛鳥船上から見た、右下がりのこの坂道はごく平凡な道だった。

　ここまで書いてきて、今から三十一年前のレンタカーによる北岬への旅が如何に強烈な印象を私に残したかを改めて感じることになった。それは訪れた場所（北岬）、訪れた方法（レンタカー）、訪れた状況（一人）が特異なためであったことによると思われる。共通項は孤独。この時私は五十八歳。

　このように、旅の印象はその旅の仕方によって大きな違いが生じることに気付く。良い意味で、印象に残る良い旅をするためのヒントがこの中に隠されているように思われる。別の視点から言えば、受け身ではなく能動的となるだろう。そしてこのことは、単に旅のみならず日常の生活全般にわたって共通している、と言えるのではないだろうか。

　どうかそんな想いで、日々を新たに過ごしていきたいものである。

二〇二三年十二月

保養の旅〈鉄輪《かんなわ》温泉〉

保養とは身体を休ませ健康を養うことだが、私がそんな目的で旅をするようになったのは七十歳代後半からのことである。仕事を離れて久しいこのくらいの歳《とし》になると時間はたっぷりあるが暑さ寒さが堪《こた》えるようになる。夏場は標高の高い八ヶ岳山麓で過ごすが、寒い冬場は外出を控え自宅のホーム炬燵で冬籠もりするしか手立てはない。その鬱屈した気分を晴らす唯一の方法は温泉に浸かり、身体を暖めてのんびりすることである。そんなことで私は冬場しばしば温泉に出掛けるようになった。

よく出掛けたのは別府の〈かんぽの宿〉である。温泉場は全国に数多くあり私が訪れた温泉場は数多くはないが、一番素晴らしい温泉場を挙げるとすれば躊躇なく別府を選ぶ。その最大の理由は温泉の湧出量と源泉数が日本で一番多い温泉場であることによる。その上、ここには〈地獄巡り〉で観られるように風変わりな何種類もの泉源を見ることができる。これは観光の面でも大きな魅力である。

別府温泉は市内に数百ある温泉の総称で別府温泉郷と呼ばれ、特に古くから由来ある八つの温泉地は別府八湯と呼ばれている。これほどスケールが大きく、見所の多い温泉場は他にはないだろう。〈かんぽの宿〉は日本郵政が全国五十ヵ所ほどで運営していた宿泊施設だが二〇二一年、一括して亀の井ホテルに売却して今はない。私がそれまで〈かんぽの宿〉を度々利用したのは比較的低価格で一定のサービスが保障されていること、高齢者が多く静かであること、外国人が居ないなど老人向きであることによっていた。正確ではないが、十数年前〈かんぽの宿　別府〉の宿泊費は一泊二食で一人当たり九千円台だった。そんなことで度々利用するようになり、多い時は八連泊したこともある。

この宿は廊下を挟んで部屋は海側と山側に分かれるが、山側の部屋からは沢山の林立する湯けむりが眺められ、それを見ているだけで温もりが感じられた。そしてこの宿から歩いて三分ほどの所に別府八湯の一つ鉄輪《かんなわ》温泉がある。鉄輪温泉は私一番のお気に入りの場所で、宿から近いこともあり度々訪れた。そこへの道中の歩道からは湯けむりが上がっている。歩道自身が暖かい。この辺りの地名は火売《ほのめ》町。町名を見ただけでも暖かくなる。

以下はあくまでも私の私見ではあるが、別府八湯の中で鉄輪温泉が最も魅力的だ。それは昔からの湯治場《とうじば》としての機能を今も保ちながら、幾つかの観光資源を持っているからである。その一つがこの地域の中心を走る緩い下り坂〈みゆき坂〉にある〈地獄蒸し工房鉄輪〉。ここでは百度近い蒸気が噴き出す釜の中に食材を入れ、約二十分で、温泉の蒸気を利用して作る蒸し料理ができ上がる。

私共は度々箇保の宿に滞在し、その都度ここに立ち寄ってきたが、ここに俳句を投稿する場がある。若い時から俳句を時々詠んでいる妻はここに立ち寄るたび毎に投句するようになった。佳作は〈鉄輪俳句筒・湯けむり散歩〉という数ページのパンフレット風印刷物に掲載されて、投句した人に送られてくる。何度か送られてきたその資料が手元にあるので、ここで俳句に脱線することにしよう。

妻の句が佳作に選ばれたのは以下の七回である。

湯けむりや春の山肌のぼりゆく・二〇一一年春
寒風や湯けむり散らすいで湯坂・二〇一一年冬
湯けむりや余寒くるみて空の旅・二〇一三年春
湯けむりや寒さこらえて数えおり・二〇一四年冬
大寒や湯の香ほんのり染めしほり・二〇一五年冬

この句は〈鉄輪ごよみ〉という二〇一七年のカレンダーでも紹介された。

湯けむりに惹かれことしも寒の旅・二〇一六年冬

この句も、二〇一八年の〈鉄輪ごよみ〉で紹介されている。

湯けむりや寒さ忘れの旅重ね・二〇一七年冬

次の句は私のもの。例年私は投句しないが、この時は雪が多く白く染まった周辺の山と湯煙。その風情に誘われてのことだった。

雪山をかくす湯煙風立ちぬ・二〇一七年冬

俳句は、五七五の十七文字に季語を詠み込むというルールで、短歌に比べ字数が少ないため取っ付きやすく誰にでもできる。良し悪しは別にして、良い旅の印象記となる。文章を書くのが億劫な人にはメモ代わりとしてお勧めしたいところだ。そうすることによって、旅を終えた後何年か経ってその俳句を読み直した時、鮮やかにその場の雰囲気が甦ってくる。私にはそんな経験がある。是非お勧めしたいところだ。おそらくこれは、俳句を詠む過程での言葉選びの中で、印象深かったことについて取捨選択した事柄を、精選した文字によって表現しているためだと思われる。つまり、普通の文章で長々と書いたものではないため、鮮やかにその場の雰囲気が甦ってくるのだろう。詩というのはもともとその事柄のエッセンスを表現しているものだから、それは当然のことであろう。そして我が家に送られてくるこれらのパンフレット類も良い旅の想い出となる。

上記の通り当時は毎年のように鉄輪通いをしていたようだ。私が七十七歳から八十四歳の頃で、山陽新幹線を小倉で特急に乗り換えて出掛けたものである。

この〈地獄蒸し工房鉄輪〉の先には市営の〈鉄輪蒸し湯〉がある。薬草を敷き詰めた広い部屋に横たわる、蒸し風呂と思えばいい。また、この地域には住民達によって管理運営されている共同浴場が九ヵ所あるそうだ。私も若かりし頃を含めると、これまで五ヵ所ほど利用したことがある。誰でも利用することができる。入浴料は原則として無料である。ただ部外者が利用する時は百円投入するための箱が置かれている所もある。いずれも小さな建物で、浴槽も広くはない。二、三人向きか？いずれも無人で、どこもが決して美しいとは言えない。しかし、私はこういった施設が好きだ。何故だろう。自分でも不思議に思う。無料だからだろうか。もちろんそれもあるだろう。

二十一世紀の現在、温泉場の立派なホテルで温泉に入っている感覚、あるいは河原で堰き止めて出来た天然温泉に入っている気分、そんなものとは違った鉄輪温泉の狭い共同浴場での入浴。何故私は共同浴場に惹かれるのだろう。その理由を考えてみると、共同浴場は地元の人達が管理運営され利用されているため、そこに出入りすることによって部外者の私自身も地元住民になったかのような気分を感じることができる楽しさ、ということになろうか。

一方、立派なホテルなどの施設ではない簡素な共同浴場であることによって、太古からの自然界の営みと一体となっている感覚。仰々しさのない素朴な感覚。そんな気分に少しでも近づける気分、それが私を共同浴場に誘っているように思える。理屈っぽくなったが、とにかく私は共同浴場に親しみを覚え、しばしば利用させてもらった。

そんなことで、以下余談になるが、かつて草津温泉でも同様の共同浴場に入ったことがある。その浴場の湯温は非常に高温で、肌が真っ赤になったことが鮮烈な記憶となって残っている。また、この時たまたま一緒に入浴することになった中年の男性から「仕事でこの近くに来た時は、何時もここに立ち寄る」という話を聞いて「さもありなん」と思ったものである。身体が暖まり、さっぱりして、気分転換になる。温泉の効用である。この共同浴場も鉄輪温泉と同様に小さく、無料だった。

そのことに関連して、湯治という言葉がある。温泉宿に長期滞在して病気治療や療養を行うことで、鉄輪温泉は古来、正にその本場である。この界隈には木賃宿や旅籠の起源を持つ古い宿泊施設が旅館や貸間として路地を挟んで今なお残り、レトロな雰囲気を醸し出している。貸間は五泊以上すれば一泊三千円くらい。この辺りの宿泊施設には地獄蒸しの釜があり、それによって自炊する。昔は農閑期にお米持参で長期滞在したそうだ。私も六十年ほど前仕事で毎月九州へ出張していた当時、出張先のご主人夫妻が冬場店を閉めて湯治に出掛けられる話を聞かされたものである。共同浴場はそんな地域に散在している。
この界隈に一遍上人の像がある。温泉と言えばお湯が湧き出て有り難いものと思いがちだが、百度近い熱湯がそこかしこから噴き出すこの地域は住民にとって危険で怖ろしい所でもある、荒れ地であったに違いない。上人はそのような荒れる土地をなだめ、湯治場として開いたと言われている人で、それを敬《うやま》ってのことである。今から七百五十年ほど前の人だ。自分の身体の治したいところと同じこの像の部分にお湯をかけて治癒を願うもので、そのための柄杓《ひしゃく》が置いてある。

ある時、鉄道で別府入りした私共は別府駅の構内に貼られていたポスターを見て、笑いが込み上げてきた。ポスターの内容についての記憶は残っていないが、そのポスターに地獄組合という文字があったからである。最初それはジョークだと思っていたが、地獄組合というのが実際存在しているようだ。別府には〈海地獄〉〈血の池地獄〉などの観光名所が多くある。これらの地獄が集まって組合を作り、各種の活動を行っているようで、実在の組合である。このこと一つを取ってみても分かるように、別府は広い範囲に散在する温泉郡によって成り立っている、特異な街と言えるだろう。
鉄輪温泉について書いてきたが、別府には多くの温泉が散在している。特徴のあるそれらの温泉を巡ることは愉快なことと思われるが、老体の身にはもはや叶わぬこと、このような駄文によって過ぎ去りし日々に想いを馳せ、あの日に立ち戻ることによって、彼の地を追体験する。これも老後の楽しみの一つである。

二〇二四年二月

『随筆　キツネの寝言』を読んで

　ある方から『随筆　キツネの寝言』を読んでの読後感想を綴ったお手紙を頂戴した。後期高齢者と察せられる女性の方である。先ずその内容を、前後に書かれた挨拶部分を省いて、以下に披露しよう。

〈沢山の随筆をお纏めになり、改めて拝見し何かホッとした穏やかな気分で居ります。コッツウオルズ地方の骨董品屋さんで出会われたスマートなフォックスのドアノッカーをつけた落葉松林の中でのお家～。

　二十九種もの山野草に囲まれてクラシック音楽やポピュラーソング、そして時には石川さゆりもお聴きになるとのこと。御自分のお好みはあるにしても受容の大きさには見習うべきものが大いにあります。

　旅先で出会った人々との対話、接し方も然りです。

　飛鳥Ⅱで何度かお食事をご一緒した谷岡先生のお話もありましたね。懐かしかったです。

　フェルメールについても狭間様との共通の思いが私共にもあり嬉しく思っています。また薪割りの章など「そう、そう」と相槌をうつほど女だてらに経験のある私はワクワク致しました。

　もう御立派になられたであろうお着物の似合う孫娘さんへの思いや、マイケルジャクソンに身体をゆらす狭間様を想像し思わず「可愛い〜〜！」です。

文豪にも古典にも短歌にも疎い田舎の老婆ですが、お書きになったどの章も心に響きました。それはきっと基本、人としての優しさがどの章にも見え隠れしていることにあるのでしょう。私も実のある一日を目指して日々努力致します。

間もなくマツムシソウの時季がやって来ますね。そして季節はめぐり落葉松の樹上を行く「夏のサヨナラの風音」。

このような自然の中で短歌にむかわれるのでしょう。

どうぞ日々お身体に気をつけてお過ごし下さいませ。〉

私はこれまで六点の著書を発表してきた中で、アンケートをお願いしたことが二回ある。又『随筆キツネの寝言』の第一集、第二集プリント文を皆様にお送りした後頂いたお礼状に感想などお書き下さったものを何通か頂いたこともある。アンケートというのはこちらが提案した設問に答える形で書かれているため、限定的で、純粋なその方の読後感想を知ることは出来ない。そのため、一冊の本としてのこの本に関する読後感を纏めて書かれたものを頂戴したことは、これ迄なかった。その意味で、前記のお手紙は私にとって初めてのことで、非常に有り難いことだった。

文章を書いている人間にとって、その内容が読者にどのように受け止められているかというのは最大の関心事である。それは画家や音楽家など、発信する側の者に共通のことであろう。画家や音楽家の場合は発表されたその現場に居れば、その場である程度その反響を察知することができる。しかし出版物の場合、その反応は読者の読後でなければ知ることができない。著者にとってこれは何とも歯痒いところだ。これまで私がアンケートをお願いしてきたのはそのためである。

著者が読者の反応を知りたい最大の理由は、当然ながら、現行の執筆行為に問題はないだろうか、もしあるとすればそれは何か、ということである。従って著者にとって、少なくとも私にとって、肯定的な賞賛の読後感想のみを期待しているのではない。率直な感想こそ望まれるところである。それによって著者は成長することができる。

前置きが長くなってしまったが、上記の読後感想をお読みになったあなたはどう感じられただろう。著者と違って、同じ読者の立場であっても人それぞれに受け止め方は違っているかも知れないし、同感ということもあるだろう。また、ご自身では気付かなかったことに気付かされる場合もあるだろう。読後感は受け手によって大きく別れる。これが他者の読後感想を読む最大のメリットだと私は考えている。他者の読後感との違いを知って、その人は成長していくのだと思われる。

この様に著者にとって読者の読後感想は何物にも代え難い貴重なものである。と同時に、著者はそこから多くの収穫や喜びを受け取る。その一例を示そう。少し分かりにくいかもしれないが、上記のお手紙の文末に〈間もなくマツムシソウの時季がやって来ますね。そして季節はめぐり落葉松の樹上を行く「夏のサヨナラの風音」。このような自然の中で短歌にむかわれるのでしょう。〉とあり、このお手紙は終わっている。

この文中の「夏のサヨナラの風音」が私の心を鷲づかみにした。これは『随筆　キツネの寝言』の十一番目に登場する『風音』に関連づけて書かれたものだが、この方が如何に緻密にこの随筆集全体を読んで下さっているかがよく伝わってくる。と同時に、その感性（受け止め方）の鋭さに、著者として、よくぞそこまで正確に読んで下さったかと感服し、感謝するばかりである。著者にとってこれ以上の喜びはない。

ちなみに、この件に関して私は『風音』の本文で〈「ああ、夏が戻っていくんだ」そう感じると不安感は消え、淋しさが胸をよぎる。来年の夏は？この歳になると～〉と続き、孫娘のことを書いている。当時中学二年生だった孫娘の少女から娘への成長と、自立し私から遠離っていく孫の姿をこの夏カメラに納めることができた喜び、そんな楽しかった夏の想い出が風と共に立ち去っていったとの想い。樹上を通り過ぎていく不気味な風音を私はそんな想いで聞いた。

読後感想のお手紙を下さったこの方が、手紙の最後の所で「夏のサヨナラの風音」と書かれているのは、『風音』の一文が最も印象深かったとのメッセージと受け止めることができる。と同時に、読後感想のサヨナラを兼ねているのか。いずれにしても、この方のお手紙から伝わってくるのは著者と似通った価値観をお持ちで、元気付けて下さるものだった。

『随筆　キツネの寝言』はこれまで第一集から第七集まで七年間にわたって順次配布してきた。昨年、五集までを一冊の本としてまとめ出版したが、既にプリント文として配布してきた方々にはこの本を進呈しなかった。そのため、一冊の本としてのご感想を頂戴する機会を私自らが放棄してしまったことになった。従って、これまで下さったお手紙の中での断片的なご感想を拾い集めるほかに方法はなさそうである。しかしそれは大変な作業で、当面は一休みすることにしよう。

二〇二三年の秋に前記の文章を書いた後、これまで頂いたお手紙の中での断片的なご感想を集めることにした。この作業は莫大な時間と労力を要するため、未だその全てを終えてはいないが、その内容を以下に披露させて頂くことにしよう。

〈随筆 きつねの寝言 第二集〉を皆様に郵送した後、皆様から頂いたハガキ、手紙の中で多少なりとも読後感想といえる記述は十六通ある。先ずそれを以下に列記しよう。そこから何か見えてくるかも知れない。

☆（九十歳代、男性）・第二集興味深く読ませて頂きました。中でも〈旅先の写真〉が一番印象に残り二～三回読み直しました。四回も外国人女性より「一緒に写真を撮っても良いですか」と話しかけられ写真を撮ったこと私にはそのような経験は一度もありませんので。〈異民族との交流に慣れた人たちの姿を見た思いがした〉とあります。勿論それもあると思いますが、プラス狭間さんには何かある。相手にそうさせる魅力があると思うのですが、具体的にそれが何かいろいろ考えてみましたが分かりません。何かそのようなものをお持ちだと思います。

☆（七十歳代、男性）・筆の冴えは衰えず、興味深い内容で、自分はまだ修行、人間ができていないとつくづく考えさせられました。自然に文章を綴れないと言うのは、まだ雑念があることの証なのでしょう。外国の方に写真を撮るよう依頼されるなどは、国内外を問わず安心感を与える雰囲気を漂わせているからなのでしょう。また、写真の撮影に時間をかけ一葉を撮る手順は、メモ代わりに何枚もシャッターを押す自分に、フィルム時代（学生時）のことを思い出させました。

☆（七十歳代、女性）・随筆は全て興味深く読みました。特に御射鹿池は三年前案内していただき、神秘的だったことを思い出しました。随筆今後も続けて頂ければ嬉しいです。

☆（七十歳代、女性）・〈私のフェルメール〉〈洋菓子の神戸〉では人物について考えたこともなく興味を持って物知りになれました。〈小津安二郎記念映画祭〉懐かしい俳優の名が多く書かれてあり、若かりし頃を思い出しました。〈阪急今津線〉長年仁川住まいの私、文章から周辺の場景が目に浮かびます。〈京都散歩〉石塀小路歩いてみたい。

☆（八十歳代、女性）・どの文も素晴らしく、自分がそこへ行って、見たり聞いたりしているような気持ちになり、わくわくしながら読みました。第三集が楽しみです。

☆（八十歳代、男性）・楽しく拝読しました。就中、私が中学二年まで過ごした神戸、学生時代の下宿先京都など興味深く、今まで知らなかった側面に触れ、大変参考になりました。また、小生には全く関心がなかった美術。絵画鑑賞のポイントが文中に書かれ、うっすらとではありますが、理解出来た気がします。

☆（七十歳代、男性）・大変興味深く拝読致しました。フェルメールとの出会いから現在に至るまでの経緯、バームクーヘンに纏わる洋菓子神戸の変遷、そして洋楽ファンだった小生にとっても懐かしいギルバート・オサリバンのアロンアゲインの話、旅先での出来事、小津安二郎や東山魁夷のエピソード等々、時間を忘れました。音楽、絵画、本、旅は人が生きる上で必須のものではありませんが、人生を豊かにしてくれるかけがえのないものです。今でもそのような世界に浸っておられることを羨ましく思っています。第三集の到着を楽しみにしている読者がいることをお忘れなく。

☆（九十歳代、女性）・相変わりませず溢れんばかりの内容の濃い文章でした。今後もご健筆を！

☆（八十歳代、男性）・東山家とは五十年のお付き合い、御謝鹿池にも奥様のご案内で行きました。フェルメールや旅先の写真も楽しく拝見。

☆（八十歳代、女性）・今度も軽妙な筆致に誘われるまま狭間ワールドに引き込まれてしまいました。

☆（七十歳代、男性）・楽しく拝読しました。神戸の有名な洋菓子店の由来や阪急今津線沿線の様子は、東京生まれの小生には、とても新鮮で興味深かったです。現地オランダでフルメールを堪能されたとは羨ましい。

☆（八十歳代、男性）・興味を持って読んだのはフェルメール、小津安二郎、京都散歩など。いつもながら大兄の好奇心の旺盛なこと、向上心を今なをお持ちであることに敬意を表します。

☆（八十歳代、男性）・旅や文化に幅広く造詣深い貴殿に改めて感服。特に音楽と絵画に関した作品に感激。やはり長年にわたる海外旅行の体験が各所に見られ誰もが書けるものではないと思います。

☆（八十歳代、女性）・フェルメール。一枚の絵の思い入れや観察力には感心しました。ワァーきれい、ステキ！で通過している私には、なんと今迄もったいない鑑賞の仕方だったんでしょう。第二集、今日着いて読み始めたばかり、毎日一つずつ深読みすることを身に付けます。
☆（年齢、男女不明）・取り敢えず礼状をと思って絵葉書を書きかけましたが、読み始めると面白く一気に読んでしまいました。洋菓子の神戸、阪急今津線など、私は県立西宮の出身、娘は神戸女学院、伯父、従兄弟達は関学〜。
☆（九十歳代、男性）・相変わらずのご健筆、興味深く訓えて頂きました。フェルメールの新たな知識を得ることができ印象派にはない魅力を改めて感じました。チョコレート好きな私、これからはモロゾフに神戸を想いユーハイムがドイツ人捕虜だったことも初めて知りバウムクーヘンに納得。ゴンチャロフのウイスキーボンボン〜。クラシックファンの私ですが、オサリバンのアロンアゲン聴いてみたいです。映画にも深い造詣をお持ちですね。東山魁夷とモーツアルト。美意識を忘れた短歌にはなんの魅力も感じない、と喝破。最近の短歌には奇を衒い、情に乾いた作品が多いようですね。お金。シェイクスピアは学生の頃坪内逍遙の翻訳を読んだきりでした。改めて偉大さに気付かされました。お金は貴ぶものでも、賤しむものでもない事を学ばされました。京都の石塀小路。学会や研究会で幾度も京都を訪れながら、行ってみたかったと思います。第三集のキツネの寝言を期待しています。
　さらに第三集以降は以下の十四通である。
☆（八十歳代、男性）・一気に読み終えました。文章は読みやすく爽やかです。初夏の香りを感じました。書き手が時間をかけて文章を作る。その出来映えがいいほど、読者にとっては読みやすくなる。

しかも分かりやすく内容に戸惑うことはありません。作者が懸命に書くことによって、読者は共感を覚える。これが随筆の醍醐味ではないのかと思います。『四国遍路を歩いてみれば』の時にも同じ印象を受けました。一人旅を重ね、紀行文を出版する。その後も遍路の旅をやり遂げ、随筆を書き、短歌に挑戦する。好奇心を満たしチャレンジ精神を具現したものだと思います。読み終えて、私も少しずつ書いてみようと思いました。膨大な資料と格闘しています。すべてが整ったら、というのは遅きに失すると考えるきっかけになりました。やれるところから作業を進めることにしました。『キツネの寝言』から色々と啓発されました。

☆（七十歳代、女性）・あらゆる分野のことを、自分でよく調べ、文章にする。ご自分の未来を限りあるものと思いつつ、来し方をしっかり思いだし、整理し文章にする。その文章は決して上から目線、自慢っぽくなく気持ちよく入ってくる。

☆（七十歳代、女性）・後期高齢者を自認しながら、これほど豊かにパワフルに日々を重ねる人を知りません。主体性のない人生は自分の人生ではない。世評に振り回されない人生、悔いの残らない人生、豊かに幸せに生きることを常に心に問いかける、その生き方に深い感銘を受けます。日常や旅の中で何を大切にしているかの深い洞察が明確に表現されるところに随筆を読む楽しさがあります。易きに流れる日々に反省するばかりです。

☆（七十歳代、女性）・細やかな優しさと、透き通るような感性の文面。たくさんの抱負をお持ちの趣、羨ましく感じると同時に、その行動力に凄いな、と感じ入っております。

☆（八十歳代、男性）・自然に対するまなざしと会った人とのえにしについての洞察が素晴らしいなと感じています。山荘の庭に咲き誇る野草についての描写を読むと、月並みな表現ですが、目に浮かぶようです。山荘暮らしと聞くと悠々自適かと思いきや、庭の手入れ、薪割り、随筆執筆と忙しいとのこと。ぼんやり過ごすというより、やりたいことをやるという人生は素晴らしいと思います。

☆（八十歳代、女性）・全然年齢を感じさせず、ぐいぐいと好奇心を積極的に追求される姿に、文章力も磨かれ楽しんで読み終えました。日本文学を読んでは興味深かったです。こんな風に比較してまとめる、個性的での感想は愉快。まして順位をつけて作品を紹介しながら登場人物や作家の意図をあれこれ分析し、なかなか深いと思い読みました。

☆（七十歳代、女性）・この随筆は非常に読みやすく、心に響いてまいります。

☆（八十歳代、男性）・自然を愛し自然と共生する生活。鋭い観察眼、調査するエネルギーを惜しまない達者な文章表現。私の心を揺すぶったフレーズを〜。〈花と無言の会話をし、花の心を感じようとします。〉〈天国はその人の心が創り出すもの。〉〈自然界の営みを肌で感じられる。自然界と一体となれる。生きている山野草、生きている生かされている私。山野草の運命は私自身でもあります。〉

☆（七十歳代、女性）・ひょうひょうとした、気負いのない淡々とした、しかし哲学的とも思える奥が深く引き込まれる文章からはお人柄が想像できない程の行動力、実行力に感銘を受けました。

☆（八十歳代、男性）・年齢を感じさせない、衰えを知らない意欲と前向きの姿勢、行動力に敬意。

☆（八十歳代、男性）・瑞々しい感受性に感服。

☆（八十歳代、男性）・緻密な観察力と旺盛な好奇心、冒険心。人に好かれる性格による。
☆（八十歳代、女性）・著者の眼を通せばこの世の全てのものが清々しく正しく濾過されているように思います。それで読む者に清々しく強い生きる力をあたえるのではないでしょうか。わたしは読後、胸いっぱいのパワーを頂け感謝しています。
☆（八十歳代、女性）・適格な描写と言葉選びに引き込まれて、ひとつひとつ楽しんで読みました。年齢と共にテーマもユーモアありで「うん、うん」と納得でした。〈東京ステーションホテル〉は、是非泊まってみたいと思わせられました。こんな風に思ってホテルを選んだ経験はありません。こんな風に研究されつきつめられた〈東京ステーションホテル〉は愉快ですね。

以上、膨大なお手紙の中から拾い集めた、現時点での、ご感想である。人それぞれの人生観、価値観をお持ちで、それぞれのお手紙から多種多様な喜びや驚きを頂戴している。著者に対する遠慮から悪評は書けず、多分に持ち上げられていることは承知しているが、どのような点に注目されているかが窺え、誠に有り難いことである。これが文章を書いている者にとっての最大のご褒美である。ただ唯、感謝あるのみだ。これを励みに、これからも細々と駄文を綴りたいものと思っている。

二〇二四年七月

ヨーロッパ、何処が好き？

私がヨーロッパ歩きを繰り返すようになった直接の切っ掛けは、一九八四年の小学館による書店への謝恩旅行だった。四十人ほどの書店人による団体旅行である。この前の年、同様の団体旅行でハワイを経験し、この時が私にとっては二度目の海外旅行である。当時はアンカレッジ経由のいわゆる北回り便でロンドンで乗り継ぎ、ローマから、ジュネーブ、パリ各二泊で、パリから帰国という、六泊八日の旅程である。

ローマ、レオナルド・ダ・ヴィンチ空港から最初に訪れたのはバチカンだった。サンピエトロ寺院のスケールの大きさ、石造建築の重厚さ、聖人達の彫像の数々、ミケランジェロのピエタ像、そんなものに圧倒され、世界史の知識が全くなかった私にも、宗教改革の意味が感覚的に理解できたと感じられた。そしてこの八日間の旅で受けたカルチャーショックで、かねてほのかな憧れを抱いていたヨーロッパに、私は引き摺り込まれていくことになった。

そもそも、昭和一桁生まれの私と同世代の人達やそれ以上の年上の方々には、ヨーロッパに漠然とした憧れを抱いている方が多いと思われる。この風潮は、長い鎖国時代から目覚めた明治維新以来の近代国家建設を目指した知識人の潜在意識として身に付いていったものと、私は理解している。端的に表現すれば、先進国に対する後進国住民の憧れ、となるだろう。

三権分立の政治システムから法制度、軍隊、医学、そしてカメラ、刃物などをはじめとする工業製品に至るまで、各分野で遅れを取っていた明治の人達は先進国ヨーロッパをお手本として受け入れ、少しでもそれに近付こうと努力し、憧れの気持ちを抱くようになっていった。それが、ヨーロッパは素晴らしいというイメージとして定着していったと受け止めることができる。

その上、ヨーロッパは文化的な魅力に満ちている。音楽、絵画、彫刻、文学、建造物など芸術的な素晴らしいものに溢れている。ヨーロッパに行けば、私達が教科書を初めいろんな場面で見聞してきたその実物に直に触れることができる。そんなことで同じ海外旅行と言っても、他の地域に比べヨーロッパ旅行のリピーターは遙かに多いと察知することができる。私自身がその良い例である。

クルーズの旅を含めると南北アメリカ大陸、アフリカ大陸、アジア、オーストラリアなどほぼ世界全域を訪れてはいるが、もう一度訪れてみたいと思う所は多くはない。例えばオーストラリアはクルーズで二度訪れて限られた場所を見たに過ぎないが、また行って見たいという気持ちは起こらない。南米大陸もイグアスの滝など素晴らしい見所はあるが、もう一度行って見たいという気持ちは起こらない。それに対しヨーロッパの場合はまた訪れてみたい所が数多くある。幾つか例を挙げてみよう。

スイスのツェルマットやグリンデルワルドへ、また行って見たい。何故か？マッターホルンやアイガーを眺め、花を見ながらハイキングを楽しみたい。ウィーンのオペラ座でオペラを観、楽友協会でコンサートを楽しみ、グリンツイングのホイリゲでワインを楽しみたい。ベニスのサンマルコ広場を訪れ、フローリアンでコーヒーを飲みたい。パリ、ルーブル美術館で美術品を鑑賞したい。フィレンチェの町を歩き、ウフィツィ美術館でボッティチェリの『ヴィーナスの誕生』、『春』を鑑賞したい。『嵐が丘』が書かれたハワースを再訪して、エミリー・ブロンテの世界を追体験したい。などなど、例を挙げれば切りがない。いずれもかつて訪れた場所でそれを懐かしむ気持ちもあるが、何よりもそれぞれに魅力があり、再体験したいという気持ちが強い。これに対し南米大陸やオーストラリアではそんな場所は思い浮かばない。それは何故だろう。

理由はハッキリしている。私が再訪を望んでいる場所は音楽、美術、文学、歴史など、ヨーロッパに内在する文化に関わりがある場所である。アルプスハイキングでも、そのコース設定から、現場への登山鉄道、ケーブルカー、ロープウェイなど移動手段、さらにシャーレーをはじめとする清潔で合理的な宿泊施設に至るまで、ヨーロッパが持っている文化レベルの高さと技術力に裏付けされているからだと、私は考えている。つまり同じハイキングをするにしてもただ単に風景のみならず、ハイカーを受け入れるための設備など環境が整っているということであり、それ自体がヨーロッパの持っている文化水準の高さに基づいているということである。

その上文化的な事案では、例えばレオナルド・ダ・ビンチやモーツアルトなど著名な人物については、それぞれの生涯や作品に纏わるエピソードなどが知られており、関連書籍も数多くあり、それによって興味はさらに膨らんでいく。歴史上の事柄でもそれは同様である。

歴史に関連して、ここで少し脱線しよう。お恥ずかしい話だが、私は世界史について、少なくともヨーロッパへ旅行するまでは全く無知だった。初めてのヨーロッパ旅行でカルチャーショックを受けた私は帰国後、中公文庫の『世界史』（全二十巻？）を読んで驚いた。それは世界史と言いながら、圧倒的にヨーロッパに関する記述が多かったことである。ヨーロッパ以外の地域の歴史についてのページ数が極端に少なかった。中国、インドなどについても書かれてはいるが、多くの地域についての記述がなく、まるでヨーロッパ史を読んでいるような気持ちを抱いた。そしてこのことは、現在の世界を動かしているその源泉はヨーロッパにあるのだということを、私に気付かせてくれた。アメリカですらヨーロッパが生みだしたものだ。

このことは、旅行することによって世界史を動かしてきた歴史上の人物が活躍し生活してきたその現場を訪れ、疑似体験することができるという面白さを持っている。

例えばウィーンを訪れればマリー・アントワネットが暮らしていたホーフブルク宮殿や夏の離宮シェーンブルン宮殿。彼女が十四歳で嫁いだフランスではベルサイユ宮殿、ギロチンに架けられたパリのコンコルド広場。さらにウィーンではフランツ・ヨーゼフ、エリザベト夫妻ゆかりの建造物や場所に溢れている。多くの名曲を生みだしたベートーベンゆかりの家や道。フェルメールをはじめ、多くの名作を所蔵する美術史美術館などなど。世界史や音楽、美術など文化的な魅力溢れる場所がふんだんにある。そしてこれらの有名な人達に纏わる事件や名言、エピソードが数多く語り継がれているし、関連した書物も数多くある。それらを読むことによって、単に旅のみならず、人生の楽しさはさらに拡がっていく。これがヨーロッパ旅行リピーター増を生む由縁である。私自身、一九九三年に、ジャンヌ・ダルクが歴史に登場したオルレアンから火焙《ひあぶ》りになったルーアンへと、その足跡を部分的にではあるがなぞる旅をして、それなりの収穫を得た経験をしている。いわゆる歴史散歩である。このように、ヨーロッパは世界の他のどの地域よりも、旅を楽しむ要素に満ちている。そして旅を通して得た知識はその後の私の人生をより豊かなものにしてくれている。例えばテレビを観ていても、そういった場面が度々登場する。私が長年にわたりヨーロッパへの旅を続けてきた理由はそこにある。

そんな私に「何処が一番良かったですか」という質問をされる方がある。ところがこの返答は大変難しい。それは「何処」というその国や場所が持っている特性が私自身の好みと一致しているかどうかを示しているに過ぎないからである。つまり客観的な良否ではなく主観的な好みによっての良し悪しに過ぎないということである。理屈っぽくなってしまったが、それぞれの地域にはそれぞれの特徴があり一つに絞ることはなかなか難しい。しかし敢えて挙げるとすればそれは「スイス」となる。

既に述べた通り、私がヨーロッパにのめり込んで行った切っ掛けはカルチャーショック（文化）だった。その象徴としてキリスト教の教会、パイプオルガンの響き、絵画、彫刻、クラシック音楽。そんなものに私は惹かれ追い求めていった。特に最初の数年間はそれが顕著であった。そんな中でヨーロッパアルプスでのハイキングをするようになり、その自然美と爽快感を経験するようになる。自然美そのものは文化とは本来関係はないものであるが、前記の通りスイスでのハイキングはヨーロッパに内在する高い文化的センスとテクノロジーに支えられ、私を惹き付ける。

文化は人間が生みだしたものである。アルプスの山岳風景やそこで目にする花々は自然界が作ったものである。先進国ヨーロッパの豊かな文化に魅せられて始まった私のヨーロッパ歩きも、回を重ねるに従ってその枯渇感が薄まるにつれ、ヨーロッパアルプスに代表される自然界の魅力へとその視点が変化していったようだ。と言っても文化面での魅力が薄まったわけではない。樹、森、山など生来私が抱いている自然界への憧れが目覚めたに過ぎない。歴史をはじめ人間が生みだした美術、音楽、文学などへの関心は変わらない。スイスについてお勧めしたい著書は犬養道子著『私のスイス』。

都市としてはウィーンを挙げたい。初めてのヨーロッパ一人旅で訪れた町、音楽学校の先生との遭遇といった個人的な想いもさることながら、この都市は平面的で明るく、過密でない。フランツ・ヨーゼフ、エリザベトの時代に旧市街を囲んでいた市壁を取り壊し、現在リンクと呼ばれている大通りを造ったことによる賜物である。この大通りを挟んで宮殿やオペラ座を初めとする著名な建造物が並んでいる。中心部から離れた周辺にはグリンツイングのホイリゲ（ワイン酒場）群やシェーンブルン宮殿など、緑が多く心安らぐ。そして何よりこの街は音楽に溢れている。ロンドン、パリ、ローマ、ベルリンとはかなり異なる雰囲気を持った都市と言えるだろう。

街としてはベニス。干潟の上にできた百を越える小島からなるこの街の交通手段は船のみという特異な場所に、かつて繁栄したベネチア共和国の遺産としての寺院や建造物、美術品が溢れんばかり。このような変わった街は世界中どこにもない。この街に関連してお勧めしたい著書は塩野七生著『海の都の物語　ヴェネツィア共和国の一千年』。

既に高齢の私にはヨーロッパを再訪する気持ちはないが、もしそんな機会があるとすれば、ツェルマットかグリンデルワルドのシャーレに二週間ほど滞在して、乗り物による区間乗車を利用してハイキングを楽しみたいものである。これならかなりの高齢者にも可能である。私がスイスを選んだ理由もそこにあるのかもしれない。

二〇二三年十二月

白いサザンカ

今から五十数年前、詳細は省くが、ある切っ掛けで私は伊豆の伊東に土地を購入した。その後必要に迫られ、この土地を売りに出したが誰も相手にしてくれず、未だに私の所有になって残っている。そのためこの間、この土地の維持管理に苦労することになるが、生来自然崇拝者である私は樹木が好きで、当初ここにモミジの苗木七本と椿、キンモクセイの幼木をそれぞれ一本植えた。さらにその後、自宅にあったヒラドツツジ、サツキ、ユキヤナギ、南天などの小さな株を、追々移植していった。さらに隣接地との境界に沿って、目隠しにサザンカの苗木を購入して列植えした。二十本はあるだろう。これらは全て、自分の手で行った。

五十数年という長い時間の経過の中では、繁茂する雑草の排除に苦労を重ね、いろいろな試みを繰り返し、その都度失敗を重ねながらの試行錯誤だった。そんな中で、防草シートを張ってその上に砂利を敷くという方法で通路を造ったり、いわゆる庭師のするような作業を繰り返して、庭らしい形を整えてきた。それは少しでも雑草の生える面積を狭めようという思いからのことである。遠隔地であることもあって、その労力は大変なものだったが、半ば趣味の要素も含まれるようになってきた。

この長い時間の中で、苗木で植えたモミジは見上げるばかりの巨木となり、その間この木からまき散らされた種が芽吹いて大きく成長し合計するとその数は大小合わせて十数本に増えていった。そのようにモミジが増えていくのに任せた最大の理由は木陰を増やすことによって雑草の繁茂を少しでも抑えようという気持ちからだった。ツツジやサツキの灌木類も同様の目的で、現地で拡がった株を分けて移植してきた。いずれも自宅から持ってきた僅かな株から増やしたものばかりである。これらの灌木類も徐々にその支配面積が拡がり雑草の生える面積は年を経て少しずつ少なくなっていった。

ところが、このようにして増やしてきた樹木を一、二年前からは減らすように方針を変えることになった。その理由は巨木化した樹木の隣接地への悪影響、落ち葉増の後始末の難儀さ、そして私自身の高齢化に伴う後継者への負担軽減目的ということになる。巨木をチェーンソーやノコギリを使って切り詰めていく作業は梯子を使い危険を伴うため、慎重にならざるをえず、遅々として進まないが、少しずつ仕上がっていく姿を見るのは達成感があって愉快なもので、半ば趣味と言えなくもない。

このような努力を重ねてきた結果今では三月にここに来て一ヶ月滞在し落ち葉などの後始末をした後、約九ヶ月後の十一月下旬ここに来て草刈り機を使えば二日ほどでおおむね草刈りそのものは終了するまでになった。つまりそれだけ雑草が繁茂する面積が狭くなったわけである。しかし、落ち葉の始末などをきちんとするには一ヶ月は必要である。もちろん、これらのことは業者に依頼すればお金で解決することで自ら手を下すことはない。私の場合は半ば趣味でそれをやっているようである。

さて、この様な経緯を経て、現在この敷地には列植えしたものも含めサザンカ三十三本、椿六本、ツツジ、サツキなど灌木類は約二十株、と大幅に増えた。その多くは、親の樹から種が飛んでいって、派生的に増えていったものである。この他に、甘夏蜜柑は三本植えて一本が健在で、今年は現在五十～六十個の実がぶら下がっており、豊作だ。収穫は来年四月になる。

元来伊豆地方は椿、サザンカの生育に適しているようで、私が隣との境界にこの木を選んだのはそのためである。サザンカは日本の固有種で赤、ピンク、白、赤白斑があるそうだが、ほとんどは赤。一般的な花期が十一月から一月と、花の少ない冬場に見られるのがこの花の良いところだ。そのためか、多くの場所で見ることができる貴重で且つ庶民的な花だ、と私は思っている。花言葉は赤は謙虚、白は愛嬌、ピンクは素直だそうだ。

このように長年にわたって手入れしてきたこの敷地内にあるサザンカは全て赤だと思っていたが、先日妻が白いサザンカを一枝切って家に入ってきた。そこで初めて、この敷地に白いサザンカがあることを知った。と言うより、それまで白いサザンカを見た記憶が私にはなかった。そんなわけで、この白いサザンカは強い印象となって私に残った。そのサザンカを見ると未だ蕾であるためか、小さく見えた。すでに花瓶に入っている赤いサザンカは全開で、大きく見えた。そこに、この白いサザンカが差し込まれた。その色のためか、清楚な印象を私は受けた。

そして翌々日の朝、花瓶を見て私は驚いた。その白いサザンカの花びらがパッチリと全開になっていたのである。蕾の状態で花瓶に活けられたこのサザンカはおよそ三十六時間後のこの時、水分だけによって自らの命を全うしようとしていた。蕾だったためか、小さく見えていたこの白いサザンカは大きくて色艶も良く、瑞々しく、見事なものだった。私はその健気な姿に感動した。その姿からは「私は咲き切るのだ」という強い意志が、私には感じられた。

樹木というものはもともと動かないものである。一定の場所にあって時期が来れば芽吹き、花を咲かせ、実がなって、それで子孫を残すというのが一般的である。この白いサザンカの場合、その過程において花を咲かそうとする蕾の段階で人の手によって切断されてしまった。儚いことである。しかしこの蕾は自らの意志を貫こうと、活けられた花瓶の中の水だけによって蕾の状態から満開へと突き進んでいった。そこに私は、この白いサザンカの強い意志を見た。樹木にも意志はあるのだ。動物である人間と同様であるか否かはともかく、意志はあるのだ。

そう感じた時、私はその白いサザンカを撫でてやりたくなると共に、自然界の意志に逆らってこの白いサザンカの枝を切断したことを、詫びたい気持ちに囚われた。

そして、この時からこの白いサザンカの観察が始まった。その経緯は次ぎのようなものだった。花を花瓶に活けてから一日半で蕾が満開。真っ白で、瑞々しく、美しかった。さらに一日半後、つまり花を活けて三日後の時点には花びらが二枚落ち、残った花びらの色艶に衰えが感じられるようになった。四日後には落ちた花びらは十二枚、残った花びら十五枚と日々花びらを散らし、一週間後、全ての花びらは落ち、花瓶から白い色は消えた。

しかし、この白いサザンカの一連の変化を観察したことによって、私にとってサザンカはより身近なものとなった。サザンカのみならず植物というものが野生の動物たち同様に、これまで以上に、身近なものと感じられるようになった。つまりこれを要約すると、サザンカの蕾の咲ききろうとする姿にサザンカの意志を感じ、単なる植物から動物へとサザンカを擬人化したことによっている。その結果、パッチリと蕾を開き、満開となったその花を一日でも長く咲き続けさせてやりたい、そう思うようになった。これまでも、自然派の私は山野草をはじめ樹木や森を半ば擬人化して向き合って生きてきたが、今回の経験によってその想いはより深まったように思われる。

この経験の中で最も鮮烈な印象は、花瓶の中の蕾が満開になった時の花びらの瑞々《みずみず》しい美しさだった。それはまるで花びらに水滴が含まれているかと思われるほど、瑞々しいものだった。それと同時に、白い花びらの白がこんなに美しいものかということを改めて感じさせられた。白百合をはじめ白い花は多く存在するが、これほどの瑞々しさはないように感じられた。このことも私にとって新しい発見だった。ひょっとするとそれは、花瓶の中の水だけを吸い上げて満開になったことによるためなのかも知れない。活け花をされている方の感想をお聞きしたいものである。

今回の経験を通して、無意識に漠然と眺めている樹木がそれぞれ根から水分や養分を吸収し、光合成によって成長していると理解している私に違った側面から植物を見ることを教えてくれた。これからは今までと少し違った視線で植物を眺め、彼等と付き合って行くようになるだろう。遅きに失した感はあるが、私が人生の最晩年を迎えたこの時期にこのような感慨を持てるようになったのは、幸せと言わねばならないだろう。

もしそうなら、これは目出度いことと言うべきだろう。何故なら、私自身がやがて樹木や森に埋没することになるのだから。

二〇二三年十二月

保養の旅・旧〈かんぽの宿〉

私が言う保養の旅とは名所を巡る観光が目的の旅ではなく、一箇所に留まってどこにも出掛けず、ただ身体を休めるのが目的の旅である。そのため高齢の私でも実行することができる。その上運転免許証の更新ができたため、当分の間荷物を苦にせず、どこへでも出掛けることができる。

十年以上前から、私共は国内旅行で〈かんぽの宿〉をしばしば利用した。最近では淡路島、赤穂に出掛けた。いずれも旧〈かんぽの宿〉、現在名は〈亀の井ホテル〉である。一月と二月に、いずれも三連泊した。

〈亀の井ホテル淡路島〉は、明石海峡大橋でこの海峡を渡ると、我が家から一時間三十分で到達する身近な宿である。一時半頃到着してチェックインの手続きを済ませるが、部屋には三時頃まで入れない。そこで五階の大浴場で入浴を済ませてから、和室に落ち着く。この後、三日後の帰宅時まで我々は一歩もこの宿を出なかった。正に保養の旅であるが、それはこれまで何度か淡路島を訪れ見所を既に見ていること、新たな魅力的見所が発見できないことに起因していると言えるだろう。

　豪華客船を模したと言われるこの五階建てのホテルは、南北に細長い淡路島中央部の西側海岸から三百メートルほど入った高みにあり、客室からは瀬戸内の海が見渡せる。遥か右側遠方に加古川、高砂の街並み、正面遠方に家島諸島、左側に四国の山並みが望める。

　滞在中の三日間、入浴と食事時間、ワープロに向かう時を除いて、ただ窓外を眺めていた。十羽以上の鳶《とび》が常に舞っているのどかな、何の変哲もない風景である。そこに私は平凡な日常を見る。そしてこれが幸せなんだと気付かせてくれる。そう気付くのは、私が歳を重ね、良いこと悪いことをひっくるめての人生経験を積み重ねてきたことから到達した回答なんだろう。歳を重ね老いるということは、決して悪いことではなく、素晴らしいことなんだ。そう気付かせてくれるひとときである。

　ちなみに鳶は鷹科の鳥で、猛禽類である。体長六十センチ、翼を拡げると百六十センチと大型で、上昇気流に乗って輪を描くように滑空し、羽ばたくことは少ない。視力に優れ、上空を舞いながら獲物を見付け、急降下して捕らえる。そんな風景を終日眺めていると、のどかな気分になると同時に彼等の生存競争にも想いが及ぶ。つまりノンビリした気分になる。これが即ち保養なんだろう。

　五十三歳から二十四年間、毎年続けていたヨーロッパ個人旅行を七十七歳で終え、徒歩による四国遍路を七十八歳で結願してからの私は、八十歳での飛鳥ワールドクルーズを除いて、旅はしなくなった。但し観光を伴わぬ保養の旅は別である。保養の旅での過ごし方は静である。歳を重ねるに従って外出はしなくなり、入浴と食事以外部屋を出ることもなくなる。部屋ではワープロに向かって文章を書くか、読書。テレビはニュース番組と天気予報程度。

テレビは自宅でも相撲中継、一部の歌番組など興味のある番組以外は見ない。それは嫌悪感を覚えるショッピングのコマーシャルや出演者の愚劣なやりとりの番組が多いと感じているためで、私にとっては騒音以外の何物でもない。一年のほぼ七ヶ月をテレビのない八ヶ岳山麓の小屋などで過ごしている私はテレビのない日々が日常で、それに馴れてしまっているため、自宅にいてもテレビを積極的に見ようという習慣はついていない。テレビというのは発信するマスコミ側の都合によって彼等の望む内容を一方的に伝えるものであり、不愉快な思いをすることが多い。私にとって貴重な残り時間をそんなもののために使いたくはない。

私が向き合いたいと思うのは自然界と知的世界。そして己の内面。世の中の動きに無関心というのではないが、それは付随的なものでしかない。あくまでも、自分の人生を悔いのないものとしたい。具体的には知的好奇心を満たしたい。その上で、納得してこの世を去りたい、ということになるだろう。話が逸れてきた、かんぽの宿に戻ろう。

夕食は六時からと決め、朝食は七時からのいわゆるバイキング方式。自分の好みのものを好きなだけ取るこの方式は非常に合理的で良い。系列の各ホテルに共通している。何回も同様の経験をしていると奇妙なもので、取る食材や分量まで自然と決まったものになってくる。日頃の食習慣に近付くということなんだろう。連泊していると、夕食は少しずつ内容を変えてくれる場合が多い。

食について、私はグルメとは正反対の無頓着人間であるため、語る資格も能力も全くない。しかしだからと言って、美味いものが分からないとか、どうでも良いというわけでもない。そのことについて、深いこだわりを持たないという立場でしかない。

二月下旬に訪れた旧〈かんぽの宿赤穂〉は我が家から二時間とは掛からない。以前（二〇一九年）滞在して赤穂神社、赤穂城址など訪れたこともあり、今回は何処にも行かず温泉に浸かり、部屋でワープロに向かい、窓外に拡がる瀬戸内の家島諸島を眺めて過ごした。

穏やかな冬晴れの日々、私共が滞在した四階の客室からは無風、波のないまるで池のように穏やかな水面が陽光を跳ね返し、散らばる大小の薄墨色の島影を浮かび上がらせる。時折、その手前を小型の船が右に左に通り過ぎていく。穏やかという言葉を映像化したような風景である。この風景を見て、心和まない人はいないだろう。

眼前に拡がる家島諸島は淡路島の西北、小豆島の東北に位置し、東西約二十七キロ、南北約十九キロにわたって散在する大小四十余りの島々からなっており、姫路市に所属している。無人島が多く、人が住んでいるのは四島で、人口は約四千人とされている。その一つ西島にこの諸島の最高峰、頂きの岩（頂上石）がある。標高は一八七メートル。我が部屋からは一番右寄りに見える。

私が今回この宿に滞在しようと思った最大の理由は、五年前にここから見た日の出の風景が忘れられなかったためである。幸いにして、今回も晴天に恵まれそれを見ることができた。

部屋の正面に横たわるこの諸島のメインである男鹿島、家島、西島の左側の空が午前六時三十分頃から、灰色から薄黄色に色を変えた。と思う間もなくその色が濃さを増しピンクに変わり、徐々にその濃さを増していく。日の出だ。太陽の上淵が姿を現したと思ったら、ピンクからオレンジ、赤と色を変え、みるみる内にその丸味は厚味を増し、真ん丸に。その速度の速いこと。まるで我が残り時間のカウントダウンが始まったかのようだ。

刻々と色と姿を変えていくこのシーンは、特に日の出直前の空の色は、その変貌する色彩の変化によって心を揺さぶられる。言葉が出なくなる。正に感動的な瞬間だ。自然界ではこんな素晴らしい世界が日々繰り返されているのに、朝寝してその美しさに触れないでいる自分に自嘲の念を抱く。私はなんのために生きているのだろう?

日の出。一日の始まり。生きていることを感じるひととき。自ずと我が人生の来し方を振り返ることばかりで、残念ながら未来を考えることはない。この歳になればそれは仕方のないことだ。そして程なく私はこの世を去ることになるのだが、今見ているこの風景は間違いなくこれからも同様の姿で日々現れるだろう。そして私と同様の気持ちでこの風景を見、同様の気持ちを抱く人も居るだろう。

このことは山野草、野鳥、森林、山岳など、私がそんな自然界の営みに惹かれていることと繋がっている。それは、そんな自然界の中に一貫して流れる普遍性（永遠に続くという安心感）にあるのだと思われる。つまり私は居なくなっても、自然界は永遠に今の姿で残り続けるという安心感。それを私は海上に浮かぶ家島諸島や海面から昇る太陽に見ているわけだ。

連日、午後一時頃に温泉とされる大浴場に入る。浴場は一階にあり、部屋からの眺望と同じアングルの家島諸島を少し低い位置で見ることになる。大浴場には露天風呂があり、その浴槽と並んで藤製の椅子が置かれていてそこに腰掛け、火照った身体を冷《さ》ます。眼前に拡がる池のように穏やかな海と島々、暖まった身体。これ以上の穏やかさはあり得ないだろう。正に保養のひとときである。

ホテルから百《メートル》ほどの海側に、広い駐車場を従えたキャンプ設営場がある。私共が滞在した三日間、入れ替わり立ち替わり連日四、五張りのテントが張られていた。家島諸島を前にした南斜面という絶好の場所で、いずれも若い男性だったようだが、健康的で頬笑ましい。恐らく彼等は私同様の自然崇拝者なんだろう。

一方、五時半の夕景。海面は細い筋状の小波。色調は青味がかったグレー。低い空に灰色の雲。ごく薄いピンクの空にまだ青空が望める。しかし刻々とその色調は暗さを増す。地球は動いているのだ。瞬時も休まず。それは即ち我が命。この一分刻みの変貌を見、それを自覚する己。生きているこの瞬間。バンザイ？五時五十分暗さが深まる。船の姿は全く見えない。室内からの眺望はただ静寂のみが支配している。しかし私は生きている。そろそろ三階の食堂に出掛ける時刻だ。

六時からと決めている夕食は八時三十分頃に終わり、程なく消灯で平穏な老人の一日が終わる。

このような日々を三日続け、四日目の午前十時チェックアウトして帰路につく。約二時間で無事帰宅。こんな風にして、九十歳の誕生日を四日後に控えた、私の小さな保養の旅は終わった。

二〇二四年三月

東京ステーションホテル

東京ステーションホテルは文字通り、東京駅にあるホテルである。しかし、ただ単に駅にあるホテルというだけのホテルではない。日本クラシックホテルの会、加盟の九ホテルの一つである。古いホテルに何故か興味を抱いていた私は、これまで九ホテルの内六ホテルに既に宿泊している。そこで残る三ホテルの内、ホテルニューグランドと東京ステーションホテルに宿泊しようと考えた。そこで満九十歳の誕生日を過ぎたばかりの私は、歳を考え善は急げ、三月中頃、妻と二人、横浜、東京と各一泊することとなった。

ホテルは本来旅行者が宿泊するためのものである。しかしこの旅では、そのホテルに宿泊すること自体が目的の旅である。本末転倒と言えるだろう。

ホテルニューグランドは横浜港を目の前した山下公園と道路を挟んで建っている。私達が宿泊したのは十七階まであるタワー館十階の一〇〇一号室だった。部屋から外を見ると、眼下に山下公園の中心にあたる円形の噴水が見え、その右前方に係留されている氷川丸が人待ち顔に横たわっている。

このホテルを予約するにあたって、クラシックにこだわっていた私は創業当初からの本館の部屋を予約するつもりだった。本館には終戦後マッカーサー元帥が執務室として使った部屋や昭和の文豪大佛次郎が長期間にわたって滞在執筆した〈鞍馬〉天狗の間〉などがあると聞いていたからである。

しかし予約に際し、十七階建てのタワー館の方が眺望が良いと教わりこの部屋に決まったわけで高さといい、アングルといい、正に正解だった。みなとみらいの高層ビル群や大埠頭も一望の下である。ホテル到着は十三時。このホテルのチェックイン、チェックアウトは十四時から十一時だが、部屋は用意できていますからと、すぐ案内してくれた。そこにクラシックホテルの良さを感じたが、部屋代はこの時点での決済を求められた。ビジネスホテルならともかく、昔人間の私はそこに違和感を覚えた。オレオレ詐欺が横行する世の中、古き佳き時代の裏返しなんだろう。

部屋は明るくバスルームも含めると三十六平方《メー》《トル》と広かった。昔を偲ばせる焦げ茶色の楕円形テーブルがクラシックを想わせた。歯ブラシ、カミソリなどいわゆるアメニティグッズが揃っているのは当然だが、私の目を惹いたのは歯ブラシだった。その柄が木か竹製だったためである。恐らく環境に配慮してのことだろうが、翌日宿泊した東京ステーションホテルにも同じものが置かれていた。

部屋で一息吐いた後、我々はホテル内探訪に出掛けた。私はこれまで、二、三度このホテルに来ているが、宿泊したことはない。いずれも知人に会うためで、飲食をしたことはある。最初に向かったのは戦後マッカーサー元帥が執務室として使った本館三一五号室。チェックインの時、室内を見ることができないか尋ねたら、現役で使用していますのでと、断られた。

部屋はすぐ分かった。本館三階の山下公園に面した角部屋で、貰った資料を見ると五十六平方《メー》《トル》と広い。掲載された写真を見ると、執務用の机と豪華な木の彫り物で縁取られた椅子。曲線の足に支えられ、周囲に凹凸を施した小さな丸テーブルに安楽椅子。同様の足に支えられ繊細な彫り物のある飾り台。華麗な模様を施した絨毯。いかにもクラシックの時代を感じさせる豪華な部屋である。

この後我々は本館二階にあるボールルーム（舞踏室）、開業当時食堂として使われていたフェニックスルーム、その他の大広間を見た。その多くは現在、宴会場として使われているようだ。これらの大広間に共通していることは、分厚くて美しい模様で飾られた絨毯の数々だった。そこに私はクラシックの香りを感じた。

歩き疲れた我々はこの後、ティータイムにしようとロビーラウンジに向かったが、満席で入ることはできなかった。以前来た時もここは満席だった。今やあの三段重ねのアフタヌーンティー全盛時代である。ここからは本館のほぼ中央に位置する中庭が見える。私達は正面入り口側からその中庭を見たが、噴水があり、白い石壁に囲まれた中の赤い花と緑が美しい。

やむを得ず、我々は同じ本館一階にある〈ザ・カフェ〉に席を移した。ここは山下公園に面した角地にあり、百席もあって広い。食事もできる。ここで私はチョコレートのケーキとココアを頼んだ。ココアは大きなポットに入れて運ばれてきた。普通このような場合、紅茶かコーヒーを飲むのが一般的だが、私がそうしなかったのは何故かココアに幼児期の幼かった頃の想いが重なっているためのようだ。具体的に、それがどんな想いと繋がっているのかは、自分でも分からない。漠然と懐かしい気持ちになる。丁度それは、古き佳き時代のクラシックホテルを懐かしむ気持ちと結び付いているのかも知れない。心が和《なご》む。ちなみに日本製ココアが最初に発売されたのは一九一九年（大正八）で、このホテル創業の八年前にあたり、私の想いも的はずれではなさそうである。

この様にして我々の館内探訪を終え、部屋で一休みした後、夕食に出掛けた。夕食はタワー館五階のル・ノルマンディ。ホテルニューグランドのメインダイニングである。このホテルに宿泊予約した時、客室の予約と夕食は別だった。朝食は客室の予約とセットになっていた。夕食はフランス料理、イタリア料理、日本料理と三ヵ所ある。私は躊躇なくフランス料理を選んだ。

そもそもクラシックホテルは、明治維新以来近代国家建設を目指した日本の旅館業界が、西洋人旅行者受け入れと近代化を目指して始めたものである。当時の海外旅行者は、一般庶民ではなく各界のエリートである。従ってホテルもそれに相応しい高級なものを目指したと思われる。食事や食堂もそれに準じたに違いない。私がフランス料理を選んだのはそのためである。

この食堂はパノラミックレストランと銘打っているとおり、非常に眺望が良い。正面は山下公園に面し、程良い高さで港を一望できる。左側からもランドマークタワーをはじめとする、みなとみらい界隈のビル群、大桟橋や明治末期に建てられた赤レンガ倉庫が見える。

ここには、丸テーブルに肘掛け椅子が広い室内に置かれ、席は百十六もある。名前を告げ、席に案内され、飲み物の希望を聞かれた後は、コース料理が順次運ばれてくる。その内容については省くが、料理を盛りつけてある皿はどれも二段になっている。これはテーブルクロスの汚れを防ぐためと思われるが、どの皿にもこのレストラン名の頭文字である、ル・ノルを表すアルファベットの花文字が焼き付けられている。これこそこのレストランの、引いてはこのホテルの歴史を象徴しているものと感じられた。

朝食も同じレストランだった。この時は白人のウエイターの姿も見えた。卵料理ではオムレツ、目玉焼き、スクランブルと好みを聞かれる。妻はオムレツ、私は目玉焼きを頼んだ。至極当たり前のことではあるが、クラシックホテルともなれば、そこに往時を偲ばせるものが感じられた。

この後十一時までのチェックアウトを利用して目の前の山下公園に出掛けた。太極拳をする人達や散歩する人を横目に見ながら〈赤い靴履いてた女の子像〉を探してうろついた。この像自体は七十《チセン》位でそんなに大きなものではない。それが一《メートル》ほどの台の上に乗っている。なにかに腰掛け両手を膝の上に載せ、靴を履いた両足を揃えて。また像の近くには、あの歌詞を刻んだ石碑が立っていた。

ここで野口雨情の詩による童謡〈赤い靴〉に脱線しよう。〈赤い靴はいていた女の子　異人さんにつれられて　行っちゃった〉で始まるこの女の子にはモデルがあった。一九〇四年（明治三十七）静岡県生まれ。北海道に渡り二歳の時アメリカ人宣教師夫妻に養育を託されるも、宣教師夫妻帰米時、病のため行動を共にできず、東京の孤児院に預けられ、そこで九年の生涯を閉じている。今は青山の共同墓地に眠っている。一方彼女の母親はこの子が宣教師夫妻とアメリカに渡り幸せに暮らしていると信じ、一九四八年（昭和二十三）六十四歳で他界した。このような縁でこの子の故郷日本平（静岡県）、その後のゆかりの地、北海道虻田郡、小樽、東京麻布十番の四ヵ所にも、現在女の子の像があるそうだ。いずれも山下公園の像が建てられた以後のことである。

この公園には、ほかにも〈かもめの水兵さん〉の歌詞が刻まれた石碑があった。公園散策後、部屋で一息吐いてチェックアウト直前までほぼ二十二時間の滞在で、このホテルの雰囲気を満喫した。

この後向かったのはその夜の宿泊地、東京ステーションホテルである。前日まごまごしながら訪れたルートを、みなとみらい線〈元町中華街駅〉から横浜駅でJR東海道線に乗り変え、東京駅着。丸の内南改札口から三十秒で皇居側に面した正面入口に着く。

オランダのアムステルダム中央駅を模したと言われる赤レンガ造りのこの建物は、国指定重要文化財である。その東京駅・丸の内駅舎の中にこのホテルは位置している。そのため駅プラットホームと一体となって非常に横長である。

フロントで受付をするが、ここでも代金前払いである。しかも予約している代金に一万円ほど上乗せした金額を求められた。恐らくこれは宿泊と夕食を込みで予約していたため、夕食時のアルコール類追加を見込んでの前受金としての意味があるらしい。なんとも世知辛い、クラシックの名にふさわしくない現実に、長く生き過ぎたのかなという想いがよぎる。しかしこれが現実の日本の社会だと、受け止めざるを得ない。

歳を考え、これまでの人生で厚誼を賜った方々と存命中に歓談のひとときを共にしたいとの想いで、一、二年前から何人かの方々と、今生の別れをしてきた私は、この機会を利用することにしていた。その詳細は触れないが、飛鳥船上で遭遇してから十六～十八年来の交流を頂いている方である。この由緒あるホテルでティータイムを共にすることは、人生最晩年の良い想い出になると思ったからだ。

私達があてがわれた部屋は二階の南寄り（有楽町寄り）二〇四〇号室だった。室内は天井、壁共に白っぽく、天井から六灯の灯りが吊され、床は絨毯が敷き詰められている。天井にまで達する縦長の窓からは駅前広場、丸の内のビル郡、その先の皇居前広場外縁が望める。バスルームはトイレ部分と浴槽部分が洗面所を挟んで分かれている。いわゆるアメニティグッズも種類が多く立派に見えたが、内容がよく分からず、私はほとんど手を付けなかった。しかし浴室は前日のニューグランドホテル共々利用して、くつろぐことができた。それはチェックアウト時間が、このホテルは十二時と、余裕があったためである。

ホテルに到着した時、フロントで〈館内ツアーガイド〉というパンフレットを頂戴した。残念ながら我々は後になってこれに気付いたため、館内巡りはしなかったが、それによると作家松本清張が『点と線』を書いたのは、当時しばしば滞在した現在の二〇三三号室から東京駅十三〜十五番線を見通せる時間帯がトリックに使われた、とのことである。この他、内田百閒『定宿』、川端康成『女であること』、江戸川乱歩『怪人二十面相』の名が記されている。

また長い客室の廊下には百七点ものゆかりの写真、絵葉書、絵などが展示されている。

夕食はこの建物の一番南側にあるフレンチレストラン・ブランジュールに出掛ける。このホテルが納まっている赤レンガの建物は南北に長いが、その両端に円形のドームを乗せている。レストランはその南ドームの先にある。

私達の部屋は南ドームに近かったが、それでもかなりの距離を歩かなければならなかった。というのは南ドームの下一階部分はＪＲ丸の内南改札口に接しており、一般乗降客の通行が多い場所である。そこで同じフロアーのレストランに行くにも、客室を出て廊下からドーム下の湾曲した通路に出ると、左眼下に一般乗降客が通行する、敷石で円形に装飾された美しい通路が見える。それを見下ろしながら、円形の通路を半周したところから延びた通路の先端にこのレストランが現れる。この間、右側にはこのホテル内のバー、カフェ、寿司店が並んでいる。

到着したプランルージュ・フレンチレストランはそんなに広くはない。テーブル数は二十に満たなかったと思われる。我々の席は奥の駅側で窓際だった。しかも二階であるため、通過する電車が目に入る。時刻は夕方六時台で乗客が多い。嫌でも世俗的な現実の日常を目の前に突き付けられるようで、優雅な雰囲気とは程遠い。東京駅という場所柄で仕方のないこととは言いながら、フロントでの飲食していない代金前受けと相まってクラシックのイメージが剝げ落ちていくように感じられた。妻は目に入る通勤電車に幻滅を感じ、不満を漏らした。この印象は翌朝食によって決定的なものとなった。

朝食はホテル中央四階のアトリウムという食堂で、六時三十分から十時三十分にわたって、提供される。アトリウムとは〈内部公開空き地〉を意味するそうで、南北に長いこの建物全体のほぼ中央の少し高く角張った部分である。天井高最大九メートル、四百平方メートルを超えるホテル内最大の場所。天井は四角錐を切断した形で非常に高く、そこから三本のシャンデリアと言うべき照明器具が吊されている。それぞれに三十個足らずの焦げ茶色、円筒形傘を付けている。このシャンデリアが、この途轍もなく広い空間を引き締め圧倒している。この空間に打って付けの、このホテル一番の素晴らしいデザインと、私には感じられた。

さて肝心の朝食だが、驚くべきことに自分で料理を取りに行くバイキング形式だった。クラシックホテルと銘打っているこのホテルとして、これは如何なものかと疑念を抱く。私の認識では、十九世紀のヨーロッパの一流ホテルで、いわゆるバイキング形式の食事はなかったものと思っているためだ。

しかし私の認識はともかく、現在ここでの朝食はこのホテルのセールスポイントになっているように感じられた。それはこのスケールの大きな会場と百十品目を数える多岐にわたる料理、六時三十分から十時三十分までの長い利用時間によって象徴されているように思われる。ただオムレツなど幾つかの料理は頼めば席に運んでくれた。いわゆるバイキング形式には我々も馴れており、なんらまごつくこともなく、何時ものようなものを何時ものように選んで朝食を終えた。

この広間の片隅には赤レンガのホテル全体の模型や、このホテルに纏わる書籍類も展示されている。この間スマホで館内や料理の写真を撮っていると、ウエイトレスが我々の姿を撮ってくれた。それは彼女の祖父母に想いを馳せ、私達老人をお上りさん最後の記念旅行と思ってのことかも知れない。

朝食の後、十二時までのチェックアウト時間を利用して、駅前広場を歩いてみた。この時期、卒業式があるらしく若い女性の袴姿が多く見られ、春が間近であることを感じる。

話が前後することになるが、ここでごく簡単に東京駅とステーションホテルの変遷を記すと、東京駅丸の内駅舎一九〇八年（明治四十一）着工、一九一四年（大正三）完成。翌一九一五年十一月二日ホテル開業。一九四五年（昭和二十）戦災で一部焼失。戦後約二年間の復興工事で創建時の三階建て丸屋根から二階建て八角屋根の駅舎に形を変え、以後六十年間使用されたあと、五年半の歳月を掛けた保存、復元工事を経て、二〇一二年（平成二十四）創建当時と同じドーム屋根を冠した現在の姿に甦って、客室百五十、従業員百六十五名でホテルも再開された。この間、二〇〇三年に重要文化財に指定されている。

このようにして二泊三日のクラシックホテルの旅は終わった。クラシックという視点から言えば、ニューグランドホテルにその趣が強く感じられた。一方、東京ステーションホテルは、ホテルとしての機能においては非の打ち所のない素晴らしさが感じられたが、少なくともクラシックという視点から見れば贅肉のような虚しさが感じられた。東京駅という場所柄と戦災による被害の復興という事情が関係者を動かして築き上げた、あだ花のように私には思われた。これをひがみ根性というのかも知れない。あるいはまた、私が都会が苦手な自然崇拝者であるためなのかも知れない。

そんな想いで我々は東京駅を後にした。

二〇二四年三月

甘夏みかん

およそ五十年前所有することになった伊豆の土地に、ある時期、甘夏みかんの苗木を三本植えた。それが何年前であるかはハッキリしないが、少なくとも三十年以上前だと思われる。その内の二本は枯れて姿を消し、一本が健在で、今年沢山の実を付けた。正確に植えた時期がハッキリしないため、この木が樹齢何年になるのかは分からない。しかし根元の幹の太さが直径九センチほどある。

この敷地の背後は急な下り斜面で、この木はその急斜面の頂点に根を張っているため水はけが良く、日当たりも良い。それが幸いをもたらしているのか、ここ何年か前から実を付けるようになった。木が大きくなるにつれ花の数が多くなり、従って実の数も多くなる。そんなわけで、ここ数年前まではこの甘夏みかんは私の意識の中にほとんど存在していなかった。と言うことは、実際には存在していても、私にとっては無かったのと同様のことだった。

ところがこの木が立派な実を付けるようになり、それに気付くことによってこの甘夏みかんは私にとって身近なものとなった。その最大の要因はただ単に白い花が咲くだけでなく、果物としての果実を付けるところにある。そんなことで、それまで見向きもしなかったこの樹木への注目度が高まった。我ながら、人間とは〝現金なもの〟だと、自嘲の念に囚われる。

記憶が曖昧ではあるが、それまで十個前後しか実を付けなかったものが三年程前から数が増え、一昨年は四十五個の収穫を得て大喜びをした。ところが、昨年は五個しか成らなかった。その激減振りにガッカリした。特に剪定をしたわけでもないため、その原因が分からなかった。ただ一つ気付いたことは、我が家の背後の斜面にあるお隣の同じ甘夏みかんの木が、二本とも実の付き方が例年に比べ非常に少なかったことである。そこでこれが〈なり年〉の裏返しの現象だと気付いた。〈なり年〉とは果樹で果物が沢山なる年と少ししかならない年が交互に現れる現象での豊作の年を言い、不作の年を〈不なり年〉と言うそうだ。

木は年々枝を伸ばし大きくなる。しかし大きくなり過ぎると斜面にあることもあって、収穫の時危険を伴うため、適切な剪定が必要となる。そのため横に伸びる枝は伸びるに任せ、縦に伸びる枝を切り詰めるように心掛けた。

そして今年、多くの実が成った。三月末、妻と二人収穫に取りかかった。私が背伸びして一つ一つ切り取った実を妻に手渡す。これを繰り返す。そうしなければ実を傷めることになるためである。枝葉の茂った中での作業だけに、案外これは難儀な作業である。

収穫したみかんを室内に並べ、数えてみると百八個あった。顔を見合わせニンマリする。天の恵みだ。枝を何カ所か剪定しただけで、肥料や水やりも一切せず、ただ放置したままで得られたこの収穫をどう受け止め、どう考えれば良いのだろう。大地の恵みとして、ただ唯天に感謝すればそれで良いのだろうか。自然崇拝者の私は素直にそう受け止めることにした。

除夜の鐘は中国の禅宗寺院の習慣に由来するもので、日本でも禅寺で大晦日から元旦にかけての除夜に、鬼門（北東方向）からの邪気を払うための欠かせない行事になったそうだ。また百八の由来については複数の説があるが、どれが正しいかは分からない。煩悩の数という説。四苦八苦の意味で四九（三十六）と八九（七十二）を足したもの。一年間の月（十二）、節気（二十四）、候（七十二）の数を足した数で一年間を表すという説などがある。いずれにしても百八という数字は仏教界と繋がっており、煩悩、四苦八苦、季節（時間）と結び付いた数字で、自然崇拝者の私にとっては有り難い数字ということになる。これだけの物を天が与えて下さったと、素直に感謝するばかりである。

百八個の実の中で痛んだものが十個程あった。いずれも表皮が部分的に爛れたようになっている。おそらくこれは、風によって揺れ動く枝によって傷つけられたものと思われる。そのため果肉そのものにはなんら問題はなく、破棄する実は一つもなかった。この果物の食べ頃は、二月から六月とされていて、長い。

夏みかんと言えば、何故か子供の頃を想い出す。私が子供だったおそらく幼児期以降の何年間か、しばしばおやつに夏みかんを食べた。当時の夏みかんは非常に酸っぱく、砂糖を掛けて食べたものである。それでも当時は甘いものはもちろん美味しいものもなく、それを喜んで食べた。

小学二年生の時、大東亜戦争（第二次世界大戦）が始まり六年生の時終戦。そして戦後の食糧難時代を経験してきた私世代は現在のような美味しいものに溢れている社会はまるで夢のような世界で、身震いするような酸っぱいあの夏みかんを喜んで食べたものである。あの当時を懐かしく想い出す。

当時のおやつは、冬場はお餅をついて作ったおかき、季節に応じてイチジク、夏みかん、柿、栗、サツマイモ、炒り豆など自然界からの生《な》り物が主流だった。手作りのものとしては、寒天を溶かして固め小さく立方体に切った上にみかんの缶詰からのみかんと甘い液体を掛ける。当時のおやつとしては贅沢なものだった。昨今、スイーツと総称されるような洋菓子系の甘い物は存在せず、それに変わるべき和菓子系も我々一般庶民には無縁のものだったと思われる。その根底にあったのは戦中戦後の物資不足と一般庶民の経済力の低さだったろう。

そんな貧しかった時代から戦後の高度成長期を経て、現在のアフタヌーンティセットに象徴されるような豪華なおやつが闊歩するようになった。もともとこれはイギリスのティータイムから生まれたものと察せられるが、人生百年時代の老人が多い日本社会でその人達をターゲットとして、業界関係者が努力された結果であろうとも察せられる。

そんな流れの中で、おやつの中に占める果物類の地位は自ずとその地位が低下してきたと考えられる。つまり人手によって改良され工夫を凝らした各種素材を利用して、より魅力的なスイーツを創造していく。その結果ますますおやつに占める人工の地位が拡がっていく、ということになるだろう。

しかし自然界のものとされる現在の甘夏みかんも、昔からの夏みかんではなくなっている。夏みかんは南方系柑橘の種から明治初年に商品化されていたが、昭和十年突然変異により現在の甘夏みかんが発見されたということである。ただ突然変異は何らかの刺激によって発生するもので、人工的なものでない自然界の刺激によっても発生するわけで、不規則な自然現象ということになる。その結果、酸っぱかった夏みかんが食べやすい現在の甘夏みかんに様変わりした、と理解すればいいだろう。ただその変化に気付き、その甘い夏みかんが一般化するには長い年月を要したということになる。

ほとんど何の努力もせずに得られた百八個の甘夏みかん。これを天（自然界）の恵みというのだろう。それを素直に喜び、素直に受け取ろう。今年は豊作だったから来年は凶作かも知れない。しかしそれは天が決めること。我々は素直にそれに従うのみ。来年はどうか？その時私は存在しているか？

二十歳前の若かりし頃、私がそのような運命論者的な発言をした時、ある人からそれを咎められたことがあった。若いのに覇気がない、と受け止められたのだろう。今この歳になって我が人生を振返ってみても、その気持ちは全く変わっていない。しかしそれはある一面、つまり自然界の営みである甘夏みかんに関して語っているに過ぎない。

私の実人生はそれとは全く逆の、努力の繰り返しであった。その延長線上に、この駄文執筆も入っている。もちろんこれは趣味でやっていることだ。やらなければならないことではない。しかし一つの文章を書き終えようとすれば、そのことについて下調べをしたり構想を練ったりした上で、文章を書き上げていく。そのためにはそれなりの努力がいる。それを繰り返した結果がその人の人生になる。

二〇一七年頃から書き始めた『随筆　キツネの寝言』も既に足掛け八年になる。

自然界の営みは自然界の法則に従って行われる。私の力ではどうにもならない。しかし私の実生活は私の意志と努力によって全く違った結果を生み出すことになる。努力の素晴らしさだ。人生に於ける努力の重要性が理解されるだろう。甘夏みかんの収穫からとんだ処に話が逸れたが、自然界からの贈り物を有り難く享受しながら、努力を重ね、より中身の濃い人生を作り上げたいものである。

二〇二四年四月

福田家

三十年以上前、小説『伊豆の踊子』の舞台となった場所を部分的に何カ所か車で辿ったことがある。それは緻密なものではなく、ごく大雑把に車で駆け巡ったに過ぎないものだった。主人公が歩いたとされるトンネルやその道筋を通過した。場所によってはゆかりの像もあった。そんな道中で辿ったある旅館の前で、この旅館のあの部屋で著名な作家が滞在し執筆活動をしていたということを察知した。察知したということは、誰かからそのことを正確に聞いたというのではなく、何となくそんな風に理解した、ということである。そんな訳でその旅館の所在地も、旅館の名前も、著名な作家の名前も分からないままだった。

そんな私が一昨年、日本の文学作品を纏めて読んだ時、川端康成の『伊豆の踊子』が強い印象となって残った。それについては他稿に書いているが、その時以来かつて訪れたその旅館を訪れてみたいという気持ちを抱くようになった。そしてこの春、伊豆を訪れた際、『伊豆の踊子』ゆかりの旅館が福田家であることを、スマホによって確認した。

福田家は、二月に満開になる早咲きの河津桜で有名な河津町にある。湯ヶ野温泉と言われている。伊豆の我が拠点から車で一時間の所だ。伊豆半島の東岸を南北に走る国道一三五号線を海沿いに南下し、伊豆急河津駅の近くで右折して内陸部に入る。ここまでの道中、赤沢温泉、熱川温泉、稲取温泉、今井浜温泉と多くの温泉場が現れる。熱海や伊東をはじめ、伊豆半島が火山活動によって成り立っているのだと実感する。

河津駅から十分ほど内陸部に入った小集落の中に、福田家はあった。車道から十米《メートル》ほど歩くと下り坂になり、足湯という表示があって囲いのような建物があった。そこから坂は急になり、巾二米《メートル》ほどの橋になる。この橋は川巾二十〜三十米《メートル》ほどの川を越えていく。橋を渡りきった所に福田家はある。古い木造の二階建てで、川岸から数米《メートル》と近く、しかも橋より少し低い位置にあるため、二階が近く感じられる。この二階正面の部屋が小説に登場する部屋であり、著者が滞在した部屋でもあるようだ。

玄関は上半分ガラスの戸四枚で閉じられ、その一枚に温泉旅館福田家の文字が書かれている。右端天井から〈日本秘湯を守る会〉と書かれた縦長提灯が吊されている。川を背にして玄関に向き合う位置に踊子の石像がある。丸髷を結い、わらじを履いた旅姿で腰掛けている。清楚な雰囲気の像だ。

小説では、主人公の一高生が自分の部屋から露天の共同浴場で佇《たたず》んでいる全裸の少女の姿を見て、彼女が未だ子供であることを察知する場面がある。このシーンが非常に印象的だが、それは玄関の上、二階の部屋から川の向こう側にある共同露天浴場を見たものと思われた。大正七年（一九一八）十一月二日〜四日のことである。

小説を読書中の私の印象では、この場面から後、一高生の踊子に対する接し方に微妙な変化が起こったように感じられた。それは恋愛感情と言うよりは、兄が幼い妹を思いやる気持ちに変化したようなものだ。それが、下田港での旅芸人達との別れの場面に表れているように思われる。

それに関連して、初めて『伊豆の踊子』を私が読んだ時、一高生と踊り子達旅芸人一行の人達との会話文が美しいと感じられた。川端さんは関西人だが、関西弁はもとより東京弁でもない、いわゆる標準語で書かれている。と同時に正業ではなく、地方を回って稼いで歩く旅芸人の人達も標準語を使っている。確かこの人達は甲府の出身だった。当時、旅芸人に対する世間の目は冷たかった。ここに私は川端さんの優しさを感じた。あるいわ若者の正義感によるものか。ちなみに、その後旅芸人の人達と川端さんとの間で年賀状の行き来があったようである。

福田家の創業は明治十二年（一八七九）と古い。今から百四十五年前である。建物の左側は後に建て増しされたものだそうだ。現在いわゆる日帰り入浴ができるようだが、我々はそのつもりをしていなかったため屋内には入らず、ただガラス越しに室内を一瞥したにとどまった。そこにはこれまでの関連した資料類が展示されていた。

旅館の前を流れる川は河津川の上流である。大きな岩がゴロゴロとあり水量が非常に豊かでその多さに驚かされた。これだけ大量の水が伊豆半島内陸部から流れてくるとは、私にとって大きな驚きだった。或いは菜種梅雨の季節のためかもしれない。ただ滔々と流れる豊かな水量のためか、私の中にあった小説『伊豆の踊子』の清々しい清純な印象に一段と磨きが掛けられたように感じられた。

私達はこの後帰路につき下田へは行かなかったが、下田港での踊り子達との離別シーンが印象深い。

ここで小説『伊豆の踊子』と著者川端康成について見ておこう。この小説が世に出たのは『文藝時代』一九二六年（大正十五）一月号。翌年、金星堂から出版された。

川端康成（一八九九～一九七二）が伊豆の旅をしたのは一高入学の翌年一九一八年（大正七）十月三十日から十一月七日。十九歳の時である。この旅の七年後に伊豆の踊子を書いた。川端はこの作品について、全て事実で虚構はないと書いている。〈私の幼年時代が残した精神の病患ばかりが気になって、自分を憐れむ念と嫌う念とに耐えられず伊豆へ行った。〉とも。

自己嫌悪に陥ったのはその生い立ちにあるようだ。一歳七ヶ月で父、二歳七ヶ月で母、七歳で祖母、十歳で姉、十五歳で祖父が死去、孤児となる。

最初の伊豆旅行以降ほぼ十年間毎年のように伊豆を訪れ、四年後の一九二二年（大正十一）夏も伊豆に滞在している。おそらくあの小説はその機会に書かれたのだろう。

『伊豆の踊子』は、アイドル的スター達、田中絹代、吉永小百合、美空ひばり、山口百恵などによって、六回映画化されている。また翻訳版は英語を初め十カ国語以上で出版されている。

二十年以上前『伊豆の踊子』の足跡を辿った際訪れた、文豪が滞在執筆した宿と私が察知した宿は、私の中では福田家でなかったように思われた。それは、この稿を書くにあたって気付いたことである。

少し煩雑だが、そこへ脱線しよう。

福田家は河津町の湯ヶ野温泉にある。一方、川端康成が『伊豆の踊子』を執筆した宿というのが、伊豆市の湯ヶ島温泉にある、湯本館という旅館である。この旅館によると〈『伊豆の踊子』は大正十一年、私が二十二歳の七月、伊豆湯ヶ島温泉の湯本館で書いた「湯ヶ島の思い出」という百七枚の草稿から、踊子の思い出の部分だけを大正十五年、二十六歳の時に書き直したものである。〜（中略）。それから昭和二年まで十年の間、私は湯ヶ島に行かない年はなく、大正十三年に大学を出てからの三、四年は湯本館の滞在が半年あるいは一年以上に長引いた。（以下略）〉とある。つまり湯本館は川端さんの定宿だったということになる。福田家は湯ヶ野温泉にあり、湯本館は湯ヶ島温泉でこの間、約二十キロ離れているが、よく似た話で、かなり複雑だ。両旅館とも川端康成さんの滞在は誇らしいことで、あの作品成立の経緯も詳《つまび》らかになることでもあり、結構なことと言わねばならない。

このようにして私達の福田家探訪は終わった。もしその機会が持てれば、湯本館を訪れ、三十年以上前の想い出の記憶と一致するか否かを確認したいものと思っている。この様な文学散歩は老人の私にとって愉快な楽しみである。

この稿を書き終えた後、私は再度『伊豆の踊子』を読み直してみた。それはこの文章の内容に何か間違いはないだろうかという危惧によるものだった。幸いにして、取り立てて書き直すほどの誤りはなかった。むしろその中で、最初に読んだ時感じたある場面の印象が、再度私を捉えた。それは下田港で踊り子達と別れ、東京へ帰る場面である。

それは二つある。一つは主人公と踊子についての描写。それはこの小説の清々しさを象徴するような描写で私の心を捉えて放さない。今一つは、この物語とは直接関係がない不幸なお婆さんを東京に着いたら上野駅まで送ってやってほしいという、土方の話である。そこに私は当時の世相を垣間見る。

福祉や介護など社会保障がなく人権思想も未熟であった時代、立場の弱い人達は人情によって支えられていた。その雰囲気が見事にここに画かれている。このこと自体はこの小説のテーマと直接関係はないが、当時の時代背景を理解する上で、私には非常に印象深く且つ優れた描写と感じられた。その内容をここに詳述することができないのは残念だが、新潮文庫の最後の三ページをお読み頂きたい。

社会福祉が充実し、人権思想が行き渡ることは喜ばしいことである。また、そのことによって自立できることも素晴らしいことである。ただその結果、そんな社会システムに依存して他人との繋がりが希薄になっていくようにも感じられる。この小説末尾の土方のような人情味溢れる話を良いなと私が感じるのは、私が年老いた老人であるためなのか？

話が本題から逸れてしまったが。『伊豆の踊子』は著者川端康成の才能が溢れんばかりの素晴らしい作品だ。

二〇二四年四月

シンガーソングライター

シンガーソングライターとは文字通り、自分で作詞作曲をした曲を歌う人のことである。以前はレコード会社がお抱えの歌手に作詞家、作曲家によって作られた曲を歌わせていたものが、フォークソングの流行にともなって一九七二年頃から自作自演が広まっていった。荒井由実、井上陽水、小椋佳、かぐや姫、吉田拓郎などの人達である。そんな流れの中に、中島みゆきがいる。

生まれたのが一九五二年（昭和二十七）だから現在七十二歳だ。札幌生まれで本命は美雪（みゆき）、芸名と同じ読みである。いかにも北海道生まれらしく美しい名で、命名されたご両親のお気持ちが感じられ、好感がもてる。

私がこの稿を書こうと思った切っ掛けは中島みゆきの書いた歌詞の面白さにある。ただ前もってお断りしておかなければならないが、私が知っている曲はごく僅かでしかない。なにしろ彼女の作品は四百七十三曲もあるのだ。これ一つを取ってみても彼女が如何に才能豊かな人であるかがよく分かる。

そもそも私が中島みゆきの音楽を聴く切っ掛けになったのは、ある人から預かっていた十数枚の中島みゆきのLPレコードにある。三十五年ほども前のことで、当時の私は中島みゆき（以下彼女と記す）についての知識や興味も全く持っていなかった。それが、たまたま聴いた何曲かの中で気に入ったものをカセットテープに録音し、車で聴くようになった。仕事中の車中でのその時間が、多忙で時間的余裕の全くなかった当時の私にとって、唯一の息抜きの時間だった。そんなわけで彼女の同じ曲を何回も聴くことになっていく。メロディーと歌詞も自然に覚えていった。

シンガーソングライターは、自分で作詞、作曲した曲を、自ら歌う。彼女の場合、この三つの分野の中で歌詞の部分が、私にとって最も興味を惹かれる部分だ。具体的にそれがどんなものかを検証してみよう。これも音楽を楽しむ要素の一つと思えるからである。
私が当時最もよく聴いていたのは〈歌姫〉だった。
その歌詞は以下の通りである。

〈歌姫〉（一九八二年）

淋しいなんて口に出したら　誰もみんなうとましくて逃げだして行く
淋しくなんかないと笑えば　淋しい荷物肩の上でなお重くなる
せめてお前の唄を　安酒で飲み干せば　遠ざかる船のデッキに立つ自分が見える
歌姫　スカートの裾を　歌姫　潮風になげて　夢も哀しみも欲望も　歌い流してくれ

南へ帰る船に遅れた　やせた水夫ハーモニカを吹き鳴らしてる
砂にまみれた錆びた玩具に　やせた蝶々蜜をさがし舞いおりている
握りこぶしの中にあるように見せた夢を　遠ざかる誰のために　ふりかざせばいい
（歌姫　スカートの裾を〜歌い流してくれ＝繰り返し）

男はいつも　嘘がうまいね　女よりも子供よりも　嘘がうまいね

女はいつも　嘘が好きだね　　昨日よりも明日よりも　嘘が好きだね
せめておまえの歌を安酒で飲みほせば　　遠ざかる船のデッキに　たたずむ気がする
〈歌姫　スカートの裾を～歌い流してくれ＝繰り返し〉

握りこぶしの中にあるように見せた夢を　　もう二年　もう十年　忘れすてるまで
〈歌姫　スカートの裾を～歌い流してくれ＝繰り返し〉

以上が〈歌姫〉の歌詞の全てである。この詩を読んであなたはどう感じられただろう。私が注目した箇所を順に書いてみよう。


一節　淋しい荷物肩の上で（二行目）・淋しさを荷物として表現している点。

せめてお前の歌（三行目）・お前という荒い男性が使う言葉を使っている。

潮風になげて（四行目）・スカートの裾が風にあおられる様を〝なげて〟と表現している点。

欲望（四行目他）・男女の恋愛感情を書いた彼女の詩の中でこの言葉はしばしば登場する。本来は優雅であるべき状況の中でのこの露骨な言葉は強烈であくが強い。その意外性が彼女の狙いであり、特徴でもある。聴き手は虚を突かれた形でその詩に惹き付けられる。食における香辛料のようなもので、この意外性は彼女の詩の特徴であり、三行目の〝お前〟も同様の意味で魅力でもあるだろう。

二節　やせた水夫（一行目）。錆びた玩具（二行目）。やせた蝶々（二行目）。・うらぶれた侘しい雰囲気を醸し出すための表現が面白い。
握りこぶしのなか～だれのために振りかざせばいい（三～四行目）。・ひとつひとつの、どの言葉を取ってみても、虚しさを表現するに最適。上手いと言わざるを得ない。
三節　男はいつも嘘が～嘘が好きだね（一～二行目）。・皮肉たっぷりに男女の本性を上手く表現している。脱帽せざるをえない。
四節　握り拳の中～忘れすてるまで（一～二行）・もう二年もう十年と数字で表現しているところ。

以上が私の感想である。彼女の詩の魅力がこの中に秘められている。その源泉は、虚を衝く意外性にあると私には感じられる。しかしそれはただ単なる意外性ではなく、ユーモアに裏打ちされた意外性であるばかりではなく、物事の本質を衝いている、と言えるだろう。これが中島みゆきの人気の秘密であろう。
次ぎに
わかれうた（一九七八年）
途に倒れてだれかの名を　呼び続けたことがありますか
人ごとに言うほど　たそがれは優しい人好しじゃありません
別れの気分に味を占めて　あなたは私の戸を叩いた

私は別れを忘れたくて　あなたの眼を見ずに戸を開けた
別れはいつもついて来る　幸せの後ろをついて来る
それが私のクセなのか　いつも目覚めれば独り

あなたは愁いを身につけて　うかれ街あたりで名をあげる
眠れない私はつれづれに　わかれうた今夜も口ずさむ
だれが名付けたか私には　別れうた唄いの影がある
好きで別れ唄歌う筈もない　他に知らないから口ずさむ

恋の終わりはいつもいつも　立ち去る者だけが美しい
残されて戸惑う者たちは　追いかけて焦がれて泣き狂う

この歌の主人公は恋愛における愛の破綻と私は受け止めている。その主人公に対する恨み節と言えばいいだろう。その破綻を擬人化した形で書かれている。具体的には〈あなたは私の戸を叩いた〉〈あなたの眼を見ずに戸を開けた〉〈別れはいつもついて来る　幸せの後ろをついて来る〉〈恋の終わ

りはいつもいつも　立ち去る者だけが美しい〉〈残されて戸惑う者たちは　追いかけて焦がれて泣き狂う〉。一つ一つの言葉選びばかりでなく、この辺りも彼女の巧みさと言えるだろう。それが聴き手の心を捉えることになる。どのフレーズも見事というほかはない。恋いにおける黄昏の本質を見事に突いている。

私に言わせれば、この曲（わかれうた）が中島みゆき作品の本質であり、彼女の魅力の源泉である。歌手としてデビュー三年目に発売されたこの曲は七十万枚売れたそうで、彼女の名とその個性が広く世に知られた出世作と言えるだろう。と同時に、私はこの曲イコール中島みゆきだと思っている。またこの中で〈うかれ街〉〈他に知らないから〉という表現に彼女の才能を感じている。

もう一曲私の印象に残っているのは〈時刻表〉だ。

その歌詞を一部省略して記そう。

〈時刻表〉（一九八二年）

昨日午後九時三十分に　そこの交差点を渡っていた男のアリバイを証明できるかい
あんなに目立って酔っ払い　誰も顔は思い浮かばない　ただそいつが迷惑だったことだけしか
たずね人の写真のポスターが雨に打たれてゆれている　海を見たといっても　テレビの中でだけ
今夜じゅうに行ってこれる海はどこだろう　人の流れの中でそっと時刻表を見上げる

満員電車で汗をかいて肩をぶつけてるサラリーマン　ため息をつくなら　ほかでついてくれ
君の落としたためいきなのか　僕がついたため息だったか　誰も電車の中　わからなくなるから
ほんの短い停電のように　淋しさが伝染する

田舎からの手紙は　文字がまた細くなった　今夜じゅうに行ってこれる海はどこだろう
人の流れの中でそっと時刻表を見上げる　人の流れの中でそっと時刻表を見上げる

この詩の印象をひと言で表現すれば、喧騒（都会）の中の孤独となるだろう。良いなと感じたのは以下の〈カッコ〉内の言葉だ。

〈たずね人の写真のポスターが雨に打たれてゆれている〉。人の流れの中で〈そっと〉時刻表を〜。

〈ほんの短い停電のように　淋しさが伝染する〉。田舎からの手紙は〈文字がまた細くなった〉

この歌に私が惹かれたのは、当時東京で独り住まいだった息子が居たためである。私が多忙で余裕がなかったため、日常的な音信が全くない状況で、この歌の歌詞によって心を揺さぶられた。海を見に行きたい気持ちになっているだろうか。そんな切ない気持ちが甦る。歌はそのような強い力を持っているものだ。


以上が私の想いだが、数多くある彼女の曲の中で最も人気が高いのは一九七六年に発表された〈時代〉だ。私も同感だ。良い曲だと思う。この曲は彼女が二十四歳頃の初期の作品であるためか、歌詞の内容が素直に将来に向かって羽ばたこうと人を勇気づけるような内容であるため、多くの場面で歌われているようだ。すでに合唱用の譜面もあり、関西学院グリークラブでもこの曲を歌っている。

この曲の歌詞はここに紹介していないが、ただ一点、この歌詞の中で私が気になるところがある。それは〈まわるまわるよ時代は回る〉の中の〈～まわるよ時代～〉の〈よ〉の一文字だ。これが〈～四時〉と聴かれてしまわないかという恐れである。揚げ足をとっているようで心苦しいが、率直な感想だ。ちなみに〈よ〉が無くても、歌唱に問題はないと思われる。

ここまで見てきた通り彼女の魅力は歌詞にある、と私は思っている。こんな詩を書ける彼女のステージはどんなものだろうという興味が湧いてきたが、切符が手に入りにくそうで、結局コンサートに行くことは断念した。おそらく、ギターを手に腰掛けて、曲の合間に皮肉っぽい機知に溢れた語りで聴衆を沸かせているのだろう。楽曲もさることながら、私はそれが聴きたかった。私同様の想いで彼女のコンサートに出掛けている人が多いだろうと察せられる。

そんな彼女はどんな環境の中で育ってきたのかを見てこの稿を閉じよう。

一九五二年札幌生まれはすでに書いたが、帯広に転居。祖父は帯広市議会議長。父は北大出身の産婦人科院長。帯広高校三年（一九六九年）の文化祭が初舞台。藤女子大学（札幌）文学部国文学科卒。大学時代、北大フォークソングメンバーと交流、各種コンテストに出場しコンテスト荒らしの異名をとる。卒論では谷川俊太郎。一九七五年〈アザミ嬢のララバイ〉でデビュー。その後の曲作りから〝失恋歌の女王〟、〝女の情念を歌わせたら日本一〟と言われたそうだ。

何を根拠としているのかは分からないが、作詞作曲家として一九八一～八二がピークという記述がある。そう言われれば、私が採り上げた上記の四曲はいずれも一九八二年迄のものだ。また一九九九年には文部科学省の国語審議会委員に選ばれている。

私生活では生涯独身で、父親が医師であったものの決して裕福ではなかったようだ。一九七五年に父親が亡くなった後は、母親と苦境を乗り越える中で、プロとしてデビューしていった。その母親は二〇一四年亡くなった。

この稿を書いている現在も彼女のコンサートが東京、大阪で開催されている。高齢にもかかわらず、その人気の高さが察知できる。私も四十年ほど遡って彼女のテープを聴いてみることにしよう。

二〇二四年四月

八ヶ岳山麓の春

ここで言う八ヶ岳山麓とは、我が小屋のある標高一三五〇メートル辺りのことである。従って春の訪れは下界より遅い。暦の上での春の始まりは立春の二月四日頃とされている。しかし実際はこの時期は未だ寒く、感覚としては冬の季節だ。一年の内で昼夜の長さがほぼ同じになる春分の日が天文学では春の始まりとされているそうで、事実この頃になると春の暖かさを感じるようになる。それとは別に、一般的に我々が春を感じるのは、地域の差はあるにしても桜の開花だろう。これはハッキリ目で見て確認することが出来、春が来ているのだと実感することになる。

例年私がこの小屋にやって来るのは四月上旬である。それは冬用タイヤを所有していないため、路面凍結の恐れがある時期の目的地には出掛けないことにしているためにほかならない。もちろん四月上旬でも雪が降り積雪を見ることはしばしば起こるが、それは例外的なことと考えてのことである。

今年ここにやって来たのは、例年よりほぼ二週間遅れの四月十七日だった。この時、標高一〇〇〇メートルの原村役場周辺のソメイヨシノはほぼ満開に近かった。ところが標高一二〇〇メートルの樅ノ木荘に来てみると、周辺の桜に花は全く見られなかった。そこから先の、我が小屋所在地までの、鉢巻き道路沿いにも全く花の気配はなかった。どうしたんだろう、まるでキツネにつままれたような、不思議な想いでならなかった。

ところがほぼ一週間後の四月二十三日、外出の機会があり樅ノ木荘や鉢巻き道路を走った。するとどうだろう、どちらもほぼ満開の桜を見ることができた。桜は健在だったんだ、とそれを見て安堵する。この間僅か一週間である。この違いは標高差と桜の種類の違いがもたらしたものだ。通常標高が百メートル上がると気温が〇・六度下がるとされている。原村役場と鉢巻き道路は標高差が三百五十メートルあるため、この計算でいくと二・一度気温が低くなる。その他に、同じ桜といっても樹種の違いがある。

役場周辺と樅ノ木荘前はソメイヨシノだが、鉢巻き道路沿いは樹種が混在しソメイヨシノでないピンクがかった色の濃いものが主流である。一週間前、花がなかった秘密はそこにあったわけだ。

我が小屋から三百メートル程のところを通称、鉢巻き道路という路が走っている。この呼び名は南北に連なる八ヶ岳連峰の南端をほぼ同じ標高で鉢巻きをするように走っているところから命名されたものらしい。八ヶ岳への登山口美濃戸口附近から原村、富士見町、山梨県北杜市に入ってすぐの大平の三叉路までをそう呼んでいるようだ。およそ十三キロのこの間、信号はない。

道路の左右は落葉松《からまつ》林に覆われている。以前は道路際まで落葉松に覆われていたため鬱蒼とした暗い印象の道路だったが、ここ十年以上前から道路際の落葉松を伐採したため、今は明るくなっている。そして随所に桜やレンゲツツジを植栽し、華やかさも感じられるようになった。これは別荘族や観光客の多い春から秋の通行者を意識してのことと考えられる。それは良いことだと私も思う。しかし本当のことをいうと、私は昔の鉢巻き道路の方が好きだ。道路際まで落葉松に覆われていた、あの暗い雰囲気が野性味があって好きだった。自然界が持っている、凄味のようなものが感じられたからである。しかし私のような意見に賛同する人は殆どいないだろう。話が逸れてきた。なおこの道路の標高もほぼ一三〇〇メートル前後である。

我が小屋は標高一三五〇メートルにある。この時期、千平方メートルの敷地はベニバナイチヤクソウの緑の葉を除いて、灰色の枯れ草と葉を落としたレンゲツツジに覆われた灰色の世界である。雪が消えた冬の世界と思えばいい。雪は例年三月下旬に消えるようだ。

この敷地内に最初に姿を見せる花は、スミレである。それも径一《センチ》に満たない極めて小さな薄紫の花で、数も少ないこともあって、見付けることが容易ではない。ほぼ同時に姿を見せるのはミヤマカタバミ。径三《センチ》ほどの真っ白な花でパッチリと開き、葉はクローバーによく似ているが、色が極めて薄い草色である。そのため群生することもあって、全体の印象として非常に清楚な雰囲気を醸し出す。この年、この花を発見したのは四月二十二日だった。この敷地内での、スミレを除いて、この年最初の花ということになる。ゴールデンウイーク直前のこの時期、残念ながら咲いている花は、スミレとこれ以外ここには未だない。

ところが十日後の五月二日調べてみると、ミヤマカタバミの花はほぼ姿を消し、ボケが真っ赤な花を付けていた。これは草ではなく低灌木である。さらにベニバナイチヤクソウのごく一部ではあるが、花芽が立ち上がり先端の部分に、つぼみが色付いて見えた。これは私にとって驚きだった。本来この花は六月上旬のものである。今年が例外なのか否かはともかく、正に春の到来である。

ところでこの間、四月二十九日にスマホによる桜満開情報により、聖光寺を訪れた。この寺は蓼科湖周辺のビーナスライン沿いにあり、標高は一二〇〇《メートル》。三百本のソメイヨシノがある。残念ながら落花盛んだったが、ただ本堂脇の枝垂れ桜は満開だった。この時、車で巡った標高一〇〇〇～一二〇〇《メートル》の路傍や土手はタンポポが一面に咲き、賑やかだった。特に我が小屋から近い標高一二五〇《メートル》の農大にある広大な緑地が、八ヶ岳連峰を背景にタンポポに覆われている風景は伸びやかで美しいものだった。タンポポはごく平凡なありふれた花ではあるが、群生すると見事で、想いを新たにさせられた。しかしこの時、我が敷地のタンポポに花は見られなかった。ところがその四日後の五月三日、咲いているタンポポを一本発見した。このタンポポ開花の四日のずれは、標高差と我が敷地が落葉松に覆われ日照に恵まれていないことによるもの、と考えられた。

一方樹木の芽吹きについて気付いたのは落葉松が四月二十二日、白樺が五月一日だった。例年のことながら、落葉松の芽吹きは感動的だ。ベランダのすぐ前にある太い落葉松から細い枝が一本だけ横に伸びている。この木は針葉樹で、葉は針のように細い。この枝に例年芽吹くのだが、薄グレーのザラザラした木肌の幹と細くて目の覚めるような鮮やかで滑らかな緑の新芽との対比が、見る者を驚かせる。これも美以外の何物でもない。一方、遠景で見る落葉松の芽吹きは、大木であることもあって淡い草色にほんのり包まれたように見え、優しさを感じ心が和む。

白樺は広葉樹でその葉も元来淡い草色であるため、新緑の芽吹きにもさほどの驚きを感じることはない。むしろこの木は、移植はもとより実生《みしょう》の数年経った二《メートル》以上の木でも枯れることがよくあるため、新芽を見ることは安堵を意味することのほうが多い。

我が敷地の樹木は殆どがこの二種類で、この他にミズナラ、ズミ、ウツギと二種類のモミジ、それに名称不明の広葉常緑樹が一本ある。灌木類では三本のシャクナゲと無数のレンゲツツジがこの敷地を覆っている。無数とは数えたことがないためで、建物を除いたこの敷地のほぼ八十《パーセント》がこの灌木によって占められている。この灌木は広葉落葉樹で、この時期葉は無く、枯れ枝が一面を覆っている。芽吹くのは五月中頃か、花が咲くのは五月末から六月上旬になる。その時期が、ベニバナイチヤクソウ、スズラン、フウロソウなどの山野草開花と相まって、この敷地での最も華やかな時となる。

五月五日現在咲いてる花はミヤマカタバミ、スミレ、タンポポ、ベニバナイチヤクソウ、ボケ、名称不明の紫の細い花。

この年、私は五月六日この地を離れ五月三十一日ここに戻って来た。すると風景は激変していた。敷地の八割を占めているレンゲツツジが既に満開で私を迎えてくれた。予期したことではあったが、内心バンザイを叫ぶ。

私にとっては、この歳になれば一年に一度のこの時期に、この景色を見るために生きているようなものである。そんなに大袈裟なものではないが、敷地全体が淡い草色の葉に覆われ、淡いオレンジ色がかったレンゲツツジの花が白い白樺の木肌を挟んで拡がっている。

一方山野草の方は、ベニバナイチヤクソウが二十㌢ほどに立ち上がった花茎に十五程の赤い花を吊すように付け、満開の状態で、艶やかな丸い緑の葉の中から立ち上がり、広い面積を覆っている。そんな中、淡い紫のグンナイフウロソウも咲いている。この他、

ベニバナイチヤクソウと鈴蘭

ベニバナイチヤクソウ

五十㌢ほどに伸びた釣り竿のような茎から八個ほどの白い小花を等間隔にぶら下げたアマドコロも健在だ。

さらに鈴蘭も満開だ。小さくて白いこの花は目立ちにくいが、今年は飛躍的に芽吹く面積が拡がった。ベニバナイチヤクソウと混在する形で一面に咲いている。私にとっては、まるで夢を見ているような風景である。自然界の妙と言うべきものだ。それについて少し脱線しよう。

記憶が曖昧だが、十年ほど前、この敷地内のベニバナイチヤクソウの支配面積が、一気に飛躍的に拡がった。この山野草が拡がることは願ってもない有り難いことで、喜びと共に我が目を疑った。それは信じ難いほど大規模なものだった。それを具体的に表現することは難しいが、それまで畳十枚程度だった面積が、一気に数倍の面積に拡がり、この草で埋め尽くされるといった風に変貌した。もともとこの草は落葉松《からまつ》林でよく拡がるそうである。

以来今日までその状態が続いてきたが、昨年辺りから少しその密度が薄くなってきたようで今年はそれが進んでいるようだ。た

マツムシソウ

オヤマリンドウ

だその後に鈴蘭が多く芽吹いてきて、主役交代の気配が感じられる。この自然界の営みは人間にはどうしようもないことのようで、余程のことでない限り素直にそれを受け入れる他はない。この様な現象はかつて自宅の庭でも経験したことがある。それは香りの良いスミレで、急激に支配面積が拡がった後、数年後に激減した。その意味でこの様なことは自然界ではごく当たり前のことなのかも知れない。そのことによって自然界はより良い状態を保つためのバランスを取っているのかも知れない。これこそ自然界の、私に言わせれば〈神の意志〉と受け止めている。

そんなことで、今年は紅色のベニバナイチヤクソウと純白の鈴蘭が混在する面積が拡がった。これ迄に無かったことである。このような経験を通して、私は自然界に内在している妙《みよう》を実感することになる。妙とは、不思議なこと奇妙なことである。無神論者で、自然崇拝者である私の拠り所はこんな所からも来ているのかも知れない。

私に死が訪れた時、私はこの風景を想い浮かべて旅立つだろう。漠然とそう思っている。平凡ではあるが、それほど私はこの風景が好きである。以前は六月上旬だったその時期が、地球温暖化のためか最近は五月下旬へと、十日以上その時期が早くなっているようだ。そして昨今は六月中旬レンゲツツジの花が散った時、ここでの春は終わりを告げることになるのだろう。

春の後には夏が来る。ここでの夏がどんなものであるか。下界より六度低温のここでの主目的は避暑であるが、次々登場する脇役の山野草が滞在者をもてなしてくれる。それについては夏の稿に譲ることにして、春に別れを告げよう。

二〇二四年六月

八ヶ岳美術館

八ヶ岳山麓にある我が小屋から一・六キロの所に八ヶ岳美術館がある。徒歩で二十分、車だと二分もかからない。原村の村立美術館で、原村出身の清水多嘉示による彫刻と絵画の寄贈を受け、一九八〇年開館した。また村内遺跡から出土した縄文土器や石器も展示されている。近いこともあって、これまで十回余り訪れたことがある。それは興味のありそうな企画展が行われた時のことだ。

この美術館は著名な建築家村野藤吾によって設計された数少ない美術館の一つである。村野さんは一八九一年（明治二十四）、現在の佐賀県唐津市に生まれ、早稲田大学の建築学科卒業後、某建築事務所に十一年在勤された後、一九二九年（昭和四）、三十八歳の時、大阪に村野藤吾建築事務所を開設された。この時以来九十三歳で亡くなるまでの間、六十二歳で日本芸術院賞、六十七歳で藍綬褒章、七十六歳で文化勲章をはじめ多くの賞を受賞されている。手掛けられた建造物は数多く、枚挙にいとまがない。

そんな中、私に馴染みのあるその一部を以下に列挙してみると。綿業会館（一九三一年）、そごう百貨店本店（一九三五年）、志摩観光ホテル（一九五一年）、都ホテル新館＝ウエスティン都ホテル（一九六〇年）、甲南女子大学（一九六六年）、原田の森ギャラリー＝旧兵庫県立近代美術館（一九七〇年）、宝塚市庁舎（一九八〇年）、八ヶ岳美術館（一九八〇年）、都ホテル大阪（一九八五年）、京都宝ヶ池プリンスホテル（一九八六年）となる。

この中で、心斎橋筋にあったそごう百貨店本店は今はない。志摩観光ホテルと京都宝ヶ池プリンスホテルにはそれぞれ宿泊している。甲南女子大学は娘が在学中、訪れたことがある。自宅のある宝塚市庁舎はことある毎にしばしば訪れているが、村野さんの設計によるものとは今まで知らなかった。

宝塚大劇場を左岸に見て流れてきた武庫川の数百𥝱《メートル》下流右岸に接するように、この市役所はある。建物全体は角張っているが、外壁が面ではなく、柱で区切られて回廊のようになっている。それが三層の全面にわたっている。そのため非常に優雅な雰囲気が漂っている。まるで歌劇場のようだ。これは明らかに宝塚歌劇をイメージしたものと思われる。その上、屋上にあたるところに円筒型の建物が乗っている。これは市議会の議場である。市役所というどこか堅苦しい雰囲気の建造物としては、特異なものと私には感じられる。市民である私にとっては自慢の建造物である。

綿業会館は大阪の中心部、船場にある。この建物は当初、日本綿業倶楽部のために建てられた。日本綿業倶楽部は繊維業界の発展と関係者の懇親を目的として設立されたが、現在は繊維以外の各業界で活躍されている人達にも門戸を解放している、会員制のビジネス倶楽部である。それは昭和初期繊維業界華やかだった当時に建築された豪華で重厚なこの建造物が平成十五年（二〇〇三）に歴史的建造物として、国の重要文化財の指定を受けたことによっている。そのため今では館内見学ツアー、結婚式場、貸し会場、茶話会、同好会などいろいろなことに利用されている。つまりクラシックな建物自体を売り物としているわけで私の様な懐古趣味者には魅力的は場所ということになる。これまで一度も訪れたことがないが、一度訪れてみようかという気持ちになっている。と言うのも、私が生まれたのはここから直線距離でほぼ一キロの博労町二丁目であり、家業は糸屋だったためで、因縁が深い。

今年六月一日、我が小屋にやって来た私はたまたま〈建築家　村野藤吾と八ヶ岳美術館〉という催しが四月一日から六月二日にわたって行われていることを知った。六月二日は明日だ、ということで躊躇なく翌日訪れた。驚いたことに、日頃はガラ空きの広い駐車場が満車になるほど多くの車が並んでいた。他県ナンバーの車が多い。その理由は入館して理解できた。

この催し最終日となるこの日〈家族から見た村野藤吾〉という講演会があったためである。私が到着した時、既に講演会は半ばを過ぎていたようだった。講師は村野さんの孫にあたる二人の女性で、一人は長女の、一人は長男のお子様だった。映像を見ながらの講演会の内容は、マイクを通しての声が聞き取りにくくて分かりにくかった。最後の場面は大きな住宅の内部が順次紹介されるものだった。

公演が終わった後、最後の場面が何処なのか疑問に思った私は、長女のお子様に尋ねてみた。すると、「清荒神の自宅です」と答えられた。この映像で紹介されたご自宅の平面図は南北に縦長の大きなものだった。駄文『北山杉』で書いたように、私は村野さんの自宅に本をお届けしてお目にかかったことがある。その建物は和風建築で、広い土間がある玄関でお目にかかった。子供が中に入れるような、大きな甕が置かれていた。村野さんは和服姿で小柄に見えた。話は要件以外していない。ちなみに、推察ながら、お目にかかったのは村野さんがお亡くなりになった年でなかったかと思われる。

この広い土間がある玄関は映像で紹介された建物とは違った建物だと思われる。私が訪れたこのご自宅は、阪急宝塚線の売布神社駅前のこんもり茂った森の中にある。映像で見た図面から察すると、映像のご自宅は、同じ森の中の私が訪れた建物のかなり北側に位置しているようだった。現在もこんもりした森は残っており、一度確認に出掛けようかと思っている。

八ヶ岳美術館は鉢巻き道路に接する落葉松《からまつ》、赤松の混在する森の中にある。標高は我が小屋と同じ一三五〇米《メートル》。そこにこの特異な美術館が建っている。どう特異なのか。それは平面図と形状の両面において、となる。平面図はＴの字型の縦の線の右側に別のＴの字の下辺がつながっているという奇妙なものである。その上、この幅の広い回廊状のＴの字の両側に四十近くの出っ張りがある。しかもその出っ張りの多くがドーム型で、お椀を伏せたような屋根を乗せている。連続ドーム型の斬新な形は、曲面に彫刻を、平面には絵画を配して鑑賞することを意図して設計されたと言われている。その上天井にはレースのカーテンを中央で絞り吊りする特異な手法により、柔らかさと明るさを提供し、来館者の心を和ませている。これもこの美術館の大きな特徴だろう。

建物は平屋建てで、外壁は白、屋根はごく薄い草色。そんなことで建物の外観、内部、全体の印象として、私に童女を連想させる可愛い美術館だ。これが森の中に横たわっているわけだ。上空から撮影されたこの美術館全体の写真は斬新で、目を見張るものがある。濃い緑の樹林の中に横たわる白亜のドームの連なり。

その森には幾つかの彫像が配置されている。いずれも清水多嘉示さんのものだ。季節にもよるがカッコーの鳴き声を聞き、華やかなレンゲツツジを見ながら〈みどりのリズム〉と題する少女の踊る彫像を愛《め》でつつ、落葉松の下を散策するのも良いものである。都会の大美術館とは違った、自然界と融合した〈美〉、〈やすらぎ〉を感じ取ることができるだろう。

そんなことで、数日後私は再度この美術館を訪れ、森の中に配置された彫刻を見て回った。美術館の建物を取り囲むように八つの彫像が配置されている。一つは〈黎明〉と名付けた男性像で、ロダンの〈考える人〉によく似たポーズ。その他はいずれも女性で、踊りのポーズが多い。そこで感じたことは、美術館という建物の中に置かれた場合と、自然な森の中に置かれる場合とでは、かなり違った印象を見る者に与えるということだった。特に、二、三人の踊りの彫像は広い空間のためか、躍動感がもろに伝わってくるようで、より魅力的に思われる。つまり屋外向き、と言うことになる。

このようにして、村野さんの〈没後四十年建築展〉を切っ掛けとして、八ヶ岳美術館と私との関わりは深まった。と同時に村野さんゆかりの建造物巡りも愉快なことと思われる。そこに何か共通項が見出せるかも知れない。人生晩年でこの様な機会を持てたことは幸せなことである。何故なら、そのことによって私の人生はより豊かなものになっていくのだから。

そんな意味でも、もし私に時間が与えられれば、京都の蹴上げにあるウエスティン都ホテル宿泊と綿業会館での食事を経験してみたいものと思っている。いずれも村野さんゆかりの建造物である。

二〇二四年六月

大東亜戦争

一九四一年（昭和十六）十二月八日、日本軍によるハワイの真珠湾奇襲攻撃によって始まった戦争の呼び名は幾つかある。アメリカ、イギリス、オランダ、オーストラリアなどの連合国と日本との戦争が太平洋戦争。

アメリカ、イギリスなど連合国と日本、ドイツ、イタリアを中心とした枢軸国が対立し欧州からアジア太平洋地域までに及ぶ世界規模の戦争を第二次世界大戦と呼んでいる。この場合、一九三九年（昭和十四）九月のドイツによるポーランド侵攻から一九四五年（昭和二十）八月に日本が降伏するまでの六年間を指す。太平洋戦争は第二次世界大戦に含まれるということだ。

一方、一九三七年（昭和十二）七月に中国の盧溝橋で起こった日中両軍の衝突から始まった日中戦争は、一九四一年十二月に日本がアメリカ、イギリスに宣戦布告してからはその中に含まれ、日本のポツダム宣言受諾まで続いた。

大東亜戦争、という呼び方は戦時中一般に使われていた。私が小学二年生から六年生までのことである。東亜とは東アジアを意味している。この発想は、十六世紀頃から始まったヨーロッパ人による大航海時代以来の先進国による植民地として支配されてきたアジアの諸国を解放して、〈大東亜共栄圏〉を確立することが戦争の目的である。平たく言えば、アジアを欧米支配から解放するそのリーダーに日本がなろうという発想である。現在の中国による〈一帯一路〉の発想と一脈通じているものだ。

植民地の歴史は十五~十六世紀の大航海時代にまで遡る。スペイン、ポルトガルから始まりオランダ、イギリス、フランスと、いわゆるヨーロッパの先進国によって一時は世界のほぼ八割が支配されたと言われている。

大東亜共栄圏についての論評はいろいろあるようだが、私にはそこに立ち入る能力はない。ただ大雑把な捉え方は出来る。それは以下のようなものだ。

明治維新以来、近代国家建設を目指していた明治政府は欧米列強をお手本としてきた。長きにわたる欧米列強の植民地支配を見、日本がそうなることを恐れていた為政者は欧米列強の植民地支配下にあったアジア諸国を開放し、それらの国々と協力して、日本を盟主とする共存共栄の経済圏を作ろうと考えた。それは日本が欧米列強に呑み込まれないよう、独立国家として自立しようということだった。と同時に、それによって自らがこの地域を支配していこうと考えていたと思われる。

このような日本による中国や東南アジアへの膨張政策を進めようとする日本とそれに反対するアメリカ、イギリスの対立が太平洋戦争＝大東亜戦争（一九四一年）を生んだ。

明治維新は一八六八年のこと。二百六十年間に及ぶ徳川幕府はその幕を閉じた。明治新政府の要人達はヨーロッパを視察して、彼我の違いに愕然としたことだろう。この時から、先進国ヨーロッパへの後進国日本の〈追いつけ、追い越せ〉が始まったと推察される。彼らを見習っての、いわゆる膨張路線への突入である。中でも顕著なのは日清戦争（一八九四〜一八九五）、日露戦争（一九〇四〜一九〇五）などを通しての軍部の台頭である。

ここで少し日露戦争に脱線しよう。十九世紀末から二十世紀初頭、中国で列強が勢力を拡大し中国を分割していた。そんな中、満州に進出していたロシアと日本の対立が深まり戦争になる。戦争は両軍に大きな損害をもたらしながらもアメリカの仲介によって終結する。結果は辛勝ながらも勝利。これによって朝鮮半島での多くの権益を獲得し諸外国からも認められ第一次世界大戦後には国際連盟常任理事国となる。ちなみに、日露戦争は一九〇四年（明治三十七）二月から一九〇五年九月のこと。

しかし私に言わせれば、このロシアへの勝利が日本の悲劇の始まりのように思えてならない。それは以下のような理由による。国際的な日本に対する評価の高まりによって、政府関係者はもとより軍部、さらには一般国民までもが有頂天になって以後の日本を膨張路線へと向かわせていった、と察せられるからである。特に軍部でそれが顕著であったと推察される。その自信過剰が利権獲得競争に更なる拍車を掛け、欧米先進国との対立を深め、その結果真珠湾奇襲攻撃に突き進んでいったということだ。つまりのぼせ上がって、冷静さを失ってしまったということだ。と同時に、これは日本人の国民性によるところも在るように思える。それは潔さを美徳と捉え、手練手管を醜悪と考える気性。

私は長年ヨーロッパを旅してきて、そのことをよく感じたものだ。海に囲まれた島国に暮らしている日本人は、お互いに、よく似た習慣や価値観の下で生活している。そのため議論する場合でも共通の認識や価値観の下で行う。これに対し、陸続きの大陸で暮らしている人達は習慣や価値観の違う人達が日常的に交流しているため、意見が対立した場合徹底的に議論し、自己主張する。白いものを黒いと主張する強かさ《したた》を持っている。この彼我の置かれた環境の違いから来る、価値観や判断力の差が悲劇を生む。日本人の場合、粘り強さに欠け、即行動に出る。もちろんこれは一般論ではあるが、当時の軍部の人達ははやる気持ちを抑えきれず、突き進んでいったのではないだろうか。

大東亜共栄圏を築こうという思いから始まったこの戦争は広島、長崎の原爆投下によって、日本の敗戦という形で終わった。この戦争で亡くなった人は軍人二百三十万人、民間人八十万人の合計三百十万人と言われている。多くの町が空襲を受け、我が家も焼失した。一方、極東軍事裁判では二十八人がA級戦犯（平和に対する罪）とされ、死刑七名、終身刑十六名、その他五名の判決が出た。このような甚大な被害をもたらしたそもそもの切っ掛けは、日本が列強に支配されないようにという思いからである。そのこと自体は、ある意味正当なことだろう。列強（先進国）はどのようにしてその地位を築いたのだろう。そこで日本は先進国と同様の道を追いかけ、衝突し、戦争に突き進んだ。

もちろん戦争を避ける選択肢もあったはずであるが、日露戦争勝利が災いしたように私には思える。日本が先進国の真似をしようとした大きな切っ掛けは、明治維新にあると察することが出来る。日本で徒歩以外では馬や駕籠などによって移動していた当時、イギリスでは既に蒸気機関車が走っていた。一八二五年、ストックトン〜ダーリントン間の十七キロを時速十八キロで走っていたそうだ。この大きな落差は何処から生まれたのか。いささか独りよがりの嫌いはあるが、私は次ぎのように考えている。

結論を先に言えばそれは鎖国となる。より端的に言えば江戸時代となるだろう。江戸時代は一六〇三年から一八六八年まで二百六十五年の長きにわたって続くが、この間一六二三年イギリス、一六二四年スペインから始まって、一六三五年から一八五四年まで全面的な鎖国政策を執る。鎖国の主たる目的はキリスト教の布教を禁じることにあったと言われている。為政者の徳川幕府にとって、領民の人生観や価値観を変えられることは、都合が悪いことになる。従ってこの鎖国は人の出入国を禁じ、対外貿易は長崎の出島にあるオランダ商館と長崎港での中国船のみに限定するものだった。そしてこの鎖国はペリー来航によるいわば軍艦による脅しによって、一八五四年の開国で終了する。

この間ほぼ二百三十年間、日本は世界の流れの中で孤立し、時代の流れの中で取り残されてきたことになる。この二百三十年間こそが、真珠湾奇襲攻撃を生みだしたというのが私の想いだ。もし鎖国をせず人、物の交流を積極的に行っておれば、人々の生活レベルも上がる一方、外国の人達の手練手管に長けた気質を知り、それに対応した能力を身に付け、戦争という幼稚で手荒な行動をとらず、外交によって問題を解決していっただろうと察せられる。今になって考えれば、余りにも馬鹿げた行動に出たものだ。それによって前記のように甚大な惨禍がもたらされた。

以上が私の拙い大東亜戦争への考察である。そこから見えてくるのは硬直した固定観念の危険ということになるだろう。柔軟性の大切さである。この敗戦によって日本の社会は大きく変貌した。それはアメリカ政府の主導によってもたらされたものと思われるが、古い日本の体質が現在のように変わったということである。

憲法が改正され、平和主義、国民主権、基本的人権の規定が盛り込まれ、家父長制の廃止、男女同権、教育の民主化、国家神道の廃止などが盛り込まれた。こんな流れの中で農地解放も行われた。そして今日に至っている。革命運動でもしない限り成し得ない激変が起こり、実現した。これは、戦争で犠牲となられた多くの方々のお陰、と受け止めることができるだろう。

ここまで大東亜戦争への考察を試みた結果得られた結論は、正確な情報を持つことの大切さとそれを相互に共有する自由で開かれた社会の重要性となるだろう。しかし、世界には価値観や置かれた状況の異なる人達が多くいて、自己主張するのが現実の世界である。つまり、きれい事では済まない。所詮人間も動物の一種、野生動物が縄張り争いをするようにこのような争いが発生することを覚悟し、そのための備えをしておかなければならないだろう。つまり性善説は通用しないということだ。残念ながら、これが九十年生きてきた私の結論である。

今、私に出来ることは、あの戦争で亡くなられた方々のご冥福をお祈りすることしかない。

現実にこの稿を書いているこの瞬間も、ロシアによるウクライナ侵略が実行されている。悲しいことだが、現実を直視しなければならない。

私に一体何が出来るだろう?あなたに一体何が出来るだろうか?

悲しみの内にこの稿を閉じよう。

二〇二四年六月

旅とは

ある時、私の書いた旅行記を読んだ出版関係者の方から「旅行と旅とは違いますよね」と言われたことがある。その時私が何とお応えしたかは忘れてしまったが、何となくそこに微妙な違いがあることは察知でいる。前者は修学旅行、視察旅行、家族旅行、新婚旅行といったようにそれなりの目的があり、複数人の旅行である場合が多い。一方、〈旅〉と言う場合はハッキリした目的がなく、複数人でない一人での旅行をイメージする

私は一九八七年から二〇一一年までの二十五年間、毎年約二週間のヨーロッパへの旅を続けてきた。その殆どが一人か妻との二人旅だった。これらの旅はいずれも厳しい生活環境下でのものだった。それは以下のような事情によっている。

実家の家業が、戦後の社会構造激変により斜陽産業となったことにより、四十一歳（一九七五年）で書店開業に転身して以降その経営維持のため元日を除く一年三百六十四日、休日のない日々が続いた。そんな中、小学館によるヨーロッパへの謝恩旅行で受けたカルチャーショックが私の旅の始まりである。一年で昼の時間が一番長い六月中頃約二週間を目途に旅に出た。ただ、この二十五回の内一度は団体旅行で三度はクルーズによるものだった。そして一人旅は前半十二回の内の九回である。

このようにしてヨーロッパへの個人旅行を長年続けてきたわけだが、その経験から得た一人旅への

考察を以下記してみよう。ただこれは、拙書『初めてのヨーロッパ一人旅』（文芸社・二〇〇五年出版）に発表したものと同様であることをお断りしておかなければならない。

団体旅行には不自由という欠点があるかもしれないが、多くの長所も持っている。時間的に能率的であり、内容に比べ経済的であり、言葉に不安がなく、荷物から解放され、名所ではガイドが付き、スケジュールには気を揉むこともなく添乗員任せで、いわば殿様旅行ができる。これに対し、個人旅行は自分の好みに合わせて見たい所を選び、好きなだけの時間をそこに使えるという自由はあるものの、団体旅行での長所はそのまま個人旅行ではなし得ない短所となるといえるだろう。しかし団体旅行での長所を失ってでも、個人旅行をしたいと考えている人はかなり多い。それは何故だろう。思うに、そう考えている人達は旅行中の自由度＝マイペースを高く評価する人達で、私が先に挙げた団体旅行の長所に対し反論をされる。例えば「時間的に能率的」に対しては、《団体旅行で一日四ヵ所の名所を観光できたも、自分の意に添わない名所が含まれている場合もある。それよりは、自分が本当に見たいものを二ヵ所だけでも、じっくり見たい》。「内容に比べ経済的」には《確かに五つ星や四つ星ホテルに個人で泊まるより割安であるかも知れないが、豪華ホテルに泊まるのが私の旅の目的ではないので、個人で行って二つ星で我慢します》。「言葉に不安がない」には《言葉に自信はないが、片言英語を通して現地の人と接触することで、その土地の素顔を見られる面白さがある》。

「スケジュールに気を揉むことなく」には《スケジュールに気を揉むことこそが旅の自由度の高さを示すもので、その時の体調、天候、先方の事情に合わせ臨機応変に対応することができ、これは決して短所ではない》といった具合だ。ただ「荷物を自分で運ぶ」と「名所でのガイドなし」への反論はなかなか難しい。このように見てくると、団体旅行と個人旅行を分けるキーワードは〈旅人の主体性の有り様〉に懸かっている。受け身の旅か、能動的な旅か、別の表現をすれば〝こだわり〟があるかないか、の違いである。

前置きが長くなった。一人旅は言うまでもなく個人旅行である。従って今述べてきた、団体旅行と個人旅行の比較での長所、短所はそのまま一人旅にも当てはまる。では個人旅行の中での、一人旅と二人旅あるいは友達四、五人で行く旅とはどう違うのだろう。それを考えれば一人旅の特徴が見えてくるだろう。

一人は孤独である。一人と一人旅ではその重さに違いがある。旅に出れば、家族や友人と離れ、自分の街を離れ、仕事を離れ、より孤独の重みが増してくる。同じ一人旅でも人種、言語、習慣そして気候風土の違う外国では孤独感は一層深まっていく。それは寂しさであり、不安であり、恐れである。そんな深層心理を抱きつつ、日々新しい場所、宿や見所を探し求め、そこを訪ね、また次の町へ村へと、流れ者のように移動して行く。これが外国での一人旅である。

一人旅は結構忙しい、なにしろ全てのことを一人で処理しなければならないからである。国境を越えて新しい町に到着すれば、通貨の両替、観光案内所で地図を手に入れ情報収集、宿探し、宿が決まれば見所見物への移動と切符購入、見所での切符購入、見所の内容把握、次の目的地への移動スケジュールを立て、かつ軌道修正、食事時間にはどこで何を食べるか、ちょっとした買い物、外でのトイレの利用、その間の荷物の管理など日常的なことも含め、こんな細々したことも、二人であれば手分けをしてこなすこともできるが、一人では頼れるのは自分だけである。

お金にしてもそうだ。お金は団体旅行であれ、四人連れの個人旅行であれ銘々が管理しているのだが、もし万一自分のお金を掏られたり、なくしても仲間の誰かに借りて帰国後返す、ということも考えられるが、一人旅ではその可能性は全くない。当時の私はいつも百ドル紙幣を二枚、足の裏に当てて靴下を履いていた。こんなことで一人旅はいつも緊張感に包まれ、身構えている。

一人旅の泣き所は幾つかあるが、私のように言葉が出来ない者にとっての最大の泣き所は観光名所でのガイドである。何らかの日本語による説明がある場合は良いが、それは現場に行ってみなければ分からず、ない場合は事前に資料を読み込んでおかなければならないことになる。しかし反面、資料の読み込みは新たな知識が身に付き、以後の人生を豊かにしてくれるというメリットがある。

次は夕食時の侘しさだ。緊張感を持って歩き疲れ、宿も決まり迎える夕食時はホッとして、くつろげる楽しかるべき時間である。特にレストランでは友人、恋人、家族連れが楽しげに笑い、語り合っている。それを横目に、一人ぼそぼそと摂る夕食ほど侘しいものはない。本来ならば今日の見聞について感想を語り合う楽しい時なのに、その相手がいない。おそらくホームシックにかかるのはこんな時ではないだろうか。

以上見てきたように、外国での一人旅は幾つかの問題を抱えてはいるが、当然長所も持っている。それを一言で表せば旅の〈自由度の高さ〉ということになる。自分の〝こだわり〟によって、マイペースの旅ができるということだ。

しかし一人旅の特徴、最大の長所は、旅行する上でどのような利点があるか、といったような具体的あるいは技術的な点にあるのではなく、抽象的あるいは精神的なところにあると私は考えている。

例えば素晴らしい風景を目の前にした時、あるいは長年見たいと憧れていたものを目の前にした時、人はその対象物を見詰めることになる。二人以上の場合は同伴者を気にしたり、言葉を交わしたりで気が散ることが多い。しかし一人では、真正面から〝じっくりと〟それを見据えることができる。そして〈凄いな〉〈誰がこんなものを創ったんだろう〉〈あの色合いはどうだ〉と心の中で呟く。話し相手がいないから、自分でもう一人の自分と話をする。それは誰にも邪魔されず、その対象物をより〝深く〟見ることになる。単に目に見えるものを見ているのだけなく、その背後にある〝何か〟を感じ取ろうとする。

風景であれば自然の営み、宇宙の動き、見えざる力を、絵画であれば描かれた時代背景や画家の生活や心を。そしてそれらのことは、結局は自分自身の人生、過去、現在、未来と重ね合わせ、自らの生き様を問い直すことに繋がっていく。これは日々緊張し身構えている〝一人旅の孤独〟のなせる業と言えるだろう。神経が鋭くなり、集中力が増しているためだ。一人旅は単なる物見遊山《ものみゆさん》にとどまらず、人生と深く関わってくる。

二人以上だと、ここではその対象物を背景に記念写真を撮ることになるが、一人ではそれはない。私は当初の三年間はカメラを持たず、双眼鏡を持って旅に出た。写真を撮ることに神経を費やし、対象物をじっくり見られないと考えたからだった。

次いで〝一人旅の孤独〟は〈列車の中で缶ジュースが開けられず困っていた私に、そっと缶切りを差し出してくれた娘さん〉に見られるように、物事の本質〈この場合は親切の本質〉を気付かせてくれる。これも、日本での日常生活ではつい見過ごしてしまうような行為の中から、外国での研ぎ澄まされた神経が〝見えないものを見せてくれる〟と言っていいだろう。

またウィーンでのピアノの先生や後日ホームステイさせて貰うことになったオランダ女性、ブライトホルン頂上でのスコットランド男性のように、一人旅では、出会った人が心を開き、素直になりやすい状態にあるのだと思われる。ピアノの先生は〈日本旅行の想い〉が、スコットランド男性は〈登頂成功の喜び〉が胸の内にあり、それが心を開かせたのだと言えよう。いずれの場合も、相対した私が〝遠来の一人の旅人〟であったから体験できたことである。

人間は本来孤独なのだ、と私は思っている。だからこそ、伴侶が、家族や友人が大切になるわけだ。そこで、人間はそんな親しい人達の中にあっても、物事を深く考えようとすれば、つまり集中力を増すためには一人になる方がよい。家族、職場、地域社会、友人、そんな日常生活のすべてのものから絶縁された状態の海外一人旅は、距離を置いて客観的に自分を、自らの生き方を見詰め直す、絶好の機会だということになる。

元来旅そのものが日常生活からの離脱であり、その落差が大きければ大きいほど印象は鮮烈なものになる。つまり国内よりは海外、同一人種よりは異人種。文化、宗教、習慣、気候風土などの相違にもそれは当てはまるだろう。そんな場所に身を置けば置くほど、孤独感は強くなる。ということは旅の本質は〝孤独〟だということになる。したがって一人旅は旅の本質を衝いているわけだ。これが一人旅の最大の長所である。

一人旅が旅の本質を実践したものであることは間違いないだろうが、私は旅は一人旅がよいと言っているわけではない。家族で行く旅も良いだろうし団体旅行にも利点は多くある。旅は他人のものではなく自分のものだ。十人十色、十通りの旅があるわけで、こうあらねばならぬというものはない。

ただ、一人旅も含めどんな旅であろうと、できるだけ受け身にならず主体性を持つことがその旅を実り多いものにしてくれることは間違いない。そのためには、旅のテーマを見つけたり、関連した本を読んだり、帰ってきたら写真を整理してアルバムを作り説明文を入れたり、旅日記を書いたりすれば、旅行中気付かなかったことが見えてくるかも知れない。これは私の経験から言えることだ。

いずれにしても自分の目で見、自分の心で感じ、自分の頭で考えること、がその人にしかできない旅を創り出すわけで、好奇心は旅を良くする大きな要素である。健康と時間と少しばかりのお金があれば、好奇心という主体性に乗って、知識や情報を頭脳に詰め込み、旅に出掛けよう。思わぬ感動や体験が待っている、と夢見て。

二〇二四年七月

古い手紙

古い手紙を読んだ。古いといっても、二〇一一年から二〇二三年までの十三年間のものだ。およそ十日かかって、その数七百六十四通と莫大な数になった。すべて私宛の私信で、ハガキと手紙である。それも年賀状や私的な用件のものではなく、私の文筆活動に関わるものに限った私信だけに、的を絞ったものばかりである。

これまで私は六冊の書籍を出版してきたが、当初の五冊は紀行文、旅をしなくなってからは随筆文である。文章を書くようになった切っ掛けは、ヨーロッパ一人旅を続けていた当時、ある年長の方から勧められて始めたことによる。三十年も前のことだ。随筆文を書くようになったのは、旅をしなくなってからの二〇一七年頃からで、十編ほど書き溜まるとその都度プリントして皆様に配布するようになった。これは当初、出版を考えていなかったためと、高齢の私がいつまでそんなことが続けられるか分からないという思いからのことだった。

最初の出版は二〇〇一年で、以後四、五年おきに出版が続いた。文章を書いている人間にとって、ただ書きっぱなしではなく、その文章を他人様にも読んで頂きたいという気持ちを抱くのはごく自然なことだと思われる。当初は私が書店を営んでいたこともあり、自ら販売もした。三冊目からは図書館への寄贈にも積極的に取り組んだ。そんな流れの中で、四冊目の『ヨーロッパひとコマの旅』のアンケート依頼に踏み切った。この本は、見開き二ページ読み切り写真付きという構成で、「どれが良かったですか?」という設問に向いていたためでもあった。また日本自費出版文化賞に入選したことも、私の背中を押した。そんなことで、多くの方からお手紙を頂戴するようになっていった。

このアンケートにお応え下さったのは、最終的には百七十七名に達した。出版三冊目以降は、繋がりのできた全ての方にその本を進呈させて頂いた。読んで頂きたいからである。この様な経緯から、冒頭に記した七百六十四通の私信が私の手元に残ったわけである。その内容の殆どは本を受け取ったことに対する礼状、お知らせに対する反応である。

この七百六十四通の中には当然ながら同じ人からのものが含まれている。人によっては十通以上になるだろう。そのため、高齢の方が多いこともあって、年毎に老いを感じさせられる場合が多い。五年経てば五歳老いるわけで、体調不良の記述が多くなる。それは、その返信が遅れた理由として書かれる場合が多い。しかしこれはお互い様である。老いは、このようなぼやきによって、お互いに慰められていくのだと痛感する。

その意味で、このような手紙の遣り取りも決して無駄なものではなくお互いに癒やしの働きをしているのだと解釈できるようになった。つまり手紙を出す、受け取る、という行為は身体の不自由な老人にとっていい意味での刺激になり現役としての人生を生きていることを証明するものでもある。

私は今九十歳、果たして何時までこんなことが言えるものか、未知の世界だけに先のことは何とも言えないが、少しでも長くそんな前向きな気持ちを維持したいものである。話が暗くなってきた。話題を変えよう。

今回の古い手紙を整理している中で、二〇〇三年にある方から頂いた手紙が出てきた。この方（Sさん）は一九八七年、私が初めての一人旅でヨーロッパに出掛けた時、オーストリア、チロルのオーバーグルグルにあるホーエムット山頂で遭遇した方である。この手紙は、私が初めて出版した『ヨーロッパ片言の旅』を進呈したことに対する返信で、近況報告と共に電話番号が書かれていた。Sさんは私よりお若い女性の方で、ひとりで毎年のようにヨーロッパを訪れ山歩きを楽しんでおられる方で、手紙にそのことが書かれていた。それを読んでいる内に、当時を懐かしむ気持ちが湧き起こり、電話を掛けてみようかという気持ちになった。しかしお会いしたのは三十七年も前、手紙を受け取ってからでさえ二十一年も前のこと、現況が分からないという躊躇いがあったが、思いきって電話をしてみた。幸い電話は通じ、ご本人が出てこられ、お元気で活躍されていることが分かり、ホッとした。

これを機会に、私の駄文の数々を読んで頂こうと思っている。この経験を通して、私は人生の面白さを実感した。共通の関心事＝趣味を通して人は、時空を超えて、連帯感を抱けることがよく分かった。この場合はヨーロッパ、ひとり旅、山歩きとなるだろう。それが三十七年、二十一年という長い時間を瞬時に吹き飛ばす。つまり二十一年前に舞い戻り、私が二十一歳若くなることを意味している。魔法のような力。古い手紙は全てがそうだというわけではないだろうが、そんな力を持っている。

手紙というのは本来、手紙を書いている時点での気持ちや状況を書いている。つまり基本的には現在形である。しかし、古い手紙を読む時はそれを過去のものとして読む。そこにドラマが生まれる場合が多い。それは悲劇であったり、喜劇であったり。つまり、古い手紙というものは当然ながら時間の経過という要素を内在しており、歴史の重みのような性質を本来持っているものである。したがって、同じ人から受け取った手紙を日付順に読むと、その人の人物像が静止写真ではなく動画のように読み手に伝わってくるという面白さがある。つまり、より正確に活き活きと、ということになる。このことは、手紙を書いておられるご本人は、おそらくお気付きではないだろう。

一方、古い手紙を読む側の私はどうだろう。当然私はその手紙が書かれた当時の自分の置かれた状況などを想い浮かべながら、その手紙を読むことになる。つまり昔の自分に戻るわけだ。その上で、手紙を書いたその人の状況に想いを馳せ、その時代に想いを馳せながら読み進むことになる。つまり実際にその手紙を受け取った時点での感じ方と異なった心理状態で読むことになる。ここに古い手紙を読む意味が生まれる。つまり受け取った当時の主観的な読み方から、時を経た現在の心理状況下での客観的な読み方との差、ということになるだろう。つまりこの間の人生経験の影響によって読み方に差が生じる場合がある、ということだ。平たく言えば、冷静で第三者的な読み方といえるだろう。それは言葉を換えれば、より中身の濃い、豊かな人生に繋がっていくのだと思われる。

手紙というのは、後に残るものである。私は人生の晩年においての執筆、出版活動に伴い多くの方々に手紙を差し出すことになった。それに伴い、多くの方々からお手紙を頂くことにもなった。二〇〇一年の最初の出版から既に二十四年。度重なる出版の案内。その都度の出版物進呈。アンケートの依頼。その集計結果の報告。これらの行為の中で、多くの方々からのお手紙を頂戴することになった。それらのお手紙は私にとって、宝物のように貴重なものだった。

受け取った手紙、ハガキなどの表と、手紙の場合はその文面に、受け取った日付を必ず記入するようにした。今もそれは実行している。それによって事実関係を確定するために、これは文章を書く者にとって当然のことである。そして、同じ人からの手紙が多い場合は、時系列にそれを纏めて保管することを実行している。場合によっては、そうすることによって、私自身の人生の一部を追確認することも可能になる。手紙というのはある人のある時期の様子を切り取ってメモしたようなものであるだけに、その人の生きた証拠物件のようなものであるわけだ。そこに古い手紙の存在価値がある。

このように、古い手紙を読むことは老体の身には若かりし昔日の自分に舞い戻ることを意味し、心身を若返らせることになる良き作用をもたらすようで、これからも時に触れ試みたいものと思う今日この頃である。と同時に、可能ならば、皆様にもお勧めしたいところである。

二〇二四年七月

余話三題

缶切り

七月二日晴れ、今日も暑くなりそうだ。この日は地下鉄を利用して、レオナルド・ダ・ビンチの壁画〈最後の晩餐〉がある教会を訪ねたが、修復のためか閉まっていて見られず、がっかりする。アエロフロートの帰国便リコンファームをたどたどしい英語でどうにか終え、午後二時の列車でベニスに向かうためミラノ駅へ急ぐ。暑さに喘ぎ、歩き疲れ、お腹を空かし、重い荷物を持って出発間際の列車に駆け込んだ。

やっと間に合った、幸い車内は空いている。一車両に十人ほどの乗客だ。四人向き合う座席を独り占めに荷物を置き、腰を降ろす。喉は渇き切っている。先程買った缶ジュースはよく冷えている。これで喉を潤し、パンを食べれば、身体も心も落ち着き生き返れるだろう、と飲み口の取っ手を引っ張ったら、どうしたことか取っ手が外れて飲み口は開かない。私は慌てた、何しろ身体は火照り、喉はヒリヒリ、お腹は空いている。ベニスまでの三時間はとても保たない。そんな切迫した気持ちで、ボールペンで飲み口を開けようと押してみるが上手くいかず途方に暮れていると、私の席から通路を隔てた斜め向こうに腰掛けていた二十歳過ぎと思われる娘さんが立ち上がって私に近付き、そっと缶切りを差し出した。とっさのことで私は驚いたが、それが缶を開ける道具と気付いて受け取った。彼女は席に戻る。道具とは貴重なものだ、あれほど手こずっていた飲み口は簡単に開いた。助かった！　心底からそう思った。地獄に仏とはこのことだ。私は彼女の席へそれを返しに立って「サンキュー」、彼女は何でもなかった顔で微笑む。

席に戻ってジュースを飲む。ひんやりした液体が胃の腑を通して身体に浸み込む、と同時に私の心に温もりが拡がる。〝親切〟とはこういうことなんだ、とその本質に気付かされる。大袈裟なことでも、お金をかけることでもない、ただ困っている人にそっと手を差し出す。困っている本人はそれによって助かるばかりではなく、心まで豊かにしてもらえる。

これは一人旅の特典なのかもしれない。言葉ができず、習慣の違う外国での一人旅では戸惑いや失敗が多く不安感も強い。そんな時受けた親切は心に浸み入るものである。この時も私が二人か三人で旅行していれば、他の同行者と協力や相談ができるため困難への切迫感はそれほどに感じず、もし彼女に同じことをしてもらっても、私があの時感じたほどの有り難みを感じなかっただろうし、親切の本質にまで想いは巡らなかったに違いない。またそんな状況では、彼女も缶切りを差し出したりしなかったと思われる。これは一人旅＝孤独のもたらす効用だ。

駅頭の別れ

私がヨーロッパ一人旅を始めて六年目の一九九三年、フランス旅行で写真を撮ったことが切っ掛けで始まったオランダ女性ソフィアとの交流は妻と二人ホームステイさせてもらうまでになった。それは一九九六年のことである。この時彼女はご主人と離婚し、当時十七歳の長男と同居していた。

オランダから帰国後、滞在中の写真を相互に送ったり、クリスマスカードと年賀状の遣り取りが続いたが、二〇〇五年再会する機会があった。それは私共二人がノルウェーへのクルーズに参加した時のことである。イタリア船による、スピッツベルゲン島北緯ほぼ八〇度地点への二週間の旅。

再会したのは、航海の発着地点であるアムステルダムでのことだ。二〇〇五年七月四日午前九時、コスタ・アレグラ号は航海を終えアムステルダム港に帰港した。この日は市内のホテルに宿泊して、翌日スキポール空港からの帰国を予定している。そのホテルにソフィアが来ることになっている。

ホテルに到着すると程なく彼女が現れた。九年振りの再会である。外見は全く変わっていなかった。彼女はこの当時パート的に仕事をしているようだったが、幸運にもこの日、来ることが出来たわけである。我々はもし彼女が来なければ、エダム、フォーレンダムへの観光を予定していたが、彼女が案内してくれることになり、この日一日付き合ってくれた。

アムステルダムの郊外に当たるこれらの観光を終え、市内に戻った我々は、帰宅する彼女を中央駅に見送りに行った。家までの所要時間がどれ位だったか、今はっきりしないが、二時間ほどは掛かるはずである。入ってきた列車のデッキにソフィア、それに向き合ってプラットフォームの我々二人が、感謝の言葉を述べ別れの挨拶を交わす。彼女の目が潤んでいるように見えた。

発車が近付き、彼女は座席の方に移動する。発車間際になった。互いに小さく振っていた手の平を彼女は窓にくっ付ける。すると妻も自分の手の平を、窓ガラスを挟んでそれに合わせてくっ付け、互いに顔を見詰める。やがて列車は動き出す。

このシーンを見ていた私は、昔の映画を想い出していた。窓ガラスを挟んでの若い男女の口付けシーン。あれは確か映画『また逢う日まで』で、演じていたのは岡田英二さんと久我美子さんではなかったろうか。ソフィアとの別れのシーンは、前回もそうだったが、何故か胸を衝くものがある。それは二人の気持ちが通じ合っているためなのか。

列車はスピードを上げ、すぐプラットフォームから外れていった。我々が向き合っていたデッキのすぐ隣のデッキには、初老の男性がホームにいる初老の女性と向き合っていた。列車が遠ざかるのを見送っていたその女性が、こちらを振り向いた時、我々と目が合った。彼女は我々に向かって小さく微笑んだ。いかにも淋しげで「とうとう行ってしまいましたわね」と、同じ見送り人である我々に、話し掛けているように見えた。そしてそれぞれ、改札口に向かって、歩き出した。その時の彼女の様子が、今も鮮やかに、私の中に残っている。

飛行機ではない、列車による典型的な別離の姿である。またソフィアに会う機会が訪れるだろうか。

好奇心

五十三歳から始まったヨーロッパ一人旅で、私は多くの人達に遭遇し、愉快な経験を重ねてきた。旅行をしている以上、人との出会いがあるのは当然のことではあるが、何故その出会いが愉快なものに発展していくのか、そのことについて考察を試みてみよう。

初めての一人旅で訪れたウィーン三日目、マクドナルドで相席となった音楽学校の先生との交流については既に文章で表しているので詳細は省くが、何故、先生は私を音楽学校のレッスンルームに誘って演奏してくれたのか。

先ず、先生はその前の年、日本に来て暫く滞在していたことにより、親しみを抱いて相席になった日本人の私に声を掛けてきたと思われるが、何故学校のレッスンルームに私を誘い、演奏してくれたかについてはよく分からない。従って以下は推察である。

結論を先に言えばそれは、私が先生の話に興味を抱き質問を繰り返したこと、となるだろう。また、先生のご主人であるテナー歌手の歌声をこの日の朝、王宮礼拝堂で聴いていた偶然も重なっていたかもしれないが、キーワードは、私がその事柄、つまり先生の話の内容に〈興味を抱く〉ということである。その度合いが強ければ強いほど。その興味に応えてやろうという気持ちが生まれ、私をレッスンルームに誘い演奏してくれることになった。そう私は考えている。

興味を抱くとは、この場合「出身はどちらですか」「観光ですか」「どんな楽器をやられるのですか」「学校は何処にあるのですか」「学生は何人いるのですか」と質問を繰り返したことによって、私が彼女に強い関心を抱いていることを察知する。その上、私が学生時代合唱団で歌っていたこと、演奏会での緊張などの話を通して私を学校へ案内し現場を経験させてやろうという親切心（善意）が生まれたのだと思われる。つまり、私の好奇心が先生の（善意）を呼び起こした、ということになる。

このことから言えることは対人関係のみならず、何事に対しても真正面から向き合い、全力で取り組むことの大切さを示している。おざなりな対応からは、このようなハプニングは起こらなかっただろう。更に付け加えれば、二十二年後の先生のご主人と妻を含めての、四人の再会も私の好奇心がもたらしたものと言って差し支えないだろう。

今一人心に残るのは、後にホームステイさせてもらうことになるオランダ女性ソフィアとの出会いがある。一人旅を始めて七年目の一九九三年、フランスへの一人旅途上でのことだった。

フランスの北辺、ブルターニュのディノン旧市街は十五世紀の昔を彷彿させる情緒ある町で、その鐘楼上で写真を撮ったことが切っ掛けで交流が始まった。詳細は省くが、彼女のカメラで撮った私の写真を彼女が送ってくれ、返礼に歌麿の絵を印刷した〈うちわ〉を送ったら、礼状と共に文通しませんかとの便りがきた。何故彼女がそんな申し出をしたのかは分からぬが、歌麿の絵が彼女に異国情緒を目覚めさせ、より異国を知りたいという思いがそうさせたのかも知れない。この場合は先方（ソフィア）の好奇心である。文通の内容は失念したが、お互いに「我が国へお越し下さい。案内します」と書いていた。ところが、一九九五年オランダ一人旅を計画していた私に〈時期をずらせてくれないか〉との手紙が来た。理由は離婚だった。そのため一九九六年、妻と二人、彼女の家にホームステイさせてもらうことになった。彼女は完璧に私達をもてなしてくれた。

ここで言えることは、相手を喜ばせてあげようという善意である。それはウィーンのピアノの先生も同じである。ウィーンの先生の場合、その切っ掛けを作ったのは私がそのことに興味を示した〈好奇心の強さ〉によっている。もし私が質問を繰り返していなかったら、先生は私を学校へ連れて行かなかったかも知れない。ソフィアの場合は逆方向の、ソフィアの好奇心で交流が深まったことになる。

人生に於いて、知的好奇心を持つことが如何に有意義であり、大切であるかを示す一例と捉えることが出来るのではなかろうか。

二〇二四年八月

サース・フェー

随筆のテーマが枯渇してきて思い悩んでいたが、かつて一人旅をしていた当時書いた文章を発見し、これを公にすることにした。それによって、熟年世代の一人旅の様子を知ることも、また一興と思ったためである。時は一九九七年、私が一人旅を始めて十一年目、六十三歳の時のことである。

この旅は、戯曲『ロミオとジュリエット』の舞台となったベローナから始まった。この街での観光を終え、六月十四日六時起床、七時四十五分の列車でドロミテ地方への山岳観光に出発した。しかしながら、時期が一週間ほど早かったため、各地のバス便が未だ運行されておらず、予定の変更を余儀なくされ、難儀を重ねることになる。その間の詳細は省くが、その後コルチナ・ダンペッチオで二泊した。ただこのために、かつて経験したことのなかったヒッチハイクを四回経験する羽目になった。貴重な経験である。怪我の功名と言うべきか。これは正に一人旅の面白さである。

十九日はスイスの山岳リゾート、サース・フェーへの移動日である。朝六時四十五分のバスでコルチナを出発。約一時間のカラルッツオへバスはどんどん高度を下げ谷を下っていく。運転手が突然何か叫ぶ、見ると眼下の草原を鹿がゆっくりと歩いている。

カラルッツオからは鉄道だ。そこから約三時間でパドヴァ、乗換てミラノへ二時間三十分。ミラノでの乗換は適当な国際列車がなく取りあえずスイスとの国境に近い街ドモドッソーラまで行き、そこで乗り継いでシンプロントンネルを抜けスイス側国境の街ブリーグに着く。

ここからはバスである。この街はマッターホルンで有名な山麓の街ツェルマットへの入り口に当たる。そのツェルマットへのルートの途中シュタルデンで谷は二つに分かれ、その東側の谷がサースタール、この落葉松の多い谷を約二十キロ遡った枝谷の突き当たりがサース・フェーである。

ブリーグの駅前でサース・フェーへのバスに乗ったのが十八時三十分、数人の乗客を乗せたバスがサース・フェーに着いたのは十九時二十分だった。正面にアラリンホルンが見えるはずだが、雲が懸かり中腹までしか見えない。


宿が決まっていないので、とにかく宿を決めなければならない。スイス政府観光局であらかじめ頂いていたシャーレーのリストを頼りに、見当を付けていた方に歩き出す。ここでは四泊の予定である。シャーレーとはホリデイ・アパートメント、長期滞在者向きの日本流に言えば貸しマンションである。本来は週単位で貸すようだが、一九九一年ツェルマットでシャーレーに五泊した経験から、私のように自炊を希望する旅行者には最適と判断して今回もホテルを避けたわけだ。時刻も遅い、早く決めなければと些か焦り気味にサラゼナと書かれた六階建ての建物のドアを開けて中に入る。声を掛けてみるが何の反応もない。階段を上がって二階へ行ってみると、前の部屋で人の話声が聞こえた。思い切ってドアをノックしてみると、二十歳代の学生風の若者が顔を出す。

「ハロー」「ハロー、ここに滞在したいんですが」「受付はホテルアラリンです」「それは何処ですか」。

彼は私の持っていた地図にマークを入れ、ホテル名とここのシャーレー名を書き添えた上、ホテルの方を指さして道順を教えてくれる。実に素早い反応だ。

「サンキュー」「どういたしまして」大助かりだ。すがすがしい気持ちになる。

急いでそのホテルを目指す。歩いて二、三分の距離だった。ホテルの手前の道路はあいにく敷石の補修工事中で囲いがしてあり、通れなくなっている。急いでいた私が強引に囲いの中には入ろうとした時、向こうからやってきた中年の男性が「そこは駄目、何処へ行くの」と声を掛けられた。

「ホテルアラリン」「こちらへ」彼に指示されたように、脇にそれて従うとそのホテルの入り口だ。彼は中に入る、私も続く。なんだ、彼はこのホテルの支配人である。丁度帰ろうとするところで出会《でくわ》したらしい。

「サラゼナに四泊したいんです」「OK、一週間三百四十五フラン」と言いながら、紙にその金額を書き七で割って四倍して「百九十七フラン、そして税金八・四フランです」「分かりました」と私。

彼は計算書と鍵を渡してくれた。簡単に宿は決まった、幸運だった。一部六階建ての全部で二十五戸ほどのシャーレーで、部屋は四階だった。エレベーターもある。

朝六時四十五分のバスでコルチナ・ダンペッツオを出発して約十三時間を要し、やっと辿り着いたという感じである。早速自前の夕食をする。

ここで私の自前食について説明しておこう。一人旅をはじめた当初三年間は私も人並みに食事はレストランで食べていた。しかしご飯のないパンでの食事では食べたような気がせず、それが二週間続くと体力の維持が不十分で、四年目からパックご飯とラーメンに梅干し、ワカメ、焙じ茶等と携帯用クッカーを持参するようになった。

以後四日間、朝はパンと紅茶、昼はご飯、夜はご飯とラーメンにハム、卵、野菜を食べる。それにビールを飲めば、連日八時から九時には就寝することになる。部屋のテレビは十四《インチ》の東芝製である。天気予報は絵で表されるので、ドイツ語のアナウンスでも大体のことは理解出来る。

翌二十日は曇り、山頂はいずれも見えない。標高一八〇〇《メートル》のここから快晴ならば四五四五《メートル》のドームを初め、四〇〇〇《メートル》級の山々が八つ見えるはずである。この街からロープウェイは四方向に架かっている。その中の二本は既に運行されており、一本は明日六月二十一日から、あとの一本は七月二十一日から運転する、という案内所の情報をもとに計画を立てる。

ここでサース・フェでの位置関係を説明しておこう。サースの谷の奥まった所にあるこの街はＵの字を逆さにしたように三方を山に囲まれており、正面にアラリンホルンが聳え、その真下に展望台がある。そしてそこがサース・フェーの最高の見所ということになっている。一方、谷を隔てた東側にもワイズミース（四〇二三《メートル》）などの山々が連なっている。

最高の見所へは快晴の日に行きたいと考えていたので、この日は近くのハーニク（二三五〇《メートル》）へロープウェイで上がり、そこからミシャベル小屋を目指すことにした。ただこのコースはかなり急な勾配でガイドブックでは小屋迄の所要時間は三時間四十分となっている。天候とルートさえはっきりしていれば一応の自信はあるが、とにかく行ける所まで行こうという積もりだった。もう一つの期待はこの地域で野生の鹿に出逢える可能性が高いということもあった。

宿から三分程の所にあるハニックへのロープウェイ乗り場から、僅か六分で五百五十《メートル》上の駅まで運んでくれる。そこからミシャベル小屋（三三二九《メートル》）までの標高差は千《メートル》もある。最初の三十分程は山腹を捲くように歩き、シェーネックからはジグザグにぐんぐん高度を上げて行く。息苦しい、時々立ち止まりながらの登りが続く。初めて登る山では、上の方全体に雲がかかっていると、自分が今その山の何合目くらいまで来ているのか全く判断が出来なくなる。やがて雪がちらついてきた。ハニックの山上駅から三時間は歩いているだろう、道のりの八十％は来ている積もりだが、上を見ても雲ばかりで小屋らしきものは見えない。雪は相変わらずちらつき、今まで疎らだった積雪が多くなり、ルートが隠れて見えなくなってきた。雪のちらつきは治まるかも知れないがルートを見失えば大変なことになる、と危険を感じミシャベル小屋を断念する。

ハニック山上駅に戻ったがまだ時間は早い、空は明るさを取り戻してきたので鹿に逢えることを期待して、背後のメリング（二七〇〇《メートル》）を目指す。岩のごつごつした山道を登って行くと雪崩《なだれ》防止のための柵が多く見られる。

居た、野生の鹿が姿を現す。一頭、二頭やがて七頭、八頭とその数は増していく。注意深く接近して写真を撮るが、人を恐れる様子は感じられない。

山上駅に戻ると二人連れの男女と出逢う。今日二度目の人間との遭遇だ。

「ドームはあれですか」サース・フェーを取り囲むピーク群の最高峰四五四五《メートル》はあれかこれかとその男性と山を見上げて話していると、私の地図を持った左手の肘を背後から押す者がいる。誰だろうと後ろを振り向くと大きな羊が鼻先で押している、思わず三人は笑い出す。

　この後歩いて我がサラゼナの部屋に戻る。下の牧草地まで来ると色とりどりの花が咲いていて美しい。天候も良くなってきた、明日はアラリンホルンのピークを見ことが出来るだろうと期待しながら。

　翌二十一日、気になる空模様は雨の心配はないものの、山の頂上は雲に覆われ見ることは出来ない。後二日のチャンスがあるのだからと、この日は二八七二メートルのレングフルーへ向かう。先ずゴンドラリフトでシュピールボーデンへ、そこでロープウェイに乗換、約二十分でレングフルーに着く。ここはフェー氷河の真っ只中の小さな尾根にあり、白一色の銀世界だ。左右の谷は荒々しい氷河で埋まっている。雲がなければ目前三キロの所にドームをはじめとするミシャベルの山々が見られるはずであるが、残念ながらそれらのピークは全く見えない。ここからは雪が多くてとても歩いて降りられるような状態ではない、気温も低い。

　私と一緒に上がってきた五人の人達も氷河を見下ろしただけで、下りのロープウェイに乗る。中継点シュピールボーデンは標高二四五〇メートルでサース・フェーまでの高低差は六百五十メートルである。七十歳代の夫婦連れと相前後して下山を始める。雪渓が残っている場所では、遅れがちな老婦人のために私が足場を確認したり指示しながらの下りだった。少し下りた所で昨日出逢った鹿を見る。それも一、二頭ではない全部で四十頭あまり、五十メートルほど離れたゴツゴツした岩場だ。やがて少しづつ移動をはじめ、群れとは言えないが前後して駆けていく。人間なら三十分以上は掛かるような急斜面の岩場を三十秒も掛からず移動する。彼らに道は必要ではない。岩の障害物や高低差など苦にせず、四足なのだから当たり前のこととは言いながら、その早さに目を見張る。

標高が下がるにつれ雪は完全に消え、変わって高山植物の花々が姿を現す。この季節のアルプスハイキングの大きな楽しみの一つだ。何種類かのリンドウをはじめ、アルペンローゼ、キンポウゲ、桜草の一種、アネモネの一種等、少なく数えても三十七種類はあった。花の種類の数はほぼ同じだったがドロミテと比べ、ここでは魅力的な花が多かった。恐らくそれは標高の違いによるものと思われる。

二十二日早朝、変な気配でカーテンを少しずらして外を見ると本格的な雨だった。晴天を期待していただけにがっかりしてベッドに潜り込む。次に目覚めて外を見ると雨は雪に変わっている。それもかなりの降り方だ。これではとてもアラリンホルン山頂を見ることは期待できない。今日は日曜日だしハイキングはお休みしよう。ハガキを書いたりしている内に、激しく降っていた雪も昼頃には止んだ。するとじっとして居れなくなって、歩く身支度を整え外に出る。花の上に雪が積もっている。ぶらぶらとアルパインエキスプレスの駅まで行ってみるが、運転休止。しかたなく迂回して宿に帰る。

アルパインエキスプレスは一九八四年に開通した地下ケーブルカーで、四〇二七《メートル》のアラリンホルン真下の広大な氷河の中へ、ロープウェイと乗り継げば二十分足らずで運んでくれる。その終点をミッテルアラリンと言い、標高三四五六《メートル》ある。

二十三日はこの地を離れる日だ。天候の如何に拘らずミッテルアラリンに上がろうと八時に宿を出る。問題の天候は曇り、山の上の方は雲の中である。それでも乗り合わせたアルパインエキスプレスの乗客は私を含めて四人だった。その中の一人、四十歳前後の太った白人男性は曇り空にも拘らず、白い山肌や氷河にカメラを向け、ぱちぱちとシャッターを切る。私の感覚ではとてもシャッターを押すような被写体ではない方向にカメラを向け写している。

終点でケーブルカーを降り、駅の上にあるテラス状の展望台に出る。この地点には雲は掛かっておらず、視界は開けている。しかし背後のアラリンホルン四〇二七メートルをはじめとする四〇〇〇メートル級の峰々は全て雲の中である。目の前は深い雪、ここは万年銀世界、夏スキーが楽しめる。十分余り野外に居ると寒さで落ち着かなくなる。ガスは動いていて時々頂上近くまで姿を見せてくれる。ここにはスイスで最高地点にある回転レストランがある。冷えた身体を温めるためと雲の切れ目を待つために私は回転レストランに入って熱いコーヒーを飲む。七十歳位の日本人女性が一人、スイスの山岳が好きで何度も来ていると言う彼女も、雲の晴れ間を待っているようだった。屋外のテラスには一緒に上がってきた白人男性が相変わらず写真を撮っている。二時間余り、ゆっくり回転するレストランの席で待ったが、結局頂上は完全には見られなかった。

下りのロープウェイでもあのカメラマンと一緒になった。聞いてみるとスコットランドからと言う、恐らくフィルム十本以上は撮っているだろう。なにか特別なシーンが必要で、撮っているとしか考えられない。ロープウェイを降り私は宿へ急ぐ。川を跨ぐ橋を渡る時、ふと見ると二百メートルほど上流に架かる橋の上に彼がいる。こちらを認めて手を上げ別れの合図を送っている、私も大きく手を振る。

宿で荷物を取り出し、ホテルアラリンで鍵を返し、十三時三十五分のブリーグへのバスに乗ると、一昨日シュピルボーデンから下山する時一緒だった老夫妻もリュックを持って乗っている。顔が会い挨拶を交わす。彼らと逢うのはこれで三度目だった。二人は一つ下の集落サース・グルントで下車し、車外から私に手を振ってくれた。私は来た時と同じルートを通り、シンプロントンネルを抜け、再びイタリア領に入ってマジョーレ湖畔の街ストレーザに向かう。帰国便の出る空港に行くのに都合がいいからだった。

このようにしてこの年の一人旅は終わった。二十五年間続いた私のヨーロッパ歩きの中でも、最も内容の良くない旅だった。それは、出発が一週間早すぎたという単純で、お粗末な理由によるものだった。一人旅をするには失格者と言われても仕方がない。恥じ入るばかりである。ただ、私がこの文章を敢えて公にしようと思ったのは、一人旅というものがどんなものであるかを少しでも感じてもらえれば、という気持ちからだった。

既に高齢の私は、最早海外一人旅をすることはない。いま振り返ってみて当時を懐かしく想い出すと同時によく行っておいて良かったなという思いに囚われている。時間を元に戻すことはできない。

このことから言えることは、今というこの時の大切さである。今日を大切に、〝今〟を大切に生きよう。

二〇二四年七月

奥入瀬渓流は私が長年抱いていた憧れの地だ。何故私はこの地に憧れるのだろう。清流と新緑あるいは紅葉の木々。この景観がもたらす、みずみずしく清らかなイメージが私を惹き付ける。木々は芽吹き、紅葉し、落葉する。これは命そのものである。生命の息遣いが、私には、感じられる。

清流は、言うまでもなく、濁りのない水である。これは命を育む源である。私は生来暑さに弱い。水や木陰のない世界に対する漠然とした恐怖心を持っている。それがきっと私に奥入瀬への憧れを抱かせてきたのだと思われる。

水が流れていればいいのか、否そうではない。濁流やゆったりした大河の流れ、いわんや淀みでは駄目だ。心地よく流れる清流でなければならない。そこには躍動感がある。生命力が感じられる。木々はどうか。天を突くような大樹がいいのか。否そうではない。清流に覆い被さるような楚々とした落葉樹でなければならない。そこには少年のような素早さと軽快感がある。しなやかさがある。木々と渓流の両面で奥入瀬は全ての点で私が望んでいる願いを叶えてくれる。それはあくまでもポスターなどの写真から得た情報によるものに過ぎない。

長年ヨーロッパ歩きを続けてきた私であるが、体力の衰えと共にそろそろ国内旅行に目を向けなければとかねて考え、その手始めに選んだのが奥入瀬となった。当初はこの旅に妻と行くつもりであったが、都合で私の一人旅となった。一人で行くのなら、これもかねて訪れたいと思っていた白神山地を歩いてみよう、という気になった。白神山地のブナの原生林を歩きたかったためである。この旅は五泊六日の旅となったが、ここでは白神山地をカットし、旅の後半に的を絞る。

青森駅からは十和田湖行きのＪＲバスが出ている。今夜の宿泊地は奥入瀬渓流に入る手前の蔦温泉である。ここに決めたのは、一軒宿の老舗旅館があると知ったからだ。一時三十分青森駅を出たバスは南進し、雲谷峠を越え、八甲田山の西側から南側を廻って奥入瀬渓流にいたる。この間、萱野茶屋、ロープウェイ乗り場、城ヶ倉温泉、酸ヶ湯温泉、猿倉温泉、谷地温泉、蔦温泉、奥入瀬渓流温泉、十和田湖温泉郷と温泉が続く。萱野茶屋、酸ヶ湯温泉、蔦温泉では十分ほどの休憩がある。

萱野茶屋は八甲田山の麓にあって、広い駐車場に土産物や飲食が出来る茶屋がある。その前でサービスの麦茶を振る舞っている。といってもセルフサービスで、〈かやの三杯茶〉と書かれていて、神社の手水場のような柄杓と湯呑みが置いてある。さらに〈一杯飲めば三年、二杯飲めば六年、三杯飲めば死ぬまで生きられる〉と記されている。私も頂戴したが暖かくて良い味だった、ただし一杯だけ。

八甲田山と言えば思い出すのは〝死の彷徨〟の悲劇である。旧陸軍の訓練のための行軍がこの山中で何日間かの吹雪に巻き込まれ、多くの犠牲者が出た。今日はいまにも雨が来そうな曇りではあるが、夏の終わりの数少ない観光客が〈死ぬまで生きられる〉という麦茶を飲んでいる、のどかな光景だ。

酸ヶ湯温泉は私も来たいと思っている温泉で、湯治客向きの大きな浴槽があり八百人の収容能力があるそうだ。バスが暫く停車して何人かの乗客が降り、私も降りてみた。傍らの池は湯煙を上げ、いかにも湧出量が多いことを物語っている。

目的の蔦温泉では旅館前の広場に停車休憩する。山の中の一軒宿といえばひなびた小さな旅館だろうと思っていたら、新館もある大きな旅館だった。しかし佇まいは昭和初期を思わせる典型的な旅館で、玄関は広いたたきにスノコが置かれ、式台にはスリッパが並んでいる。その向こうは帳場でガラス窓で仕切られ、中で女性が仕事をしている。「いらっしゃいませ」迎えてくれた女性に「予約している狭間です」「どうぞ」。一瞬ヨーロッパ歩きをしている姿が頭をかすめる。あの時は英語だが、ここでは日本語が通じる。気楽なものだ。

　案内されたのは二階で、黒光りのした廊下の左右に襖が並び、それぞれ四つの部屋が並んでいる。私の部屋は表に面した八畳間だった。階段、手摺り、欄干もどっしりした木で黒光りしている。

　少し暗いが時刻はまだ三時二十分、明日の天気が怪しいので直ぐ旅館の背後にある沼巡りに出掛けた。沼があることはここに来るバスの車中で知ったばかりだった。帳場で尋ねると簡単な地図を呉れた。見るとこの温泉宿の裏を一周する形で〈蔦沼めぐり散策路〉二・八キロがある。普通に歩けば四十五分、〈蔦野鳥の森自然観察路〉二・二キロもその中にある。念のため傘とカメラを持って出掛けた。

　雨にも合わず無事一周できたが、素晴らしい散策路だ。先ず整備が行き届いていること、危険がないこと、それでいてブナやトチの原生林の雰囲気を感じられること、その上、大小六つの沼が順次現れること、こんなに手軽に自然に接することが出来るのは素晴らしいことだ。ある意味では三日前訪れた白神山地よりここの方が美しいかも知れない。ただ一つ違いがある。白神には荒々しさがある。スケールの大きさがある。太い木が多い、折れているものもある。野生味があるのだ。それに比べると、ここは太い木が少なく、いかにも行儀よく感じられる。それが見るものに美しく感じられるのだと思う。しかし白神山地に入る難儀さに比べて、こちらには手軽さがある。それが大きな魅力だ。

沼も面白い。それぞれに表情が違う。一番大きいのが蔦沼。蔦温泉の名の由来はブナの木に絡まる蔦の多い所から来たといわれている。鏡沼というのもある。うす緑色の鏡のような湖面に背後の緑を逆さに写し、物音一つ聞こえてこない。葦のような水草が湖岸に一列に並ぶ沼。水草で半ば以上が埋もれている沼。変化に富んだ散策路だった。あとで女中さんに素晴らしかったことを伝え「誰があれを管理しているんですか」と聞くと「国です」と答えた。まるで蔦温泉旅館の庭のようなものを。この温泉旅館にはそれだけの由緒があるのだろう。

その温泉に入ることにする。この旅館には浴室が二つある。ひとつは男女別々だが、もうひとつは時間帯で男女を分けている。この時間帯は男性だというので、そちらに入ってみた。この浴室は一風変わっている。窓がないのだ。脱衣場から六段ほどの階段を下りると板張りの洗い場で、浴槽はその奥に掘り下げたようにある。四面の壁は鉄平石を貼った七十ﾁ《セン》ばかりの腰の部分を除いてすべた木で出来ている。天井も勿論木だ。もう一つ驚かされたのは温泉の透明度が高いことである。水道水以上と言えば大袈裟に聞こえるが、そう言っても差し支えないほど澄み切っている。温泉を多く流し込んでいるためかも知れないが、いままで私が体験したことのない美しさだ。

食事が終わったあと、もう一つの浴室にも入ってみた。こちらの造りはごく普通のものだった。ここには正面に大きな窓があり、その向こうは檜皮《ひわだ》を組んだ塀に囲われ、小さな庭になっている。桂の小木と名は知らないが水草のような草が植えられ、その中に大町桂月の歌碑が建てられている。そここには〈こころよさ　何にたとえん湯の滝に　肩をうたせて冬の月見る　大正十四年二月　大町桂月〉と刻まれている。大町桂月は評論家であり随筆家であった。明治二年（一八六九）高知で生まれ、晩年この地域にすっかり惚れ込んで、青森県知事などに働きかけて、現在の十和田奥入瀬観光開発の先駆者となった人である。彼はここに滞在し、ここで生涯を閉じている。とすると、浴室の庭にあった桂月の歌碑に刻まれていた歌は桂月が亡くなった年の作ということになる。

私が使った部屋は廊下に面して四枚の襖で仕切られているだけで、鍵は掛けられない。そこで貴重品は帳場に預ける、昔風な遣り方をする。この旅館に予約する時、料金を尋ねると「二万円です」と言われた。「安い部屋はありませんか」「一万円です、ただしトイレはありませんよ」で決まったのがこの部屋である。女中さんに聞くとここは大正七年の建築で、その後昭和になってから二回にわたって増築されたそうで、いま新館といわれている部屋は現代風になっているようだ。ひょっとすると桂月はこの部屋で酒を飲んでいたのかも知れない。部屋の造りは外部に面した窓や欄間、脇窓はいずれも磨りガラスに凝った模様の木のさんが組まれ、昔日を思い出させる懐かしいものである。

夕食は部屋に持って来てくれたが、朝食は新館にあるレストランというに相応《ふさわ》しい所でする。大きな窓ガラス越しには玄関や私の部屋が見え、バレーボールより大きい球状の提灯風照明器具が並ぶ、センスの良い食堂だった。

七日は雨の天気予報が外れ曇りだった。朝食を済ませ、八時三十分ここ始発のバスに乗ってこの旅最大の見所、奥入瀬渓流に入る。奥入瀬渓流は焼山から十和田湖畔の子の口までの十四・二㌔をそう呼んでいる。私は焼山の上流、石ヶ戸から歩き始めた。天候の不安とそこ迄は大したことはなかろう、と判断したためである。そのため歩行距離は八・九キロに減る。奥入瀬渓流には名付けられた滝が十四、流れとか岩、池と名付けられたものが十二ヶ所ある。私はそれにはとらわれず、じっくり自分の目で見詰めて歩いた。その結果得た総括的な感想を先に言えば、素晴らしいの一語である。ポスターや雑誌で見ている写真そのままである。勿論紅葉はないが。八・九㌔全てがそうだと言うわけではない。しかしこれほど長い距離を、密度高く、変化に富んだ渓流はどこにもないだろう。

聞く所によると、この渓流の水量は安定しているそうだ。それは海抜四〇一㍍の水源十和田湖の水位が安定していること、引いては周辺の山の緑の保水力が強いことによる証なのだろう。

当然ながらこの渓流は下流から遡らなければならない。岩を噛む白い流れがよく見えるからだ。この長い距離で標高差は確か二百㍍だったと思う。これは登りというようなものではない。私と相前後して二組の六十歳代と思われる二人連れに出会った。ひと組は焼山から歩いたと言われた。勿論他にも歩いている人はいたが、数は予想外に少なかった。ただバスツアーのグループに何組か遭遇したが、彼等の歩行距離は短い。悪い天気予報のためか、夏休みと紅葉期の端境期のためか、いずれにしても有り難かった。紅葉の季節にはもっと美しいだろう。来てみたいとは思うが、混雑を思うと二の足を踏まざるをえない。

遊歩道の終点は十和田湖畔子の口で、十和田湖の水の唯一の流れ出口である。ここでお昼を済ませ、遊覧船を兼ねた船で今夜の宿泊地休屋へ向かう。定員四百九十三人という第三十和田丸に僅かな乗客を乗せ船は出た。それにしても十和田湖の水の色は何と濃い色だろう。緑なのか藍色なのか。周囲の山々の緑はなんと豊かで濃いんだろう。この緑が湖面に影を落として美しい色を生んでいる。湖を囲む山々はどれも山容に丸味があって穏やかな印象を与える。ただ木々の緑が溢れ返っている。

船が進むにつれ船内では見所を逐一説明する放送が流されている。しかしこの雄大でみずみずしい風景を前にすると、些細な説明はもはや無用だ。休屋に着くまで十隻ほどの遊覧船と擦れ違う。ということは、人は少ないようでもかなり多くの人達がこの地域に入っていることが伺える。それは宿泊したホテルでの夕食時の混雑振りで確認できた。このホテルにはツアーの旅行者も宿泊している。

ホテルにチェックインしたあと、天気が崩れることを恐れて直ぐ湖岸沿いに高村光太郎の乙女の像を見に行った。ホテルから五分も掛からない。この像は殆どの人が映像や写真で一度は目にしているはずである。私もその一人であるが、余り良い印象を持っていなかった。有名な観光地にはどこでも有名人の像や歌碑などが建てられ、それを観光資源としている風潮が見られるが、そういう風潮が陳腐なものと感じられ、その気持ちが私の悪い印象となっているようである。事実十和田湖でも、自然の景観を別にすれば、乙女の像は最大の見所になっているようだ。そんな消極的な気持ちを抱きつつ乙女の像に到達した。その像は、黒い石台の上に、二人の乙女が、湖岸と平行に向き合って、互いの右手を手の平を相手に向けて差し出し、触れ合わんばかりにして立っている。もちろん写真で見たのと同様である。しかし、裸婦像にしては粗いタッチで仕上げてある。近づいて見上げる形で、向き合った一人の顔を見る。当然ながらもう一人は背後から見ることになる。向き合った顔の背後に緑の葉が重なって見えている。顔の色は黒ずんで見える。このアングルで乙女像を見た時、素敵だなと私は感じた。それまで抱いていたこの像へのマイナスイメージは吹っ飛んだ。この像の正面は、恐らく湖側であろう。実際、団体客の記念写真用長椅子は、乙女像を背景にそのようにセットされている。それも勿論良いだろうが、私は緑の樹木を背景に一人と向き合い一人を背後から見る位置が気に入っている。どのアングルを採るにしろ、この像は緑と合っている。私が最も期待していた、奥入瀬渓流と十和田湖は期待を裏切らなかった。この地域の印象を一文字で表せば〝緑〟ということになるだろう。

夜八時からホテルのロビーで津軽三味線の演奏があった。弾き手は若い女性だった。中年女性が歌と進行係を受け持って約三十分、それなりに雰囲気が味わえた。思い掛けないサービスに感謝する。

九月八日は旅の最後の日である。早朝窓から外を見ると、雨は降っていないが雲が外輪山に垂れ込めている。ここでの最高の展望台といわれる発荷峠に行きたいと前日バスの時間を調べておいたが、これでは駄目だと判断して諦めた。

いわゆるバイキング形式の朝食で、隣のテーブルに座った若い女性に何人ものツアー参加者らしい人が挨拶をしていった。そこで私は彼女に話し掛けてみた。「失礼ですが旅行社の方ですか」「はい」「何日間の旅行ですか」「二泊です」「飛行機を使ってですか」「いいえ、仙台まで新幹線で往復です」「あとはバスですね」「はい」「どちらからですか」「東京からです」「どんな所へ行かれるのですか」彼女は丁寧に地名を並べてくれた。とっさのことで、金木以外は知っている地名はなかった。ということは、リピーター向きのかなり的を絞った旅なのかも知れない。出発の準備もあることだろうと、礼を言って話を打ち切った。

帰りのバスについては、発荷峠行きを諦めたため、早いバスで帰ることにした。青森に戻るルート、八戸へのルート、盛岡へのルートと三通りあり、運賃は二千四百二十円から三千円。ところがこのホテルから八戸駅へ送迎バスが出ていることがわかり、それを利用することにした。十時に出発した送迎バスは十二時十分頃八戸駅に着いた。こんな長距離の送迎バスを出すとは、昨夜の三味線といい大変なサービスである。十二時五十四分に八戸を出て東京、新宿、茅野着は十九時七分だった。

初めての東北への五泊旅行で多くの見聞を得た。いまは旅の形態もツアー中心で、昔と変わってきたのかなと感じた。しかし今回の経験で、非効率でギクシャクしていても、こつこつ歩く旅の良さを感じた。この旅を振り返ってみて、私は自然とりわけ樹木、緑が好きなんだということを再確認した旅であった。

二〇二四年七月

雨

雨の音がする。そんな馬鹿なことはない。雲一つない空が窓の向こうに見えているのに。振り向いて南側のガラス戸越しに外を見ると、屋根の上の雪が溶け軒先から水滴が落ちてベランダの板を叩いている。ここ二日冷え込んで春先の雪が積もり、軒先につららが出来ていたものが、午後からの急激な気温上昇で一気に溶け出したためだ。こんなに激しい音がすることは珍しい。

「雨降りは好きですか」と問われれば多くの人は「嫌いだ」と答えるだろう。主婦は洗濯ものが乾かなくなると思うだろうし、「テキ屋殺すにゃ刃物は要らぬ、雨の十日も降ればいい」という言葉があるように、屋台店を生業としている人にはこれは大敵である。建築関係の仕事に携わっている人も仕事がはかどらないと気を揉むだろう。通勤通学している人にとっても、片手を傘に奪われ、衣服や持ち物を濡らす雨は嫌われ者となる。しかし雨の日が好きだという人も稀にいる。私も学生時代、雨の日が好きだったことがある。運動部に所属していた当時、雨が降ると練習が取り消しになるからだった。こんな部員だったから一向に上達しなかったが、この場合は少し意味が違うかも知れない。

雨が好きだという人は、どちらかと言えば女性に多いようで、理由を聞いてみると落ち着くということらしい。確かに雨が降れば洗濯物や買い物は休んで、屋内でじっくり何かに取り組める、そんな利点が考えられる。しかし実務的な利点とは別に、雨の日は日頃行けない自分自身の心の中に入っていける、そう感じている人は多いだろう。思索の時が持てるのだ。雨の日が好きだという人は幸せだと私は思っている。雨の日が好き、と思っておられること自体その人は余裕があるのであり、内面的な世界に入ることを好んでいることは人間として豊かに生きている、と思うからである。表面的にではなく、深みのある人生が過ごせるのではないだろうか。犬ではなく人として生まれたのだから、知的、精神的な生き方が出来る方が良いに決まっている。

しかし、犬はそんな精神的な生き方をしていないだろうと考えるのは人間の自惚れで、ひょっとすると彼等もいろいろと思索を巡らしているのかも知れない。最近餌が少なくなったが、この家の主人は勤め先をクビになったんだろうか。去年の今頃はもっと美味いものが多かったのに。自分が拾われてここに来たのは有り難いことだが、何故犬族は人間に隷属するようになったんだろう。どうすればこの状態から〜。私には犬語が分からないため、彼等に尋ねることは出来ない。我々人類は彼等にはそんな世界はないだろうと勝手に決め込んで、思索に耽ることこそ人類特有の特権であると信じている。私もその一人である。犬の話に深入りすれば、この文章が支離滅裂となるので話を元に戻そう。

話題は雨である。雨の日は多くの人が陰鬱になるのは間違いない。しかし雨がなければ地球上の全ての生物は死滅してしまう。従ってこれは好き嫌いの問題ではなく、アンバランスな降り方でさえなければ、これを恵みの雨と受け止めるのが人間として賢明であろう。しとしとと降る雨音を聞きながら自らの来し方行く末に思いを馳せ、自らを分析し、人生の意味を考える。今晩のおかずのことから、家族へ、祖先へ、友人、知人、そんな人達と交わした言葉。思索はどんなに遠いところへも、どんな未知の世界へも、瞬時に到達することが出来る魔法の杖のようなものである。それによって自らを高めることも賤《いや》しめることも貶《おとし》めることも出来る。人類はこの魔法の杖によって、あらゆるジャンルにわたって発明、発見、進歩を生み出してきた。あるいはそれらの多くが雨の日であったかも知れない。何故なら、活動的でなく落ち着いた時間が持てるためである。

二〇〇六年二月二十六日、学生時代一時期所属していたグリークラブのリサイタルを聴く機会があった。年に一度開かれるリサイタルでは、毎年現役の大学生と高等部やOBの新月会のメンバーが共に歌う合同演奏のステージがある。四つのステージの二番目が合同演奏に当てられていた。指揮はグリークラブ出身で私の二年先輩にあたる、この世界で有名かつ有能な北村協一さんである。半年ほど前、彼が不治の病に罹っているという話を聞いていた。団員が整列を終え、指揮者が現れた。彼は車椅子に乗り、学生がそれを押している。指揮に入る前、北村さんは客席に向きを変えマイクを取って「体調管理が行き届かず、こんな格好で行います」と車椅子で指揮をすることを詫びる挨拶をした。例年にないことである。元気ではつらつと指揮をしていた姿は影を潜め、衰えが見てとれた。

挨拶を終え、団員の方に車椅子の向きを変えさせて、演奏は始まった。座ったままではあるが、両手を高く上げタクトが振り下ろされる。私の席は二階でステージに近く、彼を左後ろから見下ろす位置である。そのため、彼の表情は見えない。しかし私には颯爽とした姿に思えた。曲目は合唱組曲『雨』である。この組曲は六曲からなっている。作曲多田武彦、六曲目の作詞は八木重吉。

その詩が私の心を奪った。その詩の最後の一行は〈雨があがるように　しずかに死んでゆこう〉。眼下で指揮をしている北村さんは、間違いなくこの詩を意識して、最後となるであろうステージのタクトを振っておられただろう。私にもその思いは伝わってくる。〈雨が止むように〜〉はごく自然に死を迎えたいという願望であろうが、それは取りも直さず、〈雨が降っていたのだ〉とあるように、豪雨や驟雨ではない、静かな、淡々とした生き様をこそ求めているように思える。

団員の方達が最後までタクトが振れるだろうかと気遣っていた北村さんは無事演奏を終え、大きな拍手に包まれた。私も、この詩のような終焉を迎えたいものだと思いつつ、拍手を送った。場内はいつもと違った緊張感と重々しさに包まれていたように思えた。北村さんはこの日から十五日後、天国に旅立たれた。そのため、私にとって想い出深いステージとして今も私の中に留《とど》まっている。

飛鳥で世界周航クルーズに乗船した時、毎朝、船長さんが航海情報を放送される。その時、「この辺りの水深は四千米《メートル》です」が繰り返された。連日のようにこの放送を聞いていると、地球という星が水の惑星であることに気づく。おそらく、宇宙空間から見れば青味がかって見えるのではないだろうか。地上から見上げた青空がそれを証明している。大気は青いのだ。それは水蒸気、つまりは水である。そしてこの青味がかった水が全ての動物、植物生存のための鍵を握っている。

雨というのは、地上にあった水分が気体となって空から地上に戻ってくるもので、水が人類生存に不可欠なものである以上、有り難く受け入れるべきものである。ただそれが偏った時、水害をもたらすという不都合が生じることになる。それに対する対策を整えた上で、雨と楽しく付き合って行く方便を見つけ出すことが大切なことになる。晴耕雨読がその好例であろう。その意味で、雨降りは自分の趣味に充てる時間と考えれば、雨もまた楽し、ということになる。ただ、これは私のような年老いた閑人の言うことで、現役で、屋外で仕事をしている人にとっては、とんでもないことになるだろう。

しかし、雨の日というのは年間に何日もあるのだから、これと上手に付き合って行く方法を日頃から考え、準備していくことはとても大事なことと考えている。

一年三百六十五日、一日二十四時間、これは老若男女誰にも平等に与えられている。これは宇宙の法則である。この与えられた条件下で、雨も平等に降る。一方、雨の方にはいろいろある。夕立や集中豪雨のような激しいものもあれば、梅雨時にしとしと降る長雨もある。雨そのものは同じでもその現れ方によって、受け止め方も当然違ったものになる。しかし、どんな場合でもそれを悪く受け止めず、前向きに、良いように受け止めることが大切である。それが、長年人間をやってきた者の知恵というものだろう。これは雨のみならず、全てのことに言えるだろう。

二〇二四年七月

薪ストーブ

フォックスコテージには薪ストーブがある。ここに小屋を建てた時、ログハウスのキットと同時に購入したもので、確かカナダ製だ。途轍もなく重くて、搬入にてこずった。煙突の口径は太い。そのためか良く燃える。この小屋の滞在は主に夏場ではあるが、標高の高いここでは春や秋にもストーブに火を入れることがしばしば起こる。私が高齢のためもあるが、今年も七月中旬、火を入れた。ここでストーブの話に入る前に我が小屋の室内温度について触れておこう。

我が小屋は丸太ではないが、切断面が四隅に丸味を帯びた、ほぼ長方形の角ログハウスである。厚みはほぼ十三センチある。そのため断熱効果が非常に優れている。例えば今日、七月二十八日の天気情報による気温二十九度に対し、室内温度は二十四度を示している。五度低いわけだ。これを上廻ることはない。朝は二十〜二十二度だ。従って、ここでは夏場窓は閉め切ったままで、開けることは全くしない。外気が入るからである。外気が入れば、室内温度が上がる。しかしここには冷房設備がないため、室内温度を下げることは出来ない。そのため、ここでは年間を通して窓を開け放すことは殆どなく、ドアも開けたらすぐ閉めることになっている。

　ここでの暖は薪ストーブとホーム炬燵によっている。ホーム炬燵は板張りの床の上に電気カーペットを敷いてその上に置き、足を入れる。このため室温を上げる主役は薪ストーブとなる。ストーブの正面は横開きの扉で耐熱ガラスが入っているため、ストーブ内の様子は良く見える。ストーブの取り扱いについて私は誰からも教わっていないので、以下我流の遣り方を記してみることにしよう。

　先ず新聞紙など紙類を鷲づかみにして丸味を保たせてストーブ内に置く。この時、紙面を密着させず空間を保つようにする。その上に枯れた小枝を適量置く。更にその上に直径一センチ未満の枯れ枝を乗せる。それぞれの量は、経験を重ねることによって、感知するようになる。

　用意ができれば、マッチで紙に火を付け扉を閉める。その前にストーブ内への空気量調節弁を全開にしておく。この後、火が上手く燃え広がるかどうかを注意深く観察し、順調に燃え広がれば時を失せず枯れ枝の量を増やし、かつ太いものへと変えていく。ここまで順調に燃え広がれば、もう大丈夫。この段階までが、薪ストーブの最も注意を要する時だ。火が拡がり安定した後は、太い枝類や薪割りした太さ数センチほどの薪を適時追加していく。太い薪が燃えた後は、それが熾火《おきび》となって追加して入れる枝や薪を燃やしてくれるため、火種が絶えることは先ずない。

　ストーブによる暖房は、大きな鉄の塊であるストーブ自体を熱くすることにより、そこから放射される熱気によって室内を暖めようというものである。従って最初多めに薪を入れ全開の状態でストーブ自体を熱くしてしまえば、後はそれを極端に冷めないように保つ、そんな感覚で付き合うのが最も合理的だろうと私は思っている。夜寝る時は、極端に大きな直径二十センチあるいはそれ以上の大きな薪を入れ、通気量をごく少なくして就寝する。順調に行けば、翌朝大きな木の塊は完全に焼失している。気持ちの良いものだ。このような経験を繰り返していると、ストーブと私が相対して付き合っているかのような気分になってくる。

　ところで燃料についてだが、最初に燃やす柴と小枝については、常日頃、敷地内に落下する主に落葉松の枝を利用している。強風によって落下するもので、これは不思議に思うほど、大量にある。自然界の営みであり、ストーブ族から見れば、恵みの贈り物である。それを常々、一定量を紐で結わえたり、小枝類は適当な長さに刻んで保管しておかなければならない。

　一方主役の薪は敷地内で倒した木、他所で倒した木などをチェーンソウで切断し、斧で割って薪としたものを使ってきて、購入したことは一度もない。それは偏《ひとえ》に、ここで越冬していないためであろう。薪の大きさは長さ四十五センチ以内として切断する。

　薪の太さについては判断が分かれる。例えば、直径十センチのもの一本にするか、直径五センチのもの二本にするか。細いものは燃えやすく、燃焼時間は短いが、二本使える。一方、太いものは燃焼時間は長いが、一度しか燃やせない。熱効率という点でどちらが有利なのか私は今即断は出来ないが、ハッキリしているのは細い薪は早く燃え尽きるため、追加の薪を入れる時間が短くなるという煩わしさを生むことになる。そんなわけで、私は細い薪を出来るだけ作らないように心掛けている。それは同時に、薪割りの回数を減らすといいメリットも生む。別の表現をすれば、不精者向きとなるだろう。

こんなストーブだが、長年使っていると燃焼が悪くなってくる。煤《すす》が煙突内に付着して通気が悪くなるためだ。悪くすると火事になるそうだ。そこで煙突掃除が必要となる。使用頻度の少ない我がストーブも、これまで何度か掃除をしてもらった。

時折ここを訪れる客人で、ストーブで薪が燃えているのを見たがる人がいらっしゃる。その気持ち私にもあるようで分からぬでもないが、何故だろう。

以下は荒唐無稽な〈火〉についての考察である。火というのは、この世に存在するあらゆる物を消滅あるいは変形、無力化する力を持っている。そのことに対する怖れを我々は持っている。その怖れが火という物を特別な物として受け止めているためだろうか。いま物と書いたが、火は目に見えてはいるが、樹や建物などのような固体ではない。その怖ろしい火が、固体の薪が燃えることによって炎となって揺らめいている不思議さを目撃している瞬間。この火に対する怖れと薪が炎に変化する不思議さが、目撃している人間に感動を与え、惹かれているためなのか。あらゆる物に変化を与え消滅させてしまう怖ろしい存在を見詰める己。その心理状態が人の心を厳粛にさせるのではないだろうか。そしてその心理状態を体験したいがために、人は炎が揺らめく様《さま》を見たいと思うのであろう。炎は偉大な力と怖ろしさを持っている。摩訶不思議な存在である。

火は前記の通り、非常に危険であると同時に物質を変化させていく魔法の杖のような力も持っている。それが人間をして炎を怖れ敬う気持ちを抱かせている。薪ストーブにより暖を取る行為を通して炎と向き合う日々は、私に暖房という暖かい空気と炎という偉大な存在を見詰める機会を与えてくれている。そのことに感謝しながらこれからも薪ストーブと上手《じょうず》に付き合って行きたいものである。

ここまで薪ストーブについての考察を試みてきたが、前記の通りこれを使用し維持管理していくのには、かなりの労力が必要なことが察知出来るだろう。室内温度を上げるためには電気製品である冷暖房機をはじめ、石油ストーブや木屑を固めた木片を燃料とするストーブなど、便利なものがいろいろ出回っている。そんな中で昔ながらの薪ストーブを使う魅力は何処にあるのだろう。室温を高める手段を何に求めるかは、そのための費用と手間とその人の感性によって決まっていくものと思われる。八ヶ岳山麓の我が小屋の場合、薪ストーブは種々の労力を伴うものではあっても、ログハウスという建物と共に、私を自然界に埋没させる働きをしているように感じられる。

鳥の鳴き声、木漏れ日、日々姿を変えていく山野草、樹間に仰ぐ茜色の空。そして月光。そんな中での薪ストーブの炎。その炎を見詰めて私は何を思うのだろう。

二〇二四年七月

遺品

薬莢《やつきょう》

私が小学六年生の昭和二十年（一九四五）、第二次世界大戦は終戦を迎えたが、この年我が家は焼夷弾によって焼失した。その一週間前には近隣に多数の一トン爆弾が投下され、爆弾の怖ろしさを子供心に身に浸みて感じさせられた。それに前後して、グラマン戦闘機の機銃掃射を経験した。

当時の我が家は二区画の住宅地の一方に居宅があり、もう一方は全面畑で各種野菜を父親が栽培していた。そしてそこに防空壕があった。空襲警報下であったか否か、記憶が少し曖昧だが、その畑に私が居たとき爆音が聞こえ、そちらに目をやった時、戦闘機（グラマン）が私に向かって急降下してくるのに気付いた。急いで私は防空壕に駆け込んだ。同時に、バリバリバリと機銃掃射の音と共に爆音は消え去った。アッと言う間のことだった。

我が家は伊丹飛行場の外縁から一キロほどの所にあった。当初は私が狙われて銃撃されたのかと思っていたが、飛行場の何かに向かって引き金を引いたのではないかと、後になって思うようになった。と言うのは、我が家の畑に薬莢《やつきょう》とそれを繋ぐ金具が落ちていたからである。薬莢とは弾丸の火薬をつめる、直径一・五センチ程の円筒形容器のことである。しかし断定は出来ない。高度を下げ突っ込んできて引き金を引いた場所から薬莢は飛び跳ね落下するが、加速する機上から垂直に薬莢が落下するのではなく、薬莢自身も進行方向に移動して落下すると考えられるからである。

それは兎も角、この薬莢とそれを繋ぐ金具を私は記念に保管し、今も私の机の引き出しに入っている。七十八年前の米軍のものだ。いずれも金属で当時と全く同じ姿で残っている。これを見るたびに、防空壕に飛び込んだ少年の自分がよみがえる。あの時機銃掃射の引き金を引いたパイロットは、私より十歳以上、年上であったことは間違いない。あの時からほぼ二ヶ月後、日本の敗戦という形で戦争は終わった。彼は現在生存しているだろうか。その可能性は零に近い。

薬莢を前にして私が十二歳だったあの時のことを思うと、時間というのが魔法のように思われてくる。そんな想いで、私は薬莢を引き出しに仕舞った。

書庫

私の祖父は九十二歳で亡くなった。一度も同居したことはない。この祖父については拙文『中村哲先生』に書いているので詳細は省くが、外出時は僧侶のような黒い衣《ころも》姿で、かなり風変わりな人だったが、篤志家で、行動力があった。そんなことで、私は秘かに敬意を抱いていた。

この祖父の部屋は和室だったが、そこにスチール製の書庫があった。高さ九十《チセン》幅五十《チセン》ほどの、ごくありふれた灰色の事務用家具である。祖父が亡くなった後、この書庫を私は貰うことにした。そのようなものを持っていなかったし、何よりも祖父が使っていたという愛着があったからである。片開きのドアに鍵と言うべきダイヤルが付いていて、それを右に左に廻して数字を合わせると扉が開く仕組みになっている。内部は棚によって二段になり、下部に引き出しが付いている。この書庫に、私にとって大切な書類が入っている。預金通帳から不動産の権利種、賃貸契約書、税務関係の申告書、領収書など一定期間保管を義務づけされた書類等かなりの量になる。

書庫は書類の保管が主たる目的だが、銀行の預金通帳は入出金をはじめ振り込みの確認など日常的な利用が多いため、しばしばこの書庫を開閉することになる。この書庫を使いだして既に五十七年になるが、そのことを思うと数え切れない多くの回数、私はこの書庫のダイヤルを廻してきたことになる。その都度、私は祖父と接触している、と感じている。そこに祖父の生き様を思い、それに準じようという気持ちを抱かせられる。しかし私は祖父の人生観や生き様について、篤志家ということを除いて、よく知っていたわけではなかった。

私が結婚しようとした時父は既に亡く、母や兄と同居していた。相手の女性についてそれなりの調査をしたようだが、反対はされなかった。私が次男であり、兄が家督相続人であったためもあるだろう。その時期私は祖父を訪ね、私が結婚することを伝えたことがある。何のために訪ねたのか。

当時の結婚は○○家と△△家の結婚という意識が強かった。そのため家柄や身分を重視した。そんな時代に、孫である私の結婚に関し祖父なら率直な意見を言ってくれるのではないか、という気持ちがあった。その時どんな遣り取りをしたか正確な記憶は残っていないが、非常に簡潔なものだった。「その人は健康か?」の一言だけ、だった。私は「ハイ」と答え、その一言に満足した。祖父はそれ以外、何も言わなかった。九人居る孫の一人の結婚に際し、九十歳近い人生の大先輩のこの一言を聞いて、結婚に際し一番大切なことは何かを教えられた。この言葉は、祖父が二度妻を娶り、二度先立たれている、その実体験から出た切実な言葉だったのだろう。

結婚して既に六十三年、多くの苦労を重ねながら今もこの書庫のダイヤルを廻している。妻共々、健康が維持できたお陰だ。祖父は肯いてくれているだろう。

机

私の実家は糸屋で、大阪の河内に撚糸《ねんし》工場があった。紡績した一本のままの糸を単糸といいそれを三本とか四本撚り合わせて縫い糸として使う。二十番手の単糸を四本撚り合わせて木綿糸と呼んでいた。昔から衣服の破れなどを繕《つくろ》うため一般家庭でよく使われていた。戦後社会が豊かになり既製品が出回るにつれ、縫い糸の家庭での需要減少に伴ってこの世界は斜陽産業となった。そんな中、私は兄の下で働いていたが、やがて書店開業に身を転じつつこの工場に関わる仕事も、当初続けていた。

この工場の事務所に直系六十《チ》《セン》ほどの円卓があった。四本の足に支えられた、焦げ茶色のごく有りふれたテーブルである。ところがその後、この工場を解体することになり、この机を我が家に引き取った後、今は我が八ヶ岳山麓の小屋の寝室に鎮座する羽目になった。四本の丸味を施した足が四角い横木に支えられ、それなりに机としての存在感を示している。ただ現在は妻が編んだレース編みのテーブルクロスと厚手の透明ビニールで覆われており、全容を見ることはできない。しかしここでは有効利用されており、机本体としても満足しているであろう。おそらく九十五年は使命を果たしてきたわけだから。机の運命というのも奇妙なものである。そんなことで、古い机にも自分の生き様と重ね合わせ愛着を抱き、半ば擬人化して付き合っている自分に気付くこの頃である。これも老化現象の一つなのかも知れない。

屑籠《くずかご》

今一つ、我が八ヶ岳山麓のこの小屋に奇妙なものがある。それは籐で編んだ屑籠である。高さは四十《チセン》。籠の断面図、つまり上から見た形は円を四分の一に切断した形だ。従って籠の二面は平面で残りの一面は円を四分の一にした曲面である。部屋の隅に平面の二面を接するように置くことを前提に、作られている。曲面の正面一部の籐の編み方を変えて、少し模様のようになっている他は、上蓋を開けるために蓋の角の部分が開いているだけである。この屑籠も歴史がある。おそらく百年近くは経っているだろう。

この屑籠は何処から来たか。大阪市北区天満に造幣局がある。一八七一年（明治四）に出来たこの造幣局で、日本の硬貨の製造が行われるようになって今日に続いている。また、ここには桜並木があって市内の桜の名所として花見時には多くの人出で賑わう。造幣局は新淀川に接し、その対岸に桜之宮公園がある。その公園に接して、祖父が昭和四年頃建てた長屋がある。八軒長屋だった。川沿いに拡がるこの公園は広いが、岸辺からの幅はこの辺りでせいぜい五十《メートル》ほどで広くはなく、そこから土手になって高くなっている。その土手の部分に、今も六軒長屋が建っている。土手の斜面であるため、道路側からは二階建て、公園側からは三階建てに見える。

どうなっているかというと、道路側から見た二階建ての家に土手斜面を利用した地下室が付いている、と言うことだ。従って地下室は建物平面図のほぼ三分の二程度と狭く、大きな浴室と納戸がある程度だった。そこにこの屑籠があった。

以下余談になるが、祖父が住んでいたのは八軒長屋の東端で公園へ下りて行く緩い坂道に接している。坂道を隔てた向かいは高い塀に囲まれ、木々が茂る途轍もなく広い庭園になっている。現況は不明ながら、当時は元藤田男爵の別邸だった。そんなわけで、祖父の家の南側つまり公園側は三階建てに相当し、眼下に桜之宮公園、川を隔てて造幣局と見晴らしが良い。祖父がこの地を購入した切っ掛けは、親交のあった同業の方と川遊びでこの辺りを通った時「この辺りは良い所だな」と思って購入した、という話を聞いたことがある。昭和の初めである。古き佳き時代だったのだろう。

これは住宅地の立地についての話だが、建物についてもＮＨＫテレビの取材を受けたことがあるそうだ。私はその番組を見ていないが、その趣旨は昭和モダニズムの住宅ということだったようだ。確かに、二階の南側の部屋は角地であったため、洋室の南側と東側に回廊がある、つまり景観を楽しむようになっている。これらのことから分かるように、祖父は非常に積極的な人だったようだ。この屑籠もその延長線上にあるように私には思える、ハイカラな屑籠である。およそ百年を経て、今その屑籠が信州の標高一三五〇《メートル》の山麓にある。奇妙なものだ。幸せを感じる。

古いものを大切にする。それは先人への想いと繋がっているためだろう。私がかつてホームステイさせてもらったオランダ女性ソフィアもそうだった。彼女の家で食事した時、食塩を入れる小瓶を使ったが、彼女は「これは母からもらった物です」と言っていた。他にも、古い椅子を示して「これは教会からの払い下げで手に入れたものです」と、誇らしげに見せてくれた。西洋の人達は我々以上に古いものを大切にしているように感じられる。恐らくそれは長い時間を一気に飛び越して、その時点に戻れる魔法の杖のような働きをしてくれることによっているのだろう。そんな想いでこれからも古いものを大切にし、付き合って行きたいものである。

二〇二四年八月

運不運

運不運というのは人生に於いて、誰にとっても付きまとうものである。そして奇妙なものでもある。例えば、狭い十字路での出会い頭の交通事故を例に考えてみると、車で家を出発する時たまたま路上を歩行中の人が居たため十秒スタートが遅れたとすれば、その十秒によって出会い頭の事故発生が避けられる、ということが起こりうる。この場合は事故が起こらないわけだから、ドライバーはいつも通り平穏無事に一日が過ぎ、何の感慨も浮かばないだろう。まして、その通行人が居たことによって自分が幸運に恵まれたのだということにも、もちろん気付かないだろう。つまり本人が気付かないうちに幸運が訪れていたわけである。

しかしもし事故が発生しておれば、家を出る時あの歩行者が居なければ事故は発生しなかったのに、と思うだろう。この場合鍵を握っているのは、たまたま路上を通行していた人となる。運というのはこの例のように、思いがけない時と所での出来事によって左右されていく、摩訶不思議なものである。

更にくどいようだが、上記の狭い十字路での出会い頭の事故がなく無事通過していても、その後夕立に見舞われ、対向車のスリップにより衝突するかも知れない。この場合は、家を出発した時の通行人が災いをもたらしたということになる。

このように、良い運、悪い運というのは四六時中あらゆる事柄に付きまとって発生しているわけで、当事者の本人は全くそのことに気付かず、日々生活しているわけだ。何か事が起こって、初めて「ああ運が良かったね」とか「運が悪かったね」と言っているに過ぎない。

また別の捉え方をすれば、自分は不運だったと思っている人も、実は知らないうちに多くの幸運を経験しているのかも分からない。ただ本人がその幸運に気付く機会がなかったに過ぎない。知らないうちに多くの幸運を経験し、たまたま起こった不運に気付き、自分は不運だと嘆く。

運というのはこのように、表面的に目に見えるものではない。しかし現実の社会では、運の良い人、悪い人は存在する。それによって生活が良くなったり悪くなったりと、日常生活に切実な影響をもたらす。そのため、何とか良い運に恵まれたいものと思い、多くの人が神社に詣でお賽銭を入れ、幸運到来を神頼みする。私自身もその一人である。極めて素朴で自然な行為と言えるだろう。

運を象徴するものの典型的なものに宝くじがある。私は生来賭け事が好きでないため、買ったことは一度もない。おそらくこれは、実直を尊《とうと》ぶ家庭環境から来ているのだと思われる。そのため私は、幸運は望ましいものとは思うが、運というものに頼ろうとしたことはない。何事も自力での目的達成を目指そうという立場である。このことに関連して少し脱線しよう。

私の父は株で大儲けをした人の話を聞くと、それを気の毒なことのように言った。それには二つの意味が込められているようで、一つはその内大損して破産するという意味、今一つは地道に働こうとしなくなるというもののようだった。父が「投機に手を出すな」と厳しく言っていた理由の一つに、糸屋という家業との繋がりがあった。詳細は省くが、仕事柄、綿糸の先物取引をする必要があり、その時実需以上の先物売買をして儲けようという誘惑に負ける危険があったためである。実需以上の先物の売買は賭《か》けになるためで、それを怖れてのことだった。このような環境によるものかどうか、私は運（他力）を当てにせず努力（自力）で生きていく根性が身に付いてきたようだ。

運がいい人、悪い人は確かに存在する。悪運を嘆く人も居る。運は不平等かも知れない。しかし、それを嘆いていても仕方がない。運が悪くても、その中で努力して、少しでもレベルを高くする。努力をしなければ良くはならない。運は向こうから、勝手にやってくるものである。向こうの都合などどうでも良いことだ。

運についてのキーワードは努力である。努力によって運命を変えていくのだ。それは劇的なものでないごく僅かなものかも知れない。しかし少しではあっても現状のレベルを上げる。それを続ける。運が悪いなら悪いなりに運のレベルを上げていくことだ。へこたれないことだ。その内に運が根負けして付いてくるだろう。それ以外に方法はないと私は考えている。これが運を良くする秘訣である。

ここで飛躍するようだが、私は電球や蓄音機を発明したトーマス・エジソンの言葉を思い出す。それは児童書の偉人伝『エジソン』に書かれていたキャッチフレーズで、「天才とは、一パーセントのひらめきと九十九パーセントの努力である」というものだ。

努力とは辞書によれば〈気持ちを奮い起こして力を尽くす〉となる。努力は私の好きな言葉だが、決して努力そのものが好きなわけではない。ただより良い人生を築きたい、という向上心によって努力に立ち向かっているに過ぎない。そのためには強い意志、克己心が必要である。自分自身に勝つことだ。これこそが運のみならず、不可能を可能とする魔法の杖のようなものであるのかもしれない。

以上要約すると、運は努力によって自分で作っていくものだとなるだろう。幸運を祈る。

二〇二四年八月

八ヶ岳連峰山麓

私がここに小屋を建てた切っ掛けは、鳥の鳴き声を録音することに興味を抱いていた当時、その拠点が欲しいということによっている。三十数年前のことである。

当初は利用する機会が少なかったが、最近は夏場を中心に年間のほぼ半分をここで過ごしている。その最大の理由は気温の低さにある。標高一三五〇メートルのここでは下界に比べ六度気温が低い。その上、我がログハウスは断熱効果が非常に優れており、快適である。それについて脱線しよう。

今年（二〇二四年）八月中旬のラジオニュース番組では、連日四十度近くの危険な暑さが放送されている。しかし我が小屋の室内温度は二十～二十四度で一定している。この夏、二十五度を上廻ったことは一度もない。一方外気温は、スマホでの〈今日の天気情報〉によると、連日のように二十八～二十九度と表示されている。そんなことで、ここでは窓を開けることは一切しない。ドアも開けたらすぐ閉めるよう心掛けている。そうすることによって室内温度は一定に保たれている。これはログハウスの大きな長所で、建物の外壁である厚さ十三センチの木材自体に内在する繊維質によるものだ。

夏場以外の四月と十一月にも滞在することがあるが、その時期は暑さ対策ではなく寒さ対策が必要で、薪ストーブに火を入れることがしばしば起こる。当然その時窓やドアは閉め切ったままで、時折室内に充満した煙を出すため窓を開けることはあるが、それ以外に窓を開けることはない。このようにここでは暑さ対策より寒さ対策が重要でそれを薪ストーブとホーム炬燵によっているわけである。

八ヶ岳連峰は南北およそ三十キロ、東西約十五キロに及ぶ山岳高原地帯である。ここに小屋を建てた当初のほぼ二十年間は、八ヶ岳連峰の山々への登山を続けた。主峰赤岳へは、一年に一度は登頂した。一度を除いてそれは七十歳まで続いた。赤岳以外のピークもほとんど登頂した。南アルプスの北岳、甲斐駒ヶ岳、仙丈岳にも登頂した。いずれもこの小屋からの日帰り登山だった。私の登山は全て日帰りだったため、八ヶ岳連峰の縦走は部分的にしか経験していない。南北に長い八ヶ岳連峰のほぼ中央、夏沢峠を堺にそこから北を北八《きたやつ》、南を南八《みなみやつ》と呼んで、北はなだらかな女性的、南はゴツゴツした男性的、という捉え方がされている。確かに北八には一般観光客が多く訪れる観光地としての白駒池やピラタスロープウェイを利用しての坪庭があり、登山という雰囲気は薄くなる。

以上は登山という視点での話だが、この地域には観光地としての見所も数多くある。我が小屋のある原村は八ヶ岳連峰南端の西側に位置し、JR中央線茅野駅に近い。この茅野駅付近から通称ビーナスラインという観光道路が北に向かって走っている。蓼科湖、白樺湖からニッコウキスゲでよく知られている車山、霧ヶ峰。途中の右側にはピラタスロープウェイ。さらにビーナスラインを右に逸れ、国道二九九号線を進むと標高二一二〇メ《メー》《トル》の麦草峠に達する。日本の国道で最も標高が高い地点だ。

峠の少し先に、観光名所でもある白駒池への駐車場がある。このルートをメルヘン街道と名付けている。誰が名付けたのかは知らないが、このこと自体を取ってみてもこの地域が観光地であることが理解出来よう。このまま車を進めれば白樺林が美しい八千穂自然園を通過し、遙か左に浅間山を望見しつつ標高はグングン低くなり、やがて国道一四一号線に突き当たる。JR小海線、八千穂駅のすぐ近くだ。ここを左折すれば軽井沢へ、右折すれば小海線に沿って八ヶ岳連峰の東側を、連峰を右に見ながら南下し、野辺山、清里を経て、我が小屋への鉢巻き道路への分岐点に至る。

つまり八ヶ岳連峰の途中を横断して一周したことになる。野辺山駅はJR線の中で一番標高が高い駅（一三四五・六七メートル）として有名で、可愛い駅舎と共に人気がある。ちなみにこの駅の開業は一九三五年（昭和十）だそうだ。私より一つ若い。

さらに反対側の八ヶ岳連峰西側には蓼科温泉郷、奥蓼科温泉郷と呼ばれる温泉場がある。当然これも観光客を誘引するものだが、さらに近年新たな観光スポットが出現した。それは日本画の巨匠、東山魁夷画伯の〈緑響く〉のモデルとなった御射鹿池《みしゃかいけ》である。数年前に広く知られるようになり、観光バスが訪れるようになって、今では広い駐車場ができている。我が小屋から車で二十分の所だ。

このように八ヶ岳連峰西側は観光名所に恵まれ、春、夏、秋それぞれに観光客で賑わっている。従ってそれに伴い、宿泊施設や飲食関連の店にも趣のある処が多いようである。

以上は観光地としての八ヶ岳連峰だが、さらにこの地域の特徴の一つは、いわゆる別荘地が多いことだ。別荘地としては軽井沢の知名度が高いが、蓼科の別荘地の歴史もかなり古いようだ。それについては調べていないが、当初は借地による別荘が多かったようだ。

別荘地の多くは大手不動産会社や系列の会社が開発、運営管理している場合が多いようだが、スケールの大小色々とあるようだ。それらが混在し、結果として広い地域が別荘地としてこの地域を占めている。八ヶ岳山麓の西側、蓼科が中心で、現在では山麓の南側にまでそれは拡がっている。

我が小屋のある別荘地は南側で、やはり大手不動産会社系列が管理している。区画数三百程のものだが定住者三十余りで徐々に増加しているようだ。隣接して同様の別荘地が幾つも連なっている。そのほとんどが私がこの土地を購入した以後のものだ。団塊の世代がこの現象をもたらしたと思えるが、その人達が後期高齢者となり、少子化が進む中、この世界は今後急速に縮小していくと思われる。

別荘を何のために持とうとするのか。それは人それぞれで、一律ではないだろう。中にはステイタスとして所有している人も居るだろう。しかし私は全く異なっている。自然界に埋没したい。ただ唯それを願ってのことである。生来自然が好きで、人の多いところは苦手な質《たち》で、これはどうしようもない。仕事をしていた現役時代は仕方がないが、仕事を離れた今は人が少なく、静かな森の中の日々が望ましい。イギリスの人達は、現役引退後田舎暮らしを理想とするとよく耳にしたが、それと同じ気持ちだろうと思っている。

自然界に埋没するとは、具体的に表すと、山野草の花々、小鳥たちの囀り、小動物との出会い。木々の芽付き、紅葉、落葉。木漏れ日、樹林を通しての夕焼け、月光など。背の高い落葉松の森の中での暮らしである。おもに春の訪れから夏、秋、初冬にかけての季節の移ろいを目の当たりにし、肌で感じるということである。この世界にどっぷりと浸かり、敷地内の不適切な草取りや落下する枯れ枝の始末など、野外の作業に勤《いそ》しむ。けっこうこれに時間を要する。それは草刈り機などの道具を使わないためである。私が手作業にこだわるのは、自然界に埋没するためである。草や枯れ枝と会話を交わすためである。草は破棄するが、枯れ枝は纏めて柴としてストーブで利用する。

この屋外作業は必要不可欠なもので晴天であればほぼ毎日行う。同時にこの作業は体力維持のための運動にもなっていると自らを励まし、実行している。屋外活動が終わった後の室内時間は執筆活動、読書、音楽鑑賞に当てている。文章を書くという行為は能力の乏しい私にとって非常に難儀なことで、多くの時間を必要とする。遅々として進まない。その最大の理由は書こうとするテーマについてほぼ構想がまとまってから書き始めるのではなく、とにかく書き始めてからどう書くかを考えているためで、このような遣り方は邪道なのかも知れない。

読書は最近ほとんどやっていない。ただ、文章を書くための資料としての文章を読むことはあるが、それ以上のまともな読書はしていない。何故そうなっているか。それは現在の随筆執筆活動が一段落してから読書にかかろうと思っているためである。つまり、私が高齢であるため、いつ書けなくなるかも知れないという思いが、とにかくこれだけ書いてしまってから、ゆっくり読みたい本をじっくり読もうということである。文章を書いている人間にとって、他人様《ひとさま》がお書きになった文章を読むことほど愉快で楽なことはない。その日が一日でも早くやって来ることを願いつつ執筆に精を出す。

音楽は私にとって正に癒やしのひとときである。庭仕事、執筆という半ば義務的な時間を過ごしている中での、自らを開放する時間である。そんな訳で、音楽は朝食、ティータイム、夕食と一日三回、ほぼ毎日聴いている。

鳥の鳴き声録音から始まった私の信州との繋がり。それを切っ掛けとした八ヶ岳山麓での小屋建設。それ以後今日までの三十四年間、私の生活はこの小屋を軸に廻っていたように思う。それほどこの小屋での時間は、私の心の中で、大きな場所を占めていた。そんな訳で、ここでの経験の数々が懐かしく想い出される。六年に一度行われる御柱祭《おんばしらまつり》での御柱を山から曳き、諏訪大社に建てる。何度か参加した。こんな野性的で、愉快な祭はないと思った。そこから幾つかのことを感じ取った。それまで経験してこなかった登山も、何十回と経験した。赤岳の北、横岳に群生するコマクサの可憐な姿に魅せられた。ニホンカモシカにも遭遇した。白駒池では、誰も居ない夕方、船上から聞こえてくる尺八の音色に聴き入った。下界では体験できない、幽玄の世界だった。

更にこの界隈には多くの美術館があり、その幾つかを訪れている。別荘地の多い地域では、時間とお金に余裕のある別荘族をターゲットに、美術館が多く存在する。中でも、北沢美術館はガラス工芸家エミール・ガレの作品を多く所蔵していることで群を抜いている。東山魁夷をはじめとした、現代日本画も展示されている。諏訪と清里の二ヵ所あり、必見の美術館だ。

一方この小屋には友人知人など多くの繋がりのある方々をお招きし歓談の時を共にした。多くの方は既に故人となられたが、その想い出は今もハッキリ私の中に留まっている。それは自宅や下界の日常的な場所と違った八ヶ岳山麓の森の中という特異な場所によっているためであろう。そんな数々の人達との想い出がこの小屋には満ちている。私にとって忘れがたい大切な想い出の数々である。

そんな想い出多いこの小屋で、今日も庭仕事を終え、駄文執筆にない知恵を絞り、ティータイムにコーヒーを飲みながらチゴイネルワイゼンに耳を傾けている。これを幸せというのだろう。

八ヶ岳山麓は私の晩年を、人生を豊かなものにしてくれた、私にとって大切な、愛すべき所である。

二〇二四年八月

文章の勧め

私が文章を書き始めたのは一九九二年のノルウェー旅行以来のことである。それ迄の私は文章はおろか手紙も殆ど書いたことがなかった。当時書店をしていた私に、一廻り以上年上のお客さんである男性の方が、旅日記を書くことを勧めて下さった。これが私と文章との出会いだった。そんな訳で文章とは無縁であった私は誰の助言を得ることもなく、全くのぶっつけで書き始めることになった。

先ず文体をどうすべきか。デス、マス、とするか。デアル、ダ、とすべきか。迷ったあげく、結局その方への旅の報告という形の手紙文として書き始めた。これが私の執筆活動の始まりである。当初は仕事に追いまくられていたため、一年一度の旅行記を一年かかっても書き切れなかった。

一九八七年から始まった、一年に一度、約二週間という私のヨーロッパ歩きは二十五年間（一部クルーズも含む）続くことになるのだが、このノルウェーは六年目に当たり、以後フランス、アイルランドと続き、それぞれ旅行記を書いていくことになる。当時の私は出版など全く考えていなかった。それは、無名の私の書いた紀行文など売れるはずがない、と思っていたためである。しかし五年間の紀行文が書き溜まった後、出版に踏み切った。それは記録を残そうという気持ちと自分が書店人で、お客様に買ってもらおうという気持ちもあったためである。

出版に当たって各文章を再読して、それぞれの旅にはそれぞれのテーマのようなものがあることに気付いた。ノルウェーでは〈消費は悪徳〉。フランスでは〈一途な心、人間の意志の重さ〉、アイルランドでは〈友〉、ポーランドでは〈本当の民主主義〉、オランダでは〈徹底的〉といった風に。

それは旅日記を纏める行為、即ち旅を振り返り整理する作業の中から生まれる。もし旅をしただけで、文章に纏めていなければ、このようなことに気付かなかっただろう。旅行を終え、帰宅し日常の仕事に戻る。旅行中の色々な想い出はもちろん残るだろう。しかしそれは断片的なものとしてであって、あの旅は、あるいはノルウェーという所は、という総括的な捉え方は出来ないものである。しかし文章に纏めるという作業を通して、あぶり出しの文字のようにそのテーマのような言葉が浮かび上がってくる。これは不思議なものだ。おそらくこれは、旅行中に経験した断片的な事柄が文章にすることによって繋がっていくことによるのだと、察することができる。

では、文章を書くという行為はどういうことか。少し理屈っぽくなるが、考えてみよう。

ある風景を写真に撮る。それを見て美しいと感じる。美しいと感じてそのままにする。それに対して、美しいと感じたことを文章にする。ただ〈美しかったです〉と書く。しかし何故美しいと感じたのか。それはどの部分でそう感じたのか。そう感じたのはその部分の色彩なのか形によるのか。

文章を書くという行為は自ずとその事柄について、掘り下げ分析していくことになる。端的に言えば、これが文章を書くことのメリットである。更にその掘り下げていく行為の中で、今まで気づかなかったことを知る、という効用を生み出す。これは不思議なものだ。つまり文章を書くことによって物事の理解が深まり、同じ旅行をしていても文章を書かずそのままにしている場合に比較してより深く正確にその旅を理解し、自分のものとすることが出来るということになる。

ここでその一例として、ノルウェー旅行の後まとめた文章から一部抜粋してここに転記してみよう。

〈旅行を終えて二ヶ月経った今、私の心に最も残っているのは〝ノルウェーの人達の生き方〟についてである。（中略）ノルウエーは淋しい所だ。人々は「熟慮に熟慮を重ねながら、ひっそりと肩を寄せ合った生きている」といった感じがする。経済的に豊かになった今日の日本人の風潮と余りにかけ離れているようである。（中略）現在の一般的な日本人の生活振りは浮ついている感じである。日本における豊かさは物質面、サービス面の豊かさで、例えばゴルフ宅急便、ゴルフ場への行き帰りに宅急便を使ったり、ピザを電話一本での宅配専門店など、確かに便利ではあるが、果たしてこんなものが必要だろうか。人手不足と言いながら、環境破壊と言いながらこんなものに人手や資源を浪費している。必要でない人は利用しなければ良いのだが、社会的には明らかに浪費である。

ノルウェーの一人当たり国民所得はスイスなどと共に世界のトップクラスである。しかし、高物価、高い税負担率によって消費生活はかなり質素であると考えられる。食料品のほとんどを輸入している彼らにとって、いかなる浪費も許されないと思われる。一人当たりの高い所得がありながらその多くを税負担として出している。ということは資本主義経済でありながら助け合い、一種の社会主義的働きをしているわけで、その税により社会を維持している。これは厳しい自然条件と人口密度の低さに起因しているのだと思われる。

北欧家具は機能的デザイン的に一定の評価をされているようだが、気候的に室内での生活時間が長い彼らにとって家具類にお金をかけることと関連があると思われる。彼らがお金をかけるのは生活の基礎的部分に対してであり、あってもなくてもいいような浮ついたサービスに対してではないように思うのだが、見当外れだろうか。同じ所得水準でも税負担を高くし個人の自由な消費を抑える方が、社会的浪費をなくし地球環境破壊の面からも良いように思える。戦後アメリカから入ってきた「消費は美徳」という商業主義的文化は、必然的にその進路を変えざるを得なくなるのではないだろうか。豊かさの質の違いを今回はこのように感じた。本当の豊かさとは何だろう。（以下略）〉

　ちなみに所得の四十％が税金だそうで、高福祉、高負担、高物価、厳しい自然環境下ではあっても、非常に質素ながら一人一人は豊かに暮らしていると感じられる。

　以上拙書『熟年行動派　ヨーロッパ片言の旅』（二〇〇一年、文芸社）の《白夜を行く》からの一部転載である。この旅は、一九九二年のオスロからヨーロッパ最北端とされる北岬を目指しての、レンタカーによる旅だった。レンタカーでは十一日間、五千五百キロを走った。ノルウェーの国土は日本とほぼ同じ面積だが、人口は兵庫県程度で、北上するにつれ人口密度は限りなくゼロに近付く。従って、ガソリンスタンドや商店に遭遇する機会も極端に少ない。そこで、ここでは消費者は神様ではなく、こちらがお願いしてでも売ってもらう、ということになる。

　オスロはノルウェーの首都ではあるが、そんなに大きな町ではなく、自然が豊かな都市である。この街の人口密度がどの程度なのかは知らないが、少なくとも東京やニューヨークのような過密都市でないことは間違いなく、一人の人間としての尊厳度は高い。公園では、日光浴のためショーツ一つで上半身を露わにした女性が横たわり、昔の王子さまの馬車のような見事な造りで飾られた乳母車に幼児を乗せ散歩する三人の若い母親達を見て、豊かさの質の違いを感じた。このことから言えることは、消費の質の違いということになる。

旅をした後その印象を文章に纏めることにより、気付かなかったことに気付くということはしばしば起こる。それは前段に示した通り、どこにおいても起こるし、それは旅のみならずあらゆる場面にも当てはまる。

私は七十八歳で徒歩による四国巡礼を終えてからは、旅らしい旅はしなくなった。従って紀行文は書けなくなり、身辺雑事のいわゆる随筆を書くようになったのは二〇一七年頃からのことである。この時八十三歳。この時以来、年間十編余りの随筆文を書き続けてきた。そんな中での悩みの一つにテーマ選びがある。何について書くのか、ということである。それは私の感性が貧弱であるということを意味しているが、それを克服するためには未知なる分野に接近するのがベストであろうと考えている。別の表現をすれば好奇心となる。これこそが人生を豊かにするキーワードであろう。

ある事柄について考えた時、それを文章にしてみる。それを文章にしている課程で、頭の中が整理され、気付かなかったことに思いが及び、さらにあることがひらめく。そして物事の本質に近付く。このようなことを私はしばしば経験している。別の表現をすれば、実際の人生が一〇〇であったとすれば、文章を書くことによってそれを一一〇、一二〇に拡げていくことになる。このことは自分自身の人生をより豊かに、中身を濃いものにしていくことを意味している。文章のすすめである。どんなことでも先ず書いてみよう。そこから不思議にその事柄は発展し、次なるステップに進展する。幸い私は健康に恵まれてきたが、文章を書くことはベッドの上でも可能である。呆け封じのためにも是非お勧めしたいところだ。

これこそ、人生を中身の濃いものにしていく秘訣ではないだろうか。お勧めしたいところである。

二〇二四年八月

クラシックホテル

先ず、少し長くなるが、〈歴史を感じるクラシックホテルの旅に出かけよう〉というキャッチフレーズで始まる、日本クラシックホテルの会の紹介文を以下に転記しよう。

〈日本のホテル黎明期に創業し、戦前戦後を通して西洋のホテルのライフスタイルを具現化してきたクラシックホテル。現存する歴史ある建造物、歴史上の人物が愛したレストランや客室。ホテルに一歩足を踏み入れて、目を閉じて聞こえてくるのは、長い時を旅した歴史の息遣い。たくさんの物語が生まれてきた、クラシックホテルの旅をお楽しみ下さい。〉

このような趣旨で生まれた日本クラシックホテルの会加盟ホテルは九ホテルある。そのホテル名を創業年順に以下列記すると、日光金谷ホテル（一八七三＝明治六年）、富士屋ホテル＝箱根（一八七八＝明治十一年）、万平ホテル＝軽井沢（一八九四＝明治二十七年）、奈良ホテル（一九〇九＝明治四十二年）、東京ステーションホテル（一九一五＝大正四年）、ホテルニューグランド＝横浜（一九二七＝昭和二年）、蒲郡クラシックホテル（一九三四＝昭和九年）、雲仙観光ホテル（一九三五＝昭和十年）、川奈ホテル＝伊東（一九三六＝昭和十一年）となる。

何故私はクラシックホテルに魅力を感じるのか、と自問自答すれば。それは、昔の上流社会の優雅な雰囲気を庶民である現代の私が体験したい、となるだろう。このことは、ほぼ一世紀前迄、日本にも存在した貴族とうい身分と一世紀昔の優雅な世界を疑似体験したいという想いから来ているようである。二十一世紀の現在、日本ではいずれも存在しないものである。

この内八ホテルは既に宿泊経験が有り、残すは川奈ホテルのみとなった。そこで高齢の我々、折角のこと故このホテル宿泊を急ごうということで、早速出掛けることにした。

川奈ホテルは静岡県伊東市にある。伊豆半島東岸の相模灘に接する位置にある、川奈ゴルフ場に付随したホテルである。もともと大倉財閥二代目大蔵喜七郎がケンブリッジ大学留学以来憧れていた、イギリス貴族のような城を持ちたいという思いから、六十万坪の景勝地を川奈に獲得した。当初は牧場の計画もあったようだが、一九二八年（昭和三）ゴルフ場として大島コースを開業。一九三六年（昭和十一）、外人客誘致とゴルフ発展のため客室六十二室の宿泊施設として「川奈ホテル」開業。プール、テニスコート、四万四千坪の庭園を持ち、上流階級の社交場として人気を博し、同じ年にゴルフ場も富士コースが増設された。このコースはアメリカのゴルフ誌による世界ゴルフ百選に例年選ばれており、昨年は五十三位という名門ゴルフ場である。

一九六一年（昭和三十六）開通の伊豆急行線は線路の一部が川奈ホテルの敷地を通っているが、川奈駅は川奈ホテルから車で八分、徒歩三十分に位置している。伊豆急行線開発当時、東急電鉄の創業者五島慶太から「川奈ホテルの近くに駅を作りましょうか」との相談に、「川奈ホテルのロケーションに電車は合わない、出来るだけ遠くに、電車が見えないようにして欲しい」と要望。現在でも川奈ホテルから伊豆急行の姿は見えない。このエピソードからも伺えるように、川奈ホテルはリゾートホテルに徹している。

私は川奈ホテルにこれまで宿泊したことは無かったが、実はしばしば、恐らく二十回以上は、このホテルを訪れていると思われる。と言うのは、このホテルから車で二十分程の処に拠点があるためで、このホテルにある喫茶室〈サンパーラー〉を利用したためである。この喫茶室については、駄文『喫茶室』に書いているためここでは触れないが、その居心地の良さで事ある毎に気分転換に訪れている。そんな訳で、宿泊こそしていないが、このホテルの良さはほぼ理解しているつもりでいた。

その良さとは、先ず言えるのは保養地としてのロケーションの良さ。伊豆半島東岸の極めて緩やかな下り斜面に、海岸線に並行するように五階建てのホテルが建っている。海に向かっておよそ三百メートル程は芝生が張られ二面のローンテニスコートと二つのプール、大きな松の木が一、二本あるばかりで、広々として伸びやかだ。さらにその先は段差があって少し低くなり、その前方が相模灘に接している。

この海を前にした広々した空間が川奈ホテルの大きな魅力だ、と私は受け止めている。色彩はグリーンとブルー。一言で表現すれば開放感となるだろう。

川奈ホテルは五階建てで一階にフロントと二つのロビーそしてメインレストラン、喫茶室、バー、ビリヤードなどがある。また地下にもグリル、ラウンジがある。客室は二階から五階にかけて百室。その二階から大浴場と言うべき温浴施設に繋がっている。

部屋が使えるのは十五時から翌日十一時で、一時過ぎに受付した我々はサンパーラーでティータイムをしていたら、二時過ぎに「部屋の用意が出来ました」とフロントマンが知らせに来てくれた。川奈ホテルは元来ゴルフ場に付随した宿泊施設であるためゴルファーへの配慮が行き届いているのは当然のことだが、我々は単なる保養のための滞在者に過ぎない。部屋は三階の海側で眺望が良い。室内の様子は煩雑を避けるため省くが、色彩、デザイン共に品格の高さを感じられ、落ち着ける。部屋に入ると、すぐ部屋着に着替え温浴施設に行ってみた。客室棟先端部分にあるその浴槽からも相模灘を見る。大きな椰子?の木が数本立っている。

ホテル内で最も魅力を感じたのは二つあるロビーである。端的に表現すれば、重厚で威厳に満ちた空間となるだろう。このロビーは玄関を入り右側にフロントをやり過ごした正面に二部屋並んでいて、内部で繋がっており行き来が出来る。どちらも庭園側はベランダに接し、天井は二階まで吹き抜けで二階の廊下が見えている。そのため広く感じ、伸びやかでゆったりしている。十二月には、ここに大きなクリスマスツリーが飾られる。

この室内の造りは、正にイギリスの城館を彷彿とさせる雰囲気に満ちている。即ち壁面、調度品、飾り、暖炉、天井から二つの灯り、黒い革製の安楽椅子。さらに特筆すべきはガラス工芸品というべき電気スタンドが七つ程置かれている。いずれも十九世紀末のアールヌーボー時代を思わせる煌びやかなものだ。かつて諏訪湖畔の北澤美術館で見た、エミール・ガレのガラス工芸品を連想する。華やかでカラフルな、つまり派手な照明器具である。このホテルが建てられた当時、最先端の美術照明器具と言うことになるのだろう。ロビーが二つあるということは、設計当初からこのホテルが上流階級の人達の社交場を意識していたことが窺われる。

夕食は地下のグリル（下り斜面のため外は見える）で、朝食はメインレストランで頂き、私達の川奈ホテル宿泊は終わった。まさにクラシックに相応しい優雅な一日だった。

蛇足ながら、川奈ホテルは現在、国の登録有形文化財であり、現在はプリンスホテルの子会社として経営されている。一九五四年二月、新婚旅行でマリリン・モンロー、ジョー・デマジオ夫妻投宿。一九九八年四月には、総理大臣橋本龍太郎とロシア大統領ボリス・エリツィンの首脳会談が行われたことが記憶に新しい。

昨年末から今日までのほぼ一年間にクラシックホテルの会加盟九ホテルの内四ホテルでの宿泊をしてきたが、その他の五ホテル宿泊はかなり以前のことになる。記憶が曖昧だが、当初は古くて趣のあるホテルに対する漠然とした憧れのような気持ちから奈良ホテル、富士屋ホテルに宿泊した。奈良ホテルは古都奈良を象徴するような、和風の正面玄関が素晴らしい。また本館のフロント、ロビーの雰囲気は創建当時の明治を彷彿とさせる魅力がある。富士屋ホテルは観光地箱根に相応しい、きらびやかで豪華な雰囲気に満ちている。外観もさることながらメインダイニングが格調高く、印象深い。雲仙観光ホテルは、たまたま観光旅行で雲仙を訪れた時、偶然宿泊する機会に恵まれたに過ぎず、意図して訪れたわけではなかった。しかしエントランスから階段や廊下に置かれた椅子など、その雰囲気の良さが今も私の記憶に残っている。

日光金谷ホテルはクラシックホテル会最古の歴史的なホテルである。同じクラシックと言っても川奈ホテルより六十三年も古い。そのためか、後発のクラシックホテルに比べると、豪華さや華やかさにおいて些《いささ》か見劣りが感じられる。しかしこれは時代の変化で致し方のないことだ。

万平ホテルはこれまで軽井沢を訪れた機会に、ティータイムに三、四回訪れたことがあったが、ほぼ十年前に宿泊したことがある。このホテルはクラシックホテルの会メンバーの中では些か趣が異なっている。それはホテルとしてのスケールの大きさが他のホテルに比べ小さく感じられることである。恐らくこれは建物の外観の印象によるものと思われる。

軽井沢という避暑地の林の中にひっそりと佇む、という独特の雰囲気を生みだしている。もちろんこれは外観からの印象だが、ホテル内の雰囲気もほぼそれに合っているようで、豪華さからは距離を置いているように感じられる。そしてそれがこの地に相応しい良い雰囲気を生みだしている、と私には感じられる。

この年十一月上旬川奈ホテルに宿泊した後、私共は軽井沢の万平ホテルを訪れることにした。それはこの稿を書くにあたって、創業以来百三十年の万平ホテルが、昨年一月から一年九ヶ月かけて解体再建し、この十月全面的な営業再開に至ったと聞いたからである。以前訪れた当時を懐かしむ気持ちと、どうなっているだろうとの好奇心、そして年齢を考えてのことである。

八ヶ岳山麓の我が小屋から、車で約二時間でこのホテルに到着する。紅葉の季節のためか私同様の人達が多いためか駐車場、喫茶室とも満車、満席で、ロビーで十五分程待たされて席に着く。屋内に六十四席、テラスに五十三席と収容能力が大きい。これは宿泊客のみならず、一般観光客の利用が如何に多いかを物語っている。テラス席には若い短パン姿の娘さん二人連れもいて頬笑ましい。その背後には黄色、赤と森の紅葉が拡がっている。まさにこの季節ならではの風景だ。ここでは名物のアップルパイを頂いた。

ティータイムをゆっくり楽しんだ後、我々は狭い範囲ながら館内探訪をした。メインダイニングルームの雰囲気は以前同様ながら、どっしりとした威厳が高まったように感じられた。今回の改築は建物を解体し、使えるものは使い、改良すべき部分は改良するということで、著名な宿泊者の写真を展示した部屋は姿を消していた。一方、以前はなかったくつろぎの空間から屋外を眺められ、素敵に思われた。客室については見ることができなかったが、全体の印象はスッキリと洗練され、格が上がったと感じられた。それは一言で言えば、明治と令和の時代の差ということなのだろう。そんな訳で、ホテルの外観は以前同様全く変わっていなかった。

二時間余り滞在し、改装なった万平ホテル喫茶室を充分楽しんだ後、帰路につく。往路は白樺湖、女神湖と八ヶ岳連峰西側を来たが、帰りは野辺山など小海線沿いに八ヶ岳連峰東側を南下した。このように往復五時間をかけての万平ホテル喫茶室滞在は、他人様から見れば「何と馬鹿げたこと」と笑われるかも知れないが、本人の私は何物にも代え難い大きな喜びとなって、今私の中に留まっている。

「これぞ豊かな人生だ」と。

人生の最晩年に由緒あるクラシックホテル巡りが出来たことに心から感謝して、この稿を閉じよう。

二〇二四年十一月

落葉《らくよう》

広葉落葉樹は一般的に、春四月頃芽吹き、五月には新緑に輝き、その淡い緑に濃さを増し〈さあ、生きるのだ〉と言わんばかりに、我々を元気付けてくれる。日差しも日々強さを増してくる。

八ヶ岳山麓の我が敷地には、三本のキバナシャクナゲと名称不明の常緑広葉樹一本を除いて、常緑樹は全くない。シラカバ、ミズナラ、ナナカマド、二種類のモミジ、ズミ、ウツギなどの広葉落葉樹ばかりある。圧倒的に数の多い落葉松《からまつ》は針葉樹だが、これも冬場落葉するためここでは冬場、葉を着けた樹は前記の四本を除いてなくなり、雪が消えた後の四月も一年を通して一番明るい季節である。

一方、ここには灌木であるレンゲツツジが圧倒的に多く、敷地のほぼ八十《パーセント》を占めており、この木も落葉樹で同じ時期に芽吹き、淡い草色の葉を拡げる。そんな訳で、ここでは三月と五月で風景は激変する。レンゲツツジが花を付けるのは五月下旬から六月はじめ。地球温暖化のためか、ここ数年前から開花時期が十日余り早くなったようだ。

このようにして木々の葉が多くなり、緑が濃くなるに従って、明るさは減少する。緑蔭である。そのピークは七、八月となる。そのため気温上昇が抑制される。同じこの地域でも、樹木の多いところと少ないところでは、気温に大きな違いが生じる。これは顕著なものだ。

我が敷地内での常緑樹キバナシャクナゲは六月末頃白い花を付ける。この木はもともとここにあったものではなく、三十年以上前、登山途上の林道から、高さ三十《センチ》程の幼木を、移植したものである。三本の内一本は高さ四《メートル》ほどもあり、例年十から二十余りの白い花の束を付ける。花の束とは、花が十程固まって咲く状態のことである。他の二本の内一本も高さ二《メートル》程で同様に花を付けるが、あと一本は高さ五十《センチ》程しかなく、小さい。この木は周囲をレンゲツツジに囲まれ、日当たりが悪いためと思われる。

同じ時期に移植されたにもかかわらずこのような違いが生じることに色々なことを考えさせられている。先ず、三十年以上も小さいまま生き続けてきたことへの驚き。つまりこの木の生命力。自然界に内在する不思議を痛感する。一方移植したにもかかわらずいろんな意味で余裕がなく長年放置してきた、私の自責の念。そんなことで最近はこの木の周囲を日当たり良くするため手入れをしている。

一方、この間、山野草の世界はスミレ、タンポポから始まってベニバナイチヤクソウ、スズラン、グンナイフウロソウへと装いを変え、七月から八月にかけてヤマオダマキ、ヤマホタルブクロ、オオバギボウシ、カワラナデシコ、オミナエシ、ノアザミ、ワレモコウ、フシグロセンノウ、ヤマハハコなどなど山野草の全盛期を迎える。日々姿を変え、新たに登場する花々は老いた私に〈今年もちゃんと咲きましたよ、見て下さい。貴方も私のように、元気に楽しい日々を過ごして下さいね。〉と語りかけているように思える。〈有り難う。よく咲いてくれたね。〉と心の中で応える。落葉松林の中での自然界との交流である。私にとって幸せを感じるひとときだ。このようにして登場する山野草は、年間を通せば五十種類を超えると思われる。

このように役者を変えていた山野草の花舞台も、八月下旬、山野草の主役と言うべきマツムシソウやオヤマリンドウが咲くころになると気温が低下し、秋の気配が感じられるようになる。しかしこの時期は未だ、広葉落葉樹の葉は健在で、緑の葉を付けている。またこの時期、下界では小学校の二学期が既に始まっている。寒冷地では冬休みを長くとるためのようだ。

九月に入ると朝夕の気温は一段と低くなる。中旬を過ぎる頃になると通称〈ジゴボウ〉と言われる茸《きのこ》が姿を見せる。正式名ハナイグチ。食用に適した茸だ。私は湯がいたジゴボウを味噌汁に入れるか、酢の物として酒の肴として食べるに留まっている。茸というのは雨の後など、短時間に一斉に生えてくるため一人住まいでは食べ切れないことが間々起こるが、これも山住まいの面白いところだ。

近年の私は、例年九月末、宝塚の自宅に戻る。そして十月下旬この小屋に戻ってくる。すると、風景は激変している。まるで全く違う場所に来たのかと思うほどの激変振りに驚かされる。大袈裟なようだが、決してそうではない。その最大の要因は色彩である。緑が失われ黄色、赤、茶色の世界に変化している。そしてその色調は日を追って変わっていく。色が濃くなり、おおむね茶色くなって落葉する。そのため敷地はもちろんのこと、道路も茶色で埋め尽くされる。

一口に落葉と言っても、その形態はいろいろある。私の観察したところによると、垂直、ジグザグ、錐揉み状に落下する場合、その枯れ葉自体の重力のバランスの違いによって発生していると思われる。これらの落葉はほぼ無風状態でのものである。風のある場合は、微風であればひらひらと落ちていく。強風の場合は、下ではなく横方向に飛んでいく。

無風状態の中での落葉は非常に風情がある。垂直の場合は当然、音もなくスーと直線的に落ちていく。ジグザグは、文字通り右下、左下、右下、左下と枯れ葉を揺さぶりながら落ちていく。錐揉み状は、落下方向に向かって垂直に回転しながら落ちて行く。恐らくこれは、枯れ葉の付け根部分が重く、枯れ葉が縦方向に凹んでいるために起こるのだと思われる。

白樺の枯れ葉一枚ジグザグに舞い落ちてゆく山麓の午後

このように色々な姿での落葉を窓越しに見るのだが、一人住まいということもあって、しんみりした気持ちで、じっと見詰めることが多い。気持ちは沈み、落ち込んでいく。特に音のない無風状態での落葉を目にした時、それを熟視し、想いは内向きになる。過ぎ去った日々に想いが走る。この場面とこの時の心境が秋という季節を象徴しているように思われる。
沈黙、静寂、思索、郷愁、即ち落葉、即ち秋となるだろう。
　風なくも一人舞する落葉を窓辺に寄りてそっと見つめる
一方、針葉落葉樹である落葉松の落葉は独特のものだ。それはこの葉自体が一程《チセン》の針のように細い形状であるためだ。そのため、この樹の落葉には広葉樹のようなバリエーションはない。風の有り無しによる違いがある程度である。まるで粉雪が降ってきたかのような、独特の雰囲気を醸し出す。至極あっさりしたもので、広葉樹の落葉のような情緒の幅がない。芽吹いた新緑時の鮮やかな緑が印象深いだけに、その激変振りにただ唖然とするばかりである。
　さらさらと黄金色《こがねいろ》した雪の降る落葉松《からまつ》林は秋の夕暮れ
落葉は基本的には音のない世界である。そのことが、落ちていく枯れ葉を見ている者に、あるる種のメッセージを送っているように思える。落ち始めてから地面に付くまでの少しの時間、それを見詰め続ける。そのことが短い時間ではあっても、見詰め続けている人に儚さのような心の揺らめきを感じさせているように思われる。枯れ葉が地面に到達した時、見詰めていた人は我に返る。そして一つのドラマが終わった、と気づく。そして、老人はそこに我が身を重ねる。話が暗くなってきたようだが、私はそう考えてはいない。むしろ前向きに受け止めている。
　木々は春芽吹き、緑の葉を付け、秋紅葉して散っていく。そして何年か後、その樹自体が枯れていく。人間も誕生後、子供から大人へと成長し、仕事をして、死を迎える。どちらも同じ運命を辿る。

その道中において、私は木々の紅葉と落葉を見る。その紅葉に美を感じ、その落葉に儚さを想う。

このことを通して、少なくとも歳を重ねるに従って、己の人生に想いを馳せ、その後の生き様をどうすべきかを自らに問い直す良い切っ掛けを頂戴することになる。つまり落葉のシーンは、以後の生き様を軌道修正する良い切っ掛けと捉えるべきだ。実際そのシーンを見た時、気持ちは沈むが、思索するには良い雰囲気である。そして、今年も自然界が奏でるこの落葉というシーンを目撃できたことを感謝し、気持ちを新たにして、〝今〟というこの瞬間を大切に生きていこうという気持ちを抱く。落葉は自然界が私に贈ってくれた素敵なプレゼントである。そんなことで〜。

風なくも一人舞いする落葉《らくよう》に我が身を重ね老いを愉しむ

八ヶ岳連峰山麓の紅葉はスケールが大きい。緑であった全山が茶色にその色を変える。何年か前の秋、瑞籬《みずがき》山から長野県と山梨県の県境である信州峠へと走ったことがある。この界隈の山々は全山が濃い茶色で覆われ、そのスケールの大きさに圧倒された。一方、京都の紅葉の名所はどちらかと言えば寺院が核となった場合が多い。それぞれ独特の素晴らしい雰囲気で我々に迫ってくる。このように同じ紅葉と言っても、そこに大きな違いが感じられる。どちらが良いというのではなく、それぞれに見る者を魅了する力を持っている。

緑であった広葉落葉樹が茶色に色を変え、そして落葉する。一年に一度それを我々は目にする。同じ風景の繰り返しではあるが、それを見る人は年と共に老いていく。そのことによって、落葉を見る見方が変化していく。落葉には、そういう想いを抱かせる風情がある。三年前に見た落葉の風景と同様の風景を見詰めている己。来年は？そこに生きていく意味と値打ちがある。そう私は感じている。つまり、無自覚に、漫然と生きるのではなく、老いていく自分の人生を把握し、自覚し、目標を掲げ、日々を過ごすということである。落葉はそのための切っ掛けを提供しているということになる。

この後、何回落葉を目撃することが出来るかは神のみぞ知ること。その日、一日一日を大切に、淡々とした気持ちで過ごし、次なる落葉を目撃したいものである。

二〇二四年九月

卒寿

卒寿とは九十歳という長寿を迎えた人を祝う、お祝のことである。卒の略字、卆が九と十の組み合わせであることによっている。決して人生を卒業するという意味ではない。男性の平均寿命が八十一・四七歳と言われている昨今、九十歳は正に長寿でお祝いする価値は充分に認められる。実は私も今年三月、九十回目の誕生日を迎えた。この機会に、私を例にして、人生について考察してみよう。

私は一九三四年（昭和九）、大阪の中心部船場で生まれ、生後すぐの零歳児の時、郊外の豊中に移り住んだ。当事船場の商家では、街中より自然が豊かな郊外の方が子供の養育のためにも良いだろうという、職住分離の風潮があったようだ。そこで私は、結婚するまでの二十七年間、空襲で焼け出され丹波の田舎にほぼ二年間疎開した時期を除いて、暮らした。

当時の、私が小学生時代（昭和十五年〜二十年）の豊中は住宅地に隣接して畑や野原、森があり、小川にはメダカやミズスマシが居て、そんな環境の中で遊んだものだった。現在の私が、都会が苦手で、山野草、野鳥、森、山岳など自然界に惹かれ、自然崇拝者になっていった原点はこの幼少期の環境によっている、と確信している。

十九歳で肺結核を患い大学を一年休学したが、新薬に救われ今日まで生き延びることができた。痩身で頑健なタイプとは程遠い身体でよくぞここまで生きてこられたものと、ただ唯感謝するばかりである。しかもこの間、四十一歳で未知の書店開業に踏み切った後は、死に物狂いで働かざるをえなかった。これは家業の斜陽産業化がもたらした結果だった。これといって特技や資格を持たなかった私は、素人でも取っ付きやすい、書店開業に踏み切った。そのための資金調達にも苦労したが、当初はそれまでの仕事と掛け持ちで行っていたため、時間的にも肉体的にも大変な重労働であった。周囲の人からは身体を壊すから休みを取るようにと忠告を頂いたが、それに応じることはできなかった。一度は体調を崩しかけたが、大事には至らなかった。今振り返ってみると、幸運としか言いようがない。もしあの時私が病気になっていれば、私の人生は全く違ったものになっていただろう。もちろん、ここまで長生きもできなかっただろう。

しかし当時の私には、不思議なことに悲壮感は全くなかった。と言うよりは、日々のなすべき仕事に追いまくられ、悲壮な気持ちになる余裕すらなかった。従って、頭は空っぽで、がむしゃらに働いていた。そうするしかなかったわけである。この経験から、少し大袈裟なようだが、追い詰められれば人間は不可能なことが可能になり、見えないものが見えてくる、ということを悟るようになる。火事場の馬鹿力のようなものだ。そしてこのことはただ単に仕事に絡んでのことばかりではなく、人生のあらゆる場面で共通して言えることでもある。それは一人旅においても言える。

当初始めた店は立地が良くないこともあって、取次（問屋）の方から外売を勧められた。外売とは店頭での販売ではなく美容室、医院などへの雑誌の定期購読誌配達や一般家庭への定期購読誌配達と各出版社が企画発売する全集ものの売り込みである。当時、一般家庭への購読誌としては〈小学一年生〉〈中一時代〉がよく売れていた。一方全集ものと言われるものは文学、美術、童話をはじめ多岐にわたって出版されていた。新規に全集ものを出版する場合毎月一冊ずつ、あるいは隔月一冊と配本していく。各出版社は数多く出版すればコストが低くなり、利益が大きくなるため発行部数を多くしたい。そのため、第一回配本前に出来るだけ多くの予約を取りたい。そこで、外売する書店に説明会を行い、書店は予約獲得活動に入る。このような流れの中で、私もその渦中に巻き込まれていった。

一般家庭への外売というのはインターホンを押して、顔の見えない状態から始まる。門前払いが多い。昼寝をしかかっている時、天ぷらを揚げている時を考えてみれば、それはある意味当然だろう。「セールスは断られた時から始まる」と言われるようにセールスというのは不思議なものである。一軒、二軒、三軒と断られ続けると、こちらの気持ちは萎えてくる。それが続くと、もう今日は止めようかという気になる。ところが、それが五軒、六軒と続いた後、予約が取れるとホッとして元気が出てくる。するとその次ぎも、更にその次ぎも予約が取れる。そんな経験をしばしばするようになる。

確率という言葉がある。確率二割と言えば十軒に二軒、五軒に一軒ということだ。しかし、実際セールスをしていて十軒続けて断られた後、十一軒目十二軒目十三軒目と続けて取れることもある。それが私が経験した現実だ。そこから言えることは、諦めるなということになる。もちろん途中で、セールストークについて反省したり軌道修正することは求められるが、挫《くじ》けない強い気持ちを持つことが必要である。自分に勝つこと。自分自身に対して、意地を張ることだ。

自慢話は避けるが、私はセールスという経験を通して多くのことを学び、その結果自らを高め、私の言う〈豊かな人生=中身の濃い人生〉を経験することができたと自負している。もし家業が順調で、平穏に暮らしていれば、少なくとも今よりは貧弱な人生しか経験できなかっただろう。当時、私は四十歳代、未だ若かった。〈若い時の苦労は請《こ》うてでもせよ〉という諺は間違っていないようだ。

これと同じような経験は私の海外個人旅行にも当てはまる。連日五つ星ホテルに宿泊する団体旅行で経験する旅とお金がない一人の貧乏旅行とでは、同じルートを旅していても、その受け止め方に大きな違いが生まれる。それはその人の心理状態の違いから来ている、と理解することができる。例えば拙文『ルーアン』(『随筆 キツネの寝言』二十ページ)に書いたように、ジャンヌ・ダルクの足跡を部分的になぞって、約二週間、一人、安宿を泊まりつなぐ旅で遭遇した一場面から受けた私の感慨は、五つ星の団体旅行では気付かなかったに違いない。それは旅人の心理状態が違うからである。一言で表現すればそれは緊張感、一人旅の孤独となるだろう。それが感性を鋭くし、見えないものが見えてくるということになる。つまり、追い詰められた状態になると不可能が可能になる。

私が文章を書き始めた切っ掛けは一九九二年のノルウェー旅行以後のことである。ある人に勧められ、その人への手紙という形で書き始めた。どのような文体で書けば良いのかが分からなかったためである。それ以前の私は文章はおろか、手紙すら殆ど書いたことはなかった。

そしてこの文章が幾つか溜まった時点で、出版活動は二〇〇一年の『熟年行動派　ヨーロッパ片言の旅』から始まった。以後今日まで六点の出版を行っているが、当初の五点は紀行文である。旅をしなくなってから、ある短歌雑誌の執筆依頼で始まった随筆文を書き始めたのは、二〇一七年頃からのことである。二〇一八年からは短歌雑誌との縁は切れ、以後独自に随筆を書くようになっていった。これが五十一編溜まった時点で『随筆　キツネの寝言』として二〇二二年、出版した。

このように私の執筆、出版活動は、私の趣味、道楽で始まったわけである。しかし今になってみると文章を書くことが半ば習慣化し、生活の一部となっている。その一つの要因は老化に伴う体力低下、行動力低下によって外出の機会が減少し、在宅時間増がもたらしたものである。

別の表現をすれば、体力のあった若い頃は旅をし紀行文を書いていたが、体力低下に伴い旅をしなくなってからは過去の人生経験のひとコマひとコマを採り上げ、文章に纏めることによってそこに何らかの意味を感じ取ろうとする、それが随筆文の良さではないだろうか。そのためには、それまでに蓄積された経験が求められることになるだろう。そう考えれば随筆は老人向きと言うことになる。これを我田引水というのか。否、私はそうは思わない。

老人がますます増えている昨今、老後の時間をただ死の訪れを待っているだけのような勿体ない時間の過ごし方をするのではなく、その貴重な時間を有意義な時間にするための努力をするべきだと思っている。それは誰のためでもない、自分自身の人生をより中身の濃いものにしていく絶好のチャンスでもある。痴呆症によりそれが出来なくなった方は致し方なかろうが、そうでなければ日記を付けたり、俳句、短歌を詠んだり、やろうと思えば方法は色々あるだろう。気力体力が日々衰えていく老境の身には、上記のような気持ちは起こらないのかもしれない。しかし起こらなければ、そこから後退するばかりである。自分にとって出来ることは何かを考え、見つけ出し、それを実行する努力をするべきだ。努力が嫌だと言う人は、それだけの人生で納得して人生を終えれば良いだろう。


ここまでいろいろ書いてきたが、私の人生観、キーワードを記してこの稿を終わることにしよう。

順位は付けがたいが、先ず〈努力〉。この言葉は苦労と同じような意味だ。一般的には誰もが最も嫌う言葉だろう。しかし私に言わせれば、これなくしては豊かな、中身の濃い人生は送れないだろう。

一方、安易な、楽をして生きてきた人の人生とは大きくかけ離れたものと思っている。同じことを経験しても、その受け止め方に差が生じる。努力を重ねてきた人には感じられることが努力を重ねてこなかった人には正しく感じ取れない。つまり、それだけ薄っぺらい人生しか生きていないと言うことになる。と同時に、学生時代一生懸命、努力して、勉強した人が成績が良くなり有名校に進学するという実利面もある。努力というのは当事者にとっては楽しいことではなく忍耐力や苦痛を伴うもので誰しも好んですることではない。しかし、その苦痛を乗り越えることによって良い結果がもたらされる。私は書店時代の外売という苦い経験を通してそれを切実に感じてきた。苦しみを突き抜けての喜び。何故か、ベートーベンの言葉を想い出す。安易な生き方からは中身の濃い人生は生まれない。

次ぎに大切にしたいのは〈主体性〉。主体性とは自分の意志、判断で行動しようとする態度。他人の言動や世評に左右されず、自分の本音で生きることだ。世評や流行に右顧左眄《うこさべん》するのは、自分というものをしっかりと持っていないからである。従って、そのような人は自分の人生を生きておらず、他人の真似事をしているに過ぎない。マスコミでの芸能人の噂話や流行を得意げに追いかけるのも、この種の人達と言っていいだろう。自分の人生観、価値観、意志というものをしっかりと持って生きる。でなければ、自分の人生ではなくなってしまう。自分を大切にする人生で、これは決して、いわゆるエゴイスト＝利己主義者ではない。

このほか、私が大切にしているのは〈本質〉だ。本質とは物事の根本的な性質、本来の姿を意味する。私がこの言葉〈本質〉を大切に思っているのは、その物事を正確に理解したいという気持ちから来ている。

テレビ番組や新聞記事、書籍などから情報を受け取る時、それが何を伝えようとしているのかを的確に把握する必要がある。その際、枝葉のことではなく核心部分を正確に捉えるためには、そこに表れた言葉や文字の根本的（正しい）な理解が必要となる。私が本質にこだわるのはそのためである。平たく言えば、現れた事柄を表面的に受け止めるのではなく、その核心を見極めようということだ。

このことは、物事を理解する上において大切なことである。例えばヨーロッパ一人旅である場面を目撃する。その時それをどう受け止め、どう感じるか。日常、本質にこだわりを持っている人とそうでない人とではその受け止め方に違いが生じる、と私は思っている。本質にこだわりを持っている人は、目撃したその場面の奥（裏側）にある事柄を、読み取ろうとする。そのことによって、その人の人生はより深味のある、豊かなものとなる。

上記が九十年間人間をやってきた私の感慨であるが、価値観や人生観は人それぞれのものだ。従って残された時間をどのように過ごすかはその人の信念に基づいて生きられれば良いわけで、この文章は文字通り〈キツネの寝言〉として読み流して頂ければ、それで充分有り難いことである。

与えられた貴重な時間を人間としてどのように過ごすか、熟慮を重ね、より良いものとされることを影ながら祈念するばかりである。グッドラック！

二〇二四年九月

あとがき

紀行文でない雑多な随筆文を書くようになってほぼ八年、この続編を読み直して気付くことは文章にするテーマの枯渇です。

一方高齢であることから、書ける内に書いておこうという一種の焦りのような気持ちで書き進めてきた感があり、それがテーマの選定に表れているようにも感じられます。しかし自分の人生の終焉が何時であるかが予見出来ない以上、これは仕方がないことと自らを慰め、随筆集の続編として纏めることに致しました。およそ八十三歳から九十歳までの八年間に書いた雑多な身辺雑事を再度読み直してみて、自分の人生はこんなものだったのかと追確認しています。良くも悪くも、今さら元に戻すことは出来ません。「よし、まあこれで良かったんだ」と自らを納得させるしかありません。

五十三歳から始まったヨーロッパ一人旅。それを切っ掛けとした紀行文執筆と出版。旅をしなくなってからの随筆執筆。生来、文章と無縁であった私にとって思いがけない流れでしたが、今になってみると書き続けてきて良かったなとしみじみ思います。それは何より、人生のひとコマひとコマを掘り下げ見詰め直すことが出来たことによります。皆様にもお勧めしたいところです。

二〇二四年　師走

狭間　秀夫

著者略歴

狭間　秀夫（はざま　ひでお）

1934 年　大阪市生まれ　兵庫県宝塚市在住
1957 年　関西学院大学卒業後、同族が経営する会社に勤務
1975 年　書店開業
1987 年　一人旅中心のヨーロッパ個人旅行を開始。以後 1 年に一度、約 2 週間のヨーロッパ歩きを 2011 年まで続ける。

著書　『熟年行動派　ヨーロッパ片言の旅』（2001 年、文芸社）
『熟年行動派　初めてのヨーロッパ一人旅』（2005 年、文芸社）
『101 日間世界一周　飛鳥Ⅱの船旅』（2008 年、牧歌舎）
『ヨーロッパひとコマの旅』（2011 年、牧歌舎）
『後期高齢者　四国遍路を歩いてみれば』（2016 年、風詠社）
『随筆　キツネの寝言』（2022 年、風詠社）

随筆　続 キツネの寝言

2025 年 4 月 29 日　第 1 刷発行

著　者　　狭間秀夫

発行人　　大杉　剛
発行所　　株式会社 風詠社
〒 553-0001　大阪市福島区海老江 5-2-2 大拓ビル 5 - 7 階
Tel 06（6136）8657　https://fueisha.com/
発売元　　株式会社 星雲社（共同出版社・流通責任出版社）
〒 112-0005　東京都文京区水道 1-3-30
Tel 03（3868）3275
印刷・製本　シナノ印刷株式会社

ISBN978-4-434-35750-3 C0095